Lukas Linder • Der Letzte meiner Art

Lukas Linder

Der Letzte meiner Art

Roman

KEIN & ABER
POCKET

Ebenfalls von Lukas Linder:
Der Unvollendete

1. Auflage September 2019
2. Auflage Januar 2021

Coverbild: Michael Sowa
Satz: Fotosatz Amann, Memmingen
Druck und Bindung: CPI books GmbH, Leck
ISBN 978-3-0369-5997-9
Auch als eBook erhältlich

www.keinundaber.ch

Für Monika

PERSÖNLICHES GELEIT

Ich stamme aus einer alten und sehr reichen Berner Familie. Uns gab es schon im vierzehnten Jahrhundert. Und das sieht man uns auch an. Wie die Wurzeln uralter Bäume sind unsere Gesichter in sich selbst verknorzt. Kein besonders schöner Anblick. Unsere Physiognomie hat sich zu lange am Wetzstein der Neutralität zerrieben, sodass heute kaum noch etwas von dem ursprünglichen triumphalen Ausdruck vorhanden ist. Erst vor dem Hintergrund ihrer langatmigen Vergangenheit fangen unsere Gesichter zu leuchten an. Und dann erkennt man: Das sind Gesichter, die gerahmt ins Museum gehören, nicht aber in die freie Wildbahn des einundzwanzigsten Jahrhunderts. Meine Mutter hat sich in einen Dornröschenschlaf gerettet. Mein Vater in die geistige Umnachtung. Und mein älterer Bruder Thomas, der einzige kluge Kopf der Familie, hat sich schon vor Jahren aus dem Staub gemacht und nicht mehr von sich zurückgelassen als ein paar absolut unglaubwürdige Gerüchte.

So bleibt es mir überlassen, unsere denkmalgeschützten Gene in ein neues Zeitalter zu retten. Das ist bedauerlich. Für mich. Vor allem aber für die Gene, die in mir den denkbar schlechtesten Botschafter gefunden haben. Leider deutet so einiges darauf hin: Ich bin nicht jenes neue Kapitel in der Familienchronik, das man sich mit Genuss zu Gemüte führt. Vielmehr bin ich wohl eher die enttäuschende Pointe einer Geschichte, deren größtes Vergehen darin besteht, dass sie viel zu lange gedauert hat. Einer meiner Vorfahren soll in der Schlacht von Marignano vierzig Franzosen mit seiner Hellebarde erschlagen haben. Wer zählt so was? Es ist die Ironie unserer Geschichte, dass sie nicht von einem ihrer vielen Helden beendet wird. Nicht vom glorreichen Alfred von Ärmel, dem Schlächter von Marignano, sondern von mir, dem Familiengnom, der noch nicht einmal beim Militär gewesen ist. Ich heiße zwar auch Alfred, doch wäre ich niemals in der Lage, auch nur einen schütteren Franzosen zu erschlagen. Das letzte Bild einer Familie gerät immer zur Karikatur.

Und doch ist noch etwas in mir von dieser alten Glut. Es ist die unumstößliche Gewissheit, zu etwas Großem berufen zu sein. Und ich meine damit nicht irgendwelche Franzosen. Ich rede von etwas anderem, Modernerem, Poetischerem. Leider habe ich es noch nicht gefunden, doch spüre ich es an der Art und Weise, wie die Luft sich verdichtet, wenn ich meinen Träumen nachhänge. Ruth! Oh, Ruth! Wir waren so nahe dran, das Traumpaar des Jahrhunderts zu werden. Und haben dann doch nur ein Mal zusammen getanzt. Es gibt Leute, die behaupten: Weniger ist manchmal mehr. Ich frage mich, wie sie auf diese Idee kommen. Weniger ist immer weniger. Und mehr ist immer mehr. Auf Wiedersehen, Ruth. Jedes Mal, wenn ich Kartoffelpüree esse, denke ich an dich.

Ich gehe weiter. Die Menschen sitzen so satt in ihrem Leben, dass man glatt die Hoffnung verlieren kann. Gibt es da überhaupt noch ein schönes Plätzchen für mich? Zusammenrutschen, Leute! Je länger dieses Leben dauert, desto mehr frage ich mich: Wird es ein gutes Ende mit Alfred von Ärmel nehmen?

ERSTER TEIL

DIE TÄTOWIERUNG

Meine Mutter war eine Frau von Welt. Man erkannte es an ihrem duftenden Haar und dem Rudel schnuppernder Verehrer in ihrem Rücken. Die von Ärmels galten als eine der vornehmsten Berner Familien. In meiner Kindheit gab es noch Leute, die uns auf der Straße salbungsvoll zunickten oder sogar salutierten. Ich erinnere mich noch gut, wie an meinem ersten Schultag der Lehrer unsere Namen an die Tafel schrieb. Bei meinem Namen schnappte er sich eine Buntkreide.

Ihre Kindheit und Jugend hatte Mutter überwiegend in Privatschulen, verteilt über den ganzen Globus, verbracht. Sie behauptete immer, sieben Sprachen fließend zu beherrschen.

»Aber was nützt mir das? In Bern?«

Durch die lange Zeit in all den vielen Ländern war sie später zu einer Fremden im eigenen Leben geworden, was sich in einer kühlen Distanz allem und jedem gegenüber äußerte. Ihre Bewunderer wollten darin ein Zeichen ganz besonderer Vornehmheit erkennen. Sie galt als die schönste Frau der ganzen Stadt. Und sie wusste es. Wenn sie sich auch selten mit solchen Details beschäftigte. Mit Kleinigkeiten gab sie sich nicht ab, und auch mit dem Denken nicht wirklich. Für ihren Geschmack war das eine viel zu profane Angelegenheit.

Statt zu denken, zog sie es vor, zu wirken.

Mit sechzehn lief sie an Weihnachten von zu Hause weg. Die ersten paar Tage bemerkte es niemand. Großmutter war viel zu beschäftigt, um Subtilitäten wie eine entflohene Tochter wahrzunehmen. Sie hatte sich kürzlich eine Husky-Zucht zugelegt und erzählte nun überall herum, die Huskys seien der Grund, warum sie lebe. Großmutter war stets auf der Suche nach solchen Gründen. Sie sammelte sie wie andere Leute Schneekugeln.

Ihr Mann, mein späterer Großvater, hatte schon vor langer Zeit vergessen, dass er eine Tochter hatte. Er war ein knallharter Armeeoffizier gewesen, der sich im Krieg bei der Grenzsicherung hervorgetan hatte. Wegen seiner Vorliebe für Gewaltmärsche hatten ihm seine Soldaten den Beinamen »Der Gnadenlose« verliehen. Später wurde der Name von meiner Großmutter weiterverwendet. Nach dem Krieg verlor er dann relativ schnell den Verstand, wobei böse Zungen behaupteten, dass er sowieso nie einen gehabt hätte. »Ich kenne diesen Mann nicht. Keine Ahnung, wer das ist«, pflegte Mutter über ihn zu sagen. Sowieso sprach sie selten von ihm, was nicht weiter erstaunlich ist: Es muss seltsam sein, einen Vater zu haben, der alle militärischen Dienstgrade auswendig weiß, nicht aber, wer seine Tochter ist.

Wenn Großvater Geburtstag hatte, gingen wir zum Mittagessen zu ihnen. Es war immer eiskalt im Haus. Großmutter heizte nur, wenn jemand Besonderes vorbeikam. Ich mochte diese Besuche nicht, denn wir mussten die Schuhe ausziehen und stattdessen Pantoffeln überziehen, die einen säuerlichen Geruch verströmten, den ich auch an meiner Großmutter bemerkte. In den ersten Jahren beschäftigte sie noch einen ältlichen Diener, der sehr bleich war und auch sonst einen ungesunden Eindruck machte. Er hustete oft und war dauernd verschnupft. Wahrscheinlich ein Ergebnis der eisigen Kälte, in der er die ganze Zeit servieren musste. Auch der Diener hatte diesen säuerlichen Geruch. Niemand kannte seinen Namen, auch meine Großmutter nicht. Natürlich hätte man ihn fragen können, doch aus irgendeinem Grund kam damals niemand von uns auf den Gedanken.

Zu essen gab es immer den gleichen Fisch, den Großmutter mit den Worten »Er schmeckt zwar nicht besonders, aber er nährt« ankündigte.

Großvater saß am Ende des Tisches. Immer trug er seine alte Armeeuniform, die voller Suppenflecken und anderer ominöser Kleckse war. Warum hat man die Uniform damals nie gewaschen? Jedenfalls sah er nicht mehr besonders gnadenlos aus, eher schien mir die Zeit gnadenlos mit ihm. War das nun die berühmte ausgleichende Gerechtigkeit?

Ich musste zu ihm gehen und ihm zum Geburtstag gratulieren. Wie jedes Mal, wenn er mich erkannte, nahm er meine Hand und fragte: »Wie viele Kilometer?«

Worauf ich antworten musste: »Fünfzig, Herr Kommandant.«

»Zu wenig«, kritisierte er. »Setzen.«

Mein zwei Jahre älterer Bruder Thomas, der schon

damals raffinierter und mutiger war als ich, dachte sich jeweils eine originelle Antwort aus, um Großvater zu begeistern.

»Ich habe das Flugzeug genommen.«

»Sehr gut. Das gefällt mir«, lachte Großvater und klopfte Thomas anerkennend auf den Rücken. Daraufhin gab er ihm eine Zwanzigernote.

Wenn ich aber beim nächsten Mal »Ich habe das Flugzeug genommen« sagte, zog mich Großvater wütend am Ohr: »Du fauler Rotzbengel! Was fällt dir eigentlich ein?«

Ich mochte diese Besuche wirklich überhaupt nicht.

Während des Mittagessens war es mein Vater, der sich um Konversation bemühte. Dabei ignorierte er gekonnt, dass Großvater unmöglich in der Lage war, seinen Ausführungen zur Tagespolitik zu folgen, geschweige denn eine Ahnung hatte, wer mein Vater eigentlich war.

Mutter saß wortlos neben ihm und rührte ihre Suppe um. Sie rührte immer schneller, als ginge durch ihr Rühren die Zeit schneller vorbei.

Nachdem sie von zu Hause weggelaufen war, fehlte von ihr einen Monat lang jede Spur. Bis heute weiß keiner, wo sie in dieser Zeit gewesen ist. Doch als sie zurückkam, hatte sie eine riesige Tätowierung auf dem Rücken, die später der Grund dafür war, dass Vater nie mit uns ins Schwimmbad wollte. Die Tätowierung war ein gewaltiges Massaker, das das gesamte Farbspektrum abzudecken schien. Und dazu noch ein paar weitere Farben, die nur auf Mutters Rücken existierten. Trotzdem war ich der festen Überzeugung, dass die Tätowierung mehr darstellen musste. Ein Bild. Einen Gegenstand. Eine Geschichte.

Mit abstrakter Kunst konnte ich damals noch nicht viel anfangen.

»Was ist es, was ist es?«, fragte ich Mutter immer wieder. Und bettelte darum, mir die Tätowierung noch mal ansehen zu dürfen. Da stand ich schließlich und betrachtete das Massaker mit einer Akribie und Hingabe, wie sie mir kein Gemälde der Welt hätte entlocken können.

»Ist es ein Pfau?«

»Nein.«

»Aber diese Augen. Das ist doch ein Pfau.«

»Schluss damit! Anständige Kinder studieren nicht den Rücken ihrer Mutter.«

Sie mochte es nicht, wenn man sie auf diesen Monat in ihrer Vergangenheit ansprach. Diese Zeit blieb ihr Geheimnis. Dennoch gab es immer wieder kleine Zeichen, Bruchstücke, die eine, wenn auch unbefriedigende, Ahnung davon vermittelten, was sie damals möglicherweise gemacht haben könnte. Es waren gewisse Lieder, die sie manchmal vor sich hin sang, die eine Art Showcharakter hatten, so als singe sie auf einer Bühne und nicht in unserem Wohnzimmer.

Einmal äußerte ich kurz vor meinem Geburtstag den Wunsch nach einem Zauberkasten.

»Was fällt dir eigentlich ein?!«, schrie Mutter.

Zauberkasten, ein prima Geschenk für sympathische Kinder, würde man eigentlich denken. Doch offensichtlich vertrat Mutter da eine andere Position.

»Niemals!«

»Aber warum denn nicht?«

»Kinder wie du sollten nicht zaubern.«

Was blieb nach dieser ernüchternden Logik für einen

im Leben noch zu tun? So hätte ich argumentieren können. Ich war so eingeschüchtert, dass ich nie wieder von Zauberkästen redete.

Einmal fragte ich sie direkt: »Was hast du in diesem Monat denn gemacht?«

Sie lächelte und sagte: »Ich habe wahnsinnig gut gegessen.«

Danach schmeckte mir eine Zeit lang das Essen nicht mehr.

Ein Andermal fragte ich sie: »Was ist passiert, als du wieder nach Hause kamst? Waren sie böse? Haben sie dich verprügelt?«

Ich fragte nicht ohne Grund. Als ich Großmutter zu Weihnachten ein paar selbst gehäkelte Topflappen geschenkt hatte, hatte sie in einer leidenschaftlichen Rede die Prügelstrafe für Kinder gefordert. Es konnte natürlich sein, dass sie diese Rede ganz ohne Bezug zu den Topflappen gehalten hatte. Manchmal hatte man ja einfach Lust auf eine leidenschaftliche Rede.

»Verprügelt?«

Mutter lachte ihr unwirkliches Lachen.

Als sie damals nach einem Monat zurückgekommen war, hatte in der Einfahrt ein rostrot funkelnder Viehtransporter gestanden. Einer der Husksys hatte Großmutter in den Oberschenkel gebissen. Nach diesem Eklat waren die Hunde natürlich nicht mehr der Grund, warum sie lebte. Sie kamen nach St. Moritz, wo sie bis zum Rest ihrer Tage gelangweilte Russen in Schlitten durch den Schnee ziehen mussten. Großmutter legte sich ein Aquarium mit kostbaren Fischen zu. Die Fische bissen sie zwar nicht in den Oberschenkel, waren aber, wie Großmutter bald herausfinden sollte, auch nicht der Grund, warum sie lebte.

In ihrem Zimmer fand Mutter den Abschiedsbrief, den sie einen Monat zuvor geschrieben hatte. Er lag ungeöffnet auf dem Kissen. Dort, wo sie ihn selber hingelegt hatte.

Später entwickelte Mutter ein Faible für amerikanische Straßenkünstler. Sie flog nach New York, nach Chicago und San Francisco, wo man diese Straßenkünstler »regelrecht wie Pilze« pflücken konnte.

Als sie in der Kunsthalle eine Vernissage für ein paar von ihnen organisierte, war ich noch ganz klein. Sie hatte die ganze Berner Schickeria zu dem Anlass eingeladen. Allesamt Männer, allesamt Bewunderer. Ich erinnere mich noch genau an den Abend, denn es war das erste und das letzte Mal, dass Großmutter zu unserer Betreuung abberufen wurde. Damals schwärmte ich für Mary Poppins, Großmutter aber hatte sich vorgenommen, als deren Antithese aufzutreten. Sie kam mit einem grotesken Hut und den Worten »Abmarsch ins Bett, und wer nicht spurt, der kann was erleben«. Um halb sieben lagen wir zitternd unter der Decke. Thomas hatte vor Großmutters Ankunft geprahlt, er werde an diesem Abend das Match der Young Boys im Fernsehen schauen und zwar beide Halbzeiten. Nun war von dieser Tollkühnheit nicht mehr viel zu spüren. Er lag im Bett über mir und zitterte nicht weniger.

»Thomas«, sagte ich, »wolltest du nicht die Young Boys schauen?«

»Halt die Klappe.«

In diesem Augenblick hörten wir Schritte im Flur.

Bronchitische Atemgeräusche. Und dann waberte ein säuerlicher Geruch ins Kinderzimmer hinein.

»Schlaft ihr?«

Das war eine Fangfrage. Ich hielt den Atem an und dachte an meine Mutter. Ich stellte mir vor, wie sie in der Kunsthalle von ihren Verehrern umgarnt wurde. Da standen sie in schierer Ekstase, erpicht darauf, zumindest im duftenden Abglanz ihrer Aura zu stehen.

»Was für eine Frau«, riefen sie. »Welch eine Diva! Welch ätherisches Wesen!«

Da war der stadtbekannte Metzgermeister. Er hatte ihr einen saftigen Schinken mitgebracht, den er triumphierend durch die Ausstellungsräume schleppte. Derweil flüsterte ihr der knöchrige Herr Magnat, Mutters Leib- und Magenjuwelier, ins Ohr: »Ich habe da so ein Diadem bekommen. Teuflisch, wie gemacht für Ihr Schwanenhälschen.«

Alles gurrte und schnurrte und badete im Elixier meiner Mutter, von dem die Männer unserer Stadt einfach nicht genug bekommen konnten.

Irgendwann fragte jemand: »Wo sind eigentlich diese amerikanischen Straßenkünstler?«

»Draußen auf der Straße«, sagte Mutter.

Und als wäre dies eine sehr stimmungsvolle Erklärung, rief jemand: »Zum Wohl.«

Und das Fest ging weiter.

Währenddessen irrte Vater die Wände der Kunsthalle entlang. Er war der Einzige an diesem Abend, der sich die Bilder wirklich anschaute. Und nicht nur das. Er las auch alle Begleittexte. Erst auf Deutsch, dann auf Englisch. So kann man gleich seine Fremdsprachenkenntnisse aufbessern, sagte er sich. Nun aber hatte er wirklich alles gesehen, alles gelesen, und noch immer wollte dieser Abend kein Ende nehmen. Er hätte gerne ein Gespräch geführt, jedoch nicht mit diesen Menschen. Im Museumsshop hatte er sich erkundigt, ob sie auch Zeitungen verkauften. Die Verkäuferin hatte ihn so entgeistert angesehen, dass er sich zu einer Entschuldigung verpflichtet gefühlt hatte. Er balancierte seinen Arbeiterkörper durch die Ausstellung, wobei er versuchte, besonders lässig zu wirken. Doch taten ihm die Füße weh, und außerdem hatte ihn eine korpulente Dame gefragt, ob er einen Moment ihr Weinglas halten könne. Das war jetzt zwei Stunden her.

Schlag zehn hielt er es nicht länger aus, setzte sich ins Auto und hörte die Nachrichten. Zwanzig Kilometer stockender Verkehr vor dem Gubristtunnel. Er seufzte. Vor der Eingangstüre standen die amerikanischen Straßenkünstler und rauchten.

»How do you do?«, sprachen sie ihn an.

»Fine. Thank you«, reagierte Vater geschickt.

Einen Moment überlegte er, ob er vom stockenden Verkehr berichten sollte, wusste jedoch nicht, was stockender Verkehr auf Englisch hieß. Und dann sagte er sich, dass der Gubristtunnel für amerikanische Straßenkünstler wahrscheinlich sowieso nicht von großer Bedeutung war.

Er sehnte sich nach guten Gesprächen. Wenn es aber mal dazu kam, fühlte er sich gefangen, als trage er einen kratzigen Pullover, der außerdem zu klein war, und er verspürte den Drang, das Gespräch so schnell wie möglich zu beenden.

»Do you smoke?«, fragte einer der Straßenkünstler.

Vater schüttelte den Kopf.

»I have a pipe«, sagte er, eine Art Pfeife mit den Händen darstellend. »But I have forgotten it at home.«

Drinnen war Mutter gerade dabei, eine überlebensgroße Torte anzuschneiden, die ein bekannter Confiseur eigens für sie kreiert hatte.

»Ich habe mich gerade mit deinen amerikanischen Straßenkünstlern unterhalten«, raunte Vater ihr zu. »Das sind feine Kerle.«

»Ich habe dir doch gesagt, du sollst nicht mit ihnen reden«, schimpfte sie. »Es verwirrt dich nur.«

Als er die Toilette aufsuchte, kamen kurz nach ihm zwei Männer herein. Sie stellten sich nebeneinander am Pissoir auf und begannen, sich über Mutter zu unterhalten. Vater saß in seiner Kabine und hielt sich die Ohren zu. Doch seine Hände waren zu alt, zu schwach, zu durchlässig. Er hatte einfach zu viele Finger. Vielleicht lag es aber auch an seinen Ohren. Sie waren zu groß, viel zu groß. Da fiel ihm ein alter Trick ein, und er stimmte aus Leibeskräften ein Marschlied aus seiner Armeezeit an.

WIMPEL KANN MAN NIE GENUG HABEN

Mutter mochte es wie gesagt nicht, wenn ich sie auf ihre Tätowierung ansprach. Was sie aber wirklich hasste, war, wenn ich fragte, wie sie und Vater sich kennengelernt hatten.

So wie der Monat, als sie weggelaufen war, war auch die Beziehung mit meinem Vater ein großes Rätsel. Wie konnten diese beiden Menschen nur zusammen sein, es war doch ganz offensichtlich, dass sie überhaupt nichts gemeinsam hatten. Und trotzdem waren sie verheiratet. Nicht nur das. Sie hatten sogar zwei Kinder gezeugt. Diese beiden Menschen mussten einfach verrückt sein.

Bereits die Umstände, die zu ihrer ersten Begegnung geführt hatten, waren reichlich sonderbar. Das wiederum hatte mit meinem Vater zu tun. Sobald er irgendwo ins Spiel kam, begannen die Dinge sonderbar zu werden. Die Geschichte ist mir von verschiedener Seite bestätigt worden und könnte auch den Titel tragen *Als ich mich aus purer Freundlichkeit zum Idioten machen ließ und dabei die Liebe meines Lebens kennenlernte.*

Alles hatte damit angefangen, dass ein Bekannter meines Vaters im Sterben lag. Der Bekannte hieß Ruedi, und unter demselben Namen, nämlich als Clown Ruedi, pflegte er seit vielen Jahren bei Kindergeburtstagen, Firmenfesten oder Altersheimnachmittagen aufzutreten. Nun war er an Leberkrebs erkrankt, und man munkelte, er habe nur noch wenige Wochen zu leben. Vater und Ruedi waren nicht wirklich befreundet. Sie kannten sich aus dem Turnverein, wo sie manchmal noch ein Bier zusammen tranken. Eigentlich mochte Vater Ruedi nicht besonders, denn Ruedi war ein Schwätzer und Choleriker, der zu viel trank und danach zu Hause seine Frau verprügelte. Nun aber lag er im Krankenhaus, und wegen seines ruhigen Wesens, in dem sie die Weisheit eines Geistlichen zu erkennen glaubten, war Vater von den Turnvereinkollegen dazu auserkoren worden, Ruedi den letzten Besuch abzustatten.

Da saß er auf dem Besucherstuhl. Das Geschenk der Turnverein-Männer hatte er bereits überreicht. Es handelte sich um einen Früchtekorb. Der Turnverein schenkte immer einen Früchtekorb, egal, ob nun jemand heiratete, Geburtstag hatte oder, so wie Ruedi, im Sterben lag. Ein Früchtekorb passt immer, lautete der allgemeine Tenor.

Als Vater hereingekommen war, hatte er »Hallo« gesagt, und etwas später noch »Na, wie gehts?«. Seither hatte er nichts mehr gesagt. Er studierte seine Hände, als sehe er sie zum ersten Mal. An der Wand hing ein Kalender. Es war Mai. Nun stirbt der Ruedi also im Mai, dachte Vater.

»Bald kommt der Sommer«, bemerkte er fast flüsternd und wendete sich wieder seinen Händen zu.

Plötzlich hörte er Ruedi keuchen.

»Nicht sterben.«

»Was meinst du?«

»Clown Ruedi darf nicht sterben.«

»Natürlich«, rief Vater. Er war hochgesprungen. »Natürlich. Clown Ruedi wird nicht sterben.«

»Versprichst du mir das?«

»Ich verspreche es.«

Ruedis Hand war eiskalt, als Vater sie bewegt ergriff. In Ruedis Gesicht lachte schon der Tod. Es war ein schreckliches Gesicht, und für einen kurzen Augenblick glaubte Vater, das Gesicht eines Clowns vor sich zu haben.

»Clown Ruedi wird nicht sterben«, wiederholte er mit fester Stimme, so als ließe sich der Tod in die Schranken weisen, wenn man nur streng genug mit ihm redete.

Vermutlich hatte Ruedi allen Besuchern dieses Versprechen abgenommen. Mein Vater aber war der Einzige, der es auch wirklich ernst nahm.

In der Folge sah er sich vor ein Dilemma gestellt: Einerseits hatte er dem sterbenden Ruedi sein Versprechen gegeben, andererseits gab es kaum etwas, worauf er weniger Lust hatte als einen Auftritt als Clown. Er mochte Clowns nicht und fand sie lächerlich. Wenn sie im Fernsehen zu sehen waren, schaltete er sofort um.

Ruedi, rief er, als er wieder alleine zu Hause war, warum tust du mir das an? Warum ausgerechnet ein Clown? Warum konntest du kein Imker sein?

Vater liebte Bienen. Seit Jahren redete er davon, eine Ausbildung anzufangen, deshalb wäre es ihm ganz recht gewesen, wenn Ruedi einer gewesen wäre. Aber nein. Es waren nie die Imker, die starben, sondern immer die Clowns. Mit der Schminke, der Perücke und der roten Nase. Nur dass sie all dieses Zeug nicht mit sich nahmen, sondern auf der Erde zurückließen, auf dass irgendwelche anderen armen Seelen sich nun an ihrer Stelle lächerlich machten. Ein endloser Kreislauf.

Vater stand vor dem Spiegel. Er hatte sich geschminkt. Als er sein Gesicht im Spiegel sah, kam ihm wieder Ruedis schreckliche Grimasse im Krankenhaus in den Sinn, wie er den Tod darin hatte lachen sehen.

In diesem Augenblick klingelte es an der Tür. Vater wartete, doch das Klingeln wollte einfach kein Ende nehmen. Schließlich öffnete er. Vor ihm stand eine Frau in einem grünen Regenmantel. Schwarze Strümpfe. Dezent geschminkt. Sie war außer Atem.

»Kann ich Ihren Luftschutzbunker benutzen?«

»Wieso?«

»Es wird gleich ein Erdbeben geben.«

»Ein Erdbeben? Das glaube ich nicht.«

»Stehen Sie nicht dumm rum. Haben Sie einen Luftschutzbunker oder nicht?«

»Ja.«

»Dann kommen Sie.«

Also führte Vater die unbekannte Frau in seinen Luftschutzbunker, wo sie für die nächsten zwei Stunden saßen. Und plauderten. In diesen zwei Stunden redeten sie vielleicht so viel und unbeschwert wie danach nie wieder.

Irgendwann sagte die Frau: »Wollen wir nun wieder rausgehen? Ich glaube, unterdessen ist das Erdbeben vorbei.«

»Wie heißen Sie eigentlich?«
»Agnes von Ärmel.«
»Ich bin Ruedi … der Clown.«

Es dauerte eine Zeit, bis Mutter realisierte, dass Vater kein Clown war. Und es dauerte eine Zeit, bis Mutter wirklich realisierte, dass Vater kein Clown war. Und dann dauerte es noch einmal eine ziemlich lange Zeit, bis Mutter bereit war, zu realisieren, dass Vater Geschäftsführer einer Firma war, die Wimpel produzierte. Und zwar ausschließlich Wimpel.

»Wenn ihr wenigstens noch irgendetwas anderes produzieren würdet«, seufzte sie. »Käse. Oder Kuckucksuhren.«

Vater strahlte in die Runde. Wir saßen gerade beim Frühstück. Es war nicht das erste Mal, dass sie diese Diskussion führten. Und so begannen Thomas und ich genüsslich zu deklamieren: »Das Markenzeichen unseres Unternehmens ist gerade, dass wir Wimpel und nichts als Wimpel produzieren.«

Jetzt strahlte Vater noch mehr, während Mutter sich ganz der Melancholie hingab, mit lauter Verrätern zusammenzuleben.

Sie hatte sich in einen Clown verliebt und einen Wimpelproduzenten geheiratet. Es klang wie ein schlechter Witz, und mit jedem Jahr, das verging, schien die Pointe schrecklicher zu werden.

Warum aber hatte sie überhaupt einen Clown gewollt?

»Einfach nur so«, antwortete sie, wenn ich sie danach fragte.

Für Thomas und mich lag auf der Hand, dass dies eine

Lüge war. Die wahre Geschichte hatte sich folgendermaßen zugetragen: Nachdem Mutter von zu Hause weggelaufen war, hatte sie sich einem Zirkus angeschlossen, wo es einen Clown gab, in den sie sich unsterblich verliebte. In unserer Version hieß der Clown allerdings nicht Ruedi, denn wir waren uns einig, dass man sich unmöglich in einen Menschen dieses Namens verlieben konnte. Unser Clown hieß Ernesto. Ein Bild von einem Mann. Außerdem war er natürlich mit einem umwerfenden Humor gesegnet. Mutters Tage mit Ernesto waren ein einziges Gelächter. Dann aber wurde er während einer Vorstellung von einem Löwen gefressen, einer Kindervorstellung, wohlgemerkt. Noch im Magen des Löwen soll Ernesto gelacht haben. Mutter trat die Flucht an, kehrte reuig nach Hause zurück, heiratete unseren Vater, wurde depressiv. Ende.

»Du darfst diese Geschichte niemandem erzählen«, schärfte mir Thomas ein.

»Natürlich nicht.«

Doch als wir in der Schule einen Aufsatz zum Thema *Unsere Eltern* schreiben mussten, sagte ich mir: Alfred, wäre es nicht eine Sünde, wenn der Welt diese fesselnde Anekdote aus dem Leben deiner Mutter vorenthalten bliebe?

Mutter war begeistert, nachdem die Lehrerin den Aufsatz mit dem Vermerk »Ich denke, das sollten Sie sich ansehen« nach Hause geschickt hatte.

»Ich liebe diese Geschichte«, frohlockte Mutter. »Ich liebe sie. Vor allem den Teil mit dem Löwen.«

Vater war etwas weniger begeistert.

»Das Thema lautet *Unsere Eltern.* Aber wo komme ich denn da vor?«

»Du bist das Ende der Geschichte, der depressive Teil«, informierte ihn Mutter.

»Und die Wimpel werden auch mit keinem Wort erwähnt.«

Mutter tätschelte mir den Kopf, so wie sie es nur ganz selten tat.

»Das ist das Beste daran. Das Allerbeste.«

Wimpel machten Mutter ratlos. Sie konnte einfach nicht verstehen, was daran derart fantastisch sein sollte und wie Menschen auf den Gedanken kommen konnten, sie zu produzieren. Manchmal kam sie zu mir und packte mich an der Schulter: »Sag du es mir. Was hat es mit diesen Wimpeln auf sich?«

Ich zuckte die Schultern. Auch ich wusste es nicht. Niemand wusste es. Und gerade das machte sie gefährlich.

Jahrelang war ich das Kind, das an Geburtstagen einen Wimpel mitbrachte. Nie wieder habe ich Vater so stolz erlebt, wie wenn er mich zu diesen Geburtstagspartys fuhr.

Wenn er mich ein paar Stunden später abholte, fragte er als Erstes: »Und? Was hat er zu dem Wimpel gesagt?«

»Er hat sich sehr gefreut.«

Ich log. Ich musste. Die Wahrheit, das spürte ich, hätte meinem Vater das Herz gebrochen. Die Wahrheit war: Niemand freute sich über Wimpel. Ein trauriger Nebeneffekt dieser anthropologischen Tatsache war, dass meine Beliebtheit unter meinen Klassenkameraden den absoluten Tiefstand erreichte. Bald wollte mich niemand mehr zu seiner Geburtstagsparty einladen.

»Aber warum?«, überlegte Vater. »Wo du doch immer diese tollen Wimpel bringst.«

Mein Vater liebte seine Arbeit. Er liebte die Ruhe. Und vor allem liebte er, dass er hier sein konnte, was er war und liebte: kein Clown. Sondern ein Mann, der Wimpel herstellte. Die Gedanken waren frei und durchsichtig. Nichts Unerwartetes konnte ihm hier widerfahren. Zu Hause sah er schon in jungen Jahren wie ein alter Mann aus. Auf der Arbeit hingegen schien er zu wachsen und sich zu verjüngen, ging aufrecht und sprach mit starker Stimme. Sein Wort wurde gehört und, anders als zu Hause, nicht sofort von allen parodiert. Er war der Boss.

Manchmal nahm er mich in die Firma mit. Dann lümmelten wir in seinem Büro rum, in dem immer der Geruch von kaltem Rauch hing. Zu Hause war es ihm verboten, auf der Arbeit tat er oft ganze Tage nichts anderes, als sich eine nach der anderen anzustecken. Aus der Schublade seines Schreibtisches nahm er zwei Brötchen, die in Alufolie eingepackt waren.

»Mit Salami«, zwinkerte er mir zu.

Bevor wir mit dem Essen anfingen, ließ er die Rollläden herunter, was unserem Gelage immer einen geheimnisvollen, fast verbrecherischen Ruch verlieh.

»Hier ist alles erlaubt«, sagte Vater.

Und wie zum Beweis legte er die Füße auf den Tisch.

»Weißt du«, verkündete er mit vollem Mund, »eines Tages wird das alles dir gehören.«

Ich hustete. Ich hatte mich verschluckt.

»Toll.«

Die Wahrheit war: Ich hatte bereits meine eigenen

Pläne für die Zukunft gemacht. Es handelte sich um bedeutende Pläne, in denen Wimpel keine Rolle spielten. Ich wollte berühmt werden. Ein Held. So wie mein Vorfahre und Namensvetter Alfred von Ärmel, der Schlächter von Marignano. Zwar wollte ich nicht unbedingt ein Schlächter werden, aber doch so etwas in der Art. Der glorreichen Wege gab es viele, nur eines wusste ich mit Sicherheit: Keiner von ihnen verlief über Wimpel.

»Und was sagst du dazu?«, forderte mich Vater ungeduldig auf.

»Nun …«, begann ich diplomatisch.

Eigentlich hatte Vater davon geträumt, dass Thomas als der Ältere und Raffiniertere von uns beiden eines Tages die Firma übernehmen würde. Dann aber hatte die Familie herausgefunden, dass Thomas über sensationelle musikalische Fähigkeiten verfügte, die unmöglich an profane Wimpel verschwendet werden durften.

»Dein Bruder geigt, dass die Funken fliegen. Meine ganzen Hoffnungen ruhen auf dir«, erklärte Vater.

Thomas hatte einen genialen Ausweg aus dem Dilemma gefunden. Einen Moment überlegte ich, diesen Ausweg, wo er schon mal gefunden war, einfach ebenfalls zu nutzen. In meinem Spielzeugschrank fand ich die alte Blockflöte, auf der ich während ein paar deprimierender Monate herumgeblasen hatte. Damals jedoch war ich noch nicht verzweifelt gewesen, damals war ich noch frei gewesen. Ich fing also, so melodisch es mir möglich war, erneut zu flöten an. Obwohl ich ziemlich lange spielte, kam niemand herein, um mir zu gratulieren. Ich warf die Flöte in die Ecke und stand fortan mit der sogenannten Kunst auf Kriegsfuß.

Und plötzlich war alles vorbei. Mein Vater hatte die Geschäftsleitung an einen australischen Unternehmer namens Jack Spade abgetreten. Er setzte größte Hoffnungen in den Mann: »Dieser Jack Spade wird den Wimpel in eine neue Zukunft tragen.«

Ein paar Wochen lang war der Name Jack Spade bei uns zu Hause quasi omnipräsent. Er war die Antwort auf schier jede Frage, und mochte sie »Wer hat die Butter gesehen?« lauten. Für ein paar Tage wollte ich bei unseren Spielen nicht mehr Alfred von Ärmel, der Schlächter von Marignano, sein, sondern Jack Spade, der dynamische australische Jungunternehmer. Die Euphorie währte so lange, bis der Jungunternehmer zum Abendessen vorbeikam. Er hatte einen Spitzbart, einen Vollbauch und kleckerte mit der Salatsauce. Danach war ich wieder der Schlächter von Marignano, der, soviel ich wusste, nicht mit Salatsauce kleckerte und wahrscheinlich sowieso keinen Salat aß.

Nachdem er die Firma übernommen hatte, machte Jack Spade, was wohl jeder vernünftige Mensch getan hätte: Er strich die Wimpel aus dem Sortiment und ersetzte sie durch Kuhglocken und andere folkloristische Souvenirs. Innerhalb kürzester Zeit veränderte sich das Gesicht der Firma und hatte nichts mehr mit demjenigen aus Vaters Tagen gemeinsam. Die Firma hätte irgendetwas sein, irgendwo stehen können. Sie hatte nichts mehr mit ihm und seinem Leben zu tun – und nichts deutete darauf hin, dass sie es jemals getan hatte.

Für eine Weile ging Vater noch zum Mittagessen in die Firmenkantine. Allerdings standen dort immer häufiger asiatische Gerichte, Sushi und Thai-Currys, auf dem

Speiseplan, von denen er Magenschmerzen bekam. So blieb er schließlich ganz zu Hause, was aber bald zu immer größeren Spannungen führte. Mutter hatte bei uns ihren kleinen Salon eingerichtet, den Künstler, Musiker und irgendwelche nebulösen Gestalten mit Bart, Vertreter heilmedizinischer Tonika, Kartenleger oder pensionierte Stabhochspringer bevölkerten. Es war ihr Reich, ihre ganz persönliche Parallelwelt. Und auch wenn sie in dieser Parallelwelt womöglich nicht glücklich war, war sie doch stets ausgezeichnet gekleidet. Uns Kindern war der Zutritt zum Salon verboten. Manchmal aber durften wir Tee servieren oder, was ein ganz besonderes Vergnügen war, kalte Drinks mixen. Nachdem Thomas' musikalisches Genie ruchbar geworden war, wurde er von einem Tag auf den anderen in den Salon befördert, wo er zur Ergötzung der Verehrer unserer Mutter stundenlang auf der Geige herumkratzte.

Ich saß derweil in meinem Zimmer und wartete, bis man mich rief. Das konnte je nachdem sehr lange dauern. Doch ist es der Geduldige, der am Ende belohnt wird. Wenn nach vielen Stunden noch immer nichts Wesentliches passiert war, schlüpfte ich kurz aus dem Zimmer und machte mich auf die Suche nach meinen Eltern.

»Entschuldigt«, begann ich, kaum hatte ich sie gefunden. »Entschuldigt, aber kann es sein, dass ihr mich gesucht habt?«

Dann schauten sie mich ganz erstaunt an: »Aber nein. Überhaupt nicht. Geh ruhig wieder auf dein Zimmer.«

Nachdem Vater nicht mehr länger zur Arbeit ging und seine Tage zu Hause verbrachte, verlor das Salonleben für Mutter seinen Reiz. Anfangs schickte sie ihn noch auf lange Spaziergänge. Doch war Vater nicht der Typ für lange Spaziergänge, und meistens stand er nach einer halben Stunde schon wieder im Wohnzimmer.

Als Folge davon lud Mutter immer seltener in ihren Salon und verbrachte stattdessen die Tage immer häufiger außer Haus. Oft stürmte sie schon frühmorgens irgendwohin davon, um erst spät in der Nacht wieder zurückzukehren. Sie hielt es einfach nicht mehr bei uns aus. Das war auch die Zeit, da sie härter wurde, rastloser, unglücklicher. Und aggressiver. Vor allem Vater gegenüber.

»Ich kann die Mittelmäßigkeit eures Vaters ertragen. Nicht aber, dass er sich andauernd für mich schämt.«

»Weil du mit allen Männern flirtest«, versuchte Vater sich zu verteidigen.

»Nenne mir Namen, und ich fahre bereitwillig zur Hölle.«

»Herr Krebs, der Feinkosthändler.«

»Man kann mit einem Feinkosthändler nicht reden, ohne mit ihm zu flirten. Genauso wenig, wie man mit einem Wimpel-Liebhaber Geschäfte machen kann, ohne mit ihm zu jodeln.«

»Wimpel-Liebhaber jodeln nicht.«

»Das sollten sie aber.«

Mutter schluckte eine Valium. Das tat sie in dieser Phase immer, wenn sie mit meinem Vater redete. Später schluckte sie auch dann Valium, wenn sie nicht mit ihm redete.

»Und was ist mit dem Juwelier? Herr Magnat? Du sollst fünf Stunden bei ihm im Laden gewesen sein.«

»Ich habe ein neues Diadem anprobiert. Teuflisch, wie gemacht für mein Schwanenhälschen.«

An dem Tag trug sie ein pompöses Halstuch.

»Kein Diadem dieser Welt muss fünf Stunden lang anprobiert werden.«

»Nur Kleingeister stoppen bei allem die Zeit.«

Sie sagte es in Richtung von mir und meinem Bruder. Damit wollte sie uns sagen: Achtung. Das soll euch eine Lehre sein. Nie die Zeit stoppen. Nie.

Thomas strahlte. Er war der Einzige am Tisch, der offensichtlich bester Laune war.

»Und du«, fuhr Mutter ihn an. »Was ist mit dir? Warum bist du so glücklich?«

»Ich habe das Begabten-Stipendium für die Meisterklasse in Moskau gewonnen.«

»Na wie schön. Aber falls es dir noch nicht aufgefallen ist: Dem Rest deiner Familie geht es gerade nicht so gut. Wir leiden. Wir haben kein Begabten-Stipendium für eine Meisterklasse gewonnen. Das Leben ist ein Schweinehund. Wie wärs mit ein bisschen Mitgefühl?«

»Jawohl«, rief ich.

Mitgefühl. Das war etwas für mich. Danach konzentrierte ich mich darauf, dem Gespräch mit besonders gequälter Miene zu folgen

»Ich möchte, dass du auch mal was für *mich* tust«, sagte Vater.

»Dann sag mir, was, in aller Herrgottsnamen, was soll ich tun?«

Er murmelte etwas.

»Habe ich da etwa Imker-Kurs gehört?«

Er nickte bitter.

»Du weißt, was ich dir gesagt habe. Ich hasse Bienen. Sie stechen, ich bin bestimmt allergisch. Willst du, dass ich sterbe, nur damit du dein Imker-Diplom machen kannst? Warum fragst du nicht Frau Schranz?«

Frau Schranz war Vaters Assistentin gewesen. Sie war schon weit über achtzig. Früher hatte sie uns gelegentlich besucht. Doch seit sie im Pflegeheim lag, hatten wir sie nicht mehr gesehen. Es war eher unwahrscheinlich, dass man sie für einen Imker-Kurs begeistern könnte.

In diesem Augenblick sprang Thomas mit einem Satz auf, der seinen Stuhl zu Fall brachte. Er glühte vor Zorn.

»Ich hasse euch. Ich hasse euch alle. Und dich, Mutter, hasse ich am meisten.«

Lange Zeit war er ihr Liebling gewesen. Der Künstler. Das sensible Genie, das ganz nach ihr kam. Sie waren ein Herz und eine Seele gewesen. Doch in diesen Tagen zerbrach etwas zwischen ihnen und sollte nie wieder ganz werden.

»Setz dich, Thomas«, befahl Mutter mit ruhiger Stimme. »In dieser Familie bin ich diejenige mit den melodramatischen Ausbrüchen.«

Wütend stürmte Thomas davon.

»Und was kann ich für euch tun?«, fragte Mutter in die Runde.

Vater schüttelte den Kopf und sagte nichts, während ich sie bewundernd anschaute.

Der Pfau hatte gesprochen.

DAS FAMILIENFOTO

Ausgerechnet in dieser Phase, als Mutter nur noch selten zu Hause anzutreffen war, äußerte sie plötzlich einen merkwürdigen Wunsch: »Ich hätte gerne ein Familienfoto.«

Wir schluckten synchron. Hatten wir richtig gehört? Hatte sie gerade »Familienfoto« gesagt? Vorsichtig schauten wir zur Ginflasche in der Hausbar. Sie war noch etwa so voll wie am Vorabend. Mutter schien es wirklich ernst zu meinen.

»Und alle sind mit auf dem Bild. Auch Alfred.«

Sie lächelte mir auffordernd zu. Freu dich, schien ihr Blick zu sagen. Du bist ein Teil dieser Familie, der auf so einem Foto unmöglich fehlen darf. Doch es fiel mir schwer, Freude oder gar Enthusiasmus zu zeigen. Am Tag zuvor hatte mir ein Mädchen aus meiner Klasse, Sandra Lustenegger, aus dem Nichts heraus mitgeteilt, dass ich wie ein Gnom aussehe, und noch immer nagte dieser Vergleich an mir. Ich stand vor dem Spiegel, überprüfte mein Gesicht und kam zum ernüchternden Schluss, dass Sandra Lustenegger den Nagel auf den Kopf getroffen hatte: Ich sah exakt wie ein Gnom aus. Im Grunde musste ich ihr dankbar sein. So wusste ich wenigstens, was Sache war, und lief nicht mehr ahnungslos durch die Welt. Trotzdem fühlte ich mich ein bisschen geschwächt. Und ausgerechnet jetzt, wo die Wahrheit um mein gnomisches Aussehen ans Tageslicht gekommen war, musste Mutter diese Foto-Idee haben. Natürlich war das kein Zufall. Sie machte das mit Absicht, um sich an mir zu rächen, um mir den Spiegel vorzuhalten: Und warum? Natürlich weil sie mir noch immer nicht verzeihen konnte, dass ich kein Mädchen geworden war. Sie hatte ja schon einen Jungen gehabt. Wiederholungen langweilten sie. So weigerte sie sich etwa, aufgewärmte Mahlzeiten zu verzehren. In ihren Augen war ich sogar noch schlimmer als eine aufgewärmte Mahlzeit: ein aufgewärmter Junge.

»Ich möchte ein Familienfoto machen lassen«, hatte Mutter in die Runde geworfen.

Daraufhin folgte Stille.

Das allein war bei uns zu Hause noch nichts Ungewöhnliches. Bei uns folgte auf das meiste Stille, ob die Information nun »Ich geh morgen wandern, wer hat Lust mich zu begleiten?«, »Ich habe eine tödliche Krankheit« oder eben »Ich möchte ein Familienfoto machen lassen« lautete.

Doch die Stille jenes Abends war von besonders viel Ratlosigkeit geprägt.

Ein Familienfoto, raunte es durch unsere Köpfe, so wie es Zurbriggens aus der Nachbarschaft machen. Jedes Jahr marschierten sie geschlossen zum Fotografen, um ihrer Galerie ein neues Porträt hinzuzufügen. Ihr Haus musste mittlerweile vollgestopft sein mit diesen Fotografien, keine einzige freie Fläche, sogar auf dem Klo hingen sie und strahlten um die Wette. Wir hassten sie.

»Du hast doch schon ein Familienporträt.«

Damit meinte Großmutter das Ölbild, das ein lokaler Künstler vor ein paar Jahren gemalt hatte. Es zeigte sie inmitten einer lieblichen Blumenlandschaft, wie sie Futter an die Tiere des Waldes verteilte. Auch ein Obdachloser hatte es in die bukolische Szene geschafft. Großmutter verwöhnte ihn zwar nicht mit Futter, dafür mit ein paar besonders warmherzigen Blicken. Nachdem er das Bild beendet hatte, hatte sich der lokale Künstler von der Malerei zurückgezogen und den Kanton verlassen. Wie man hörte, betrieb er nun eine Fahrradhandlung im Thurgau.

Noch bevor die Farben ganz getrocknet waren, schenkte uns Großmutter ihr Ölbild mit den Worten »Das kommt ins Wohnzimmer«. Wenn sie zu Besuch kam, suchten ihre Augen als Erstes das Bild, denn sie fürchtete, jemand könne es in der Zwischenzeit abgehängt oder gar gestohlen haben.

»Großartig. Einfach nur großartig«, murmelte sie dann. »Und so wahrheitsgetreu.«

Wenn ich darüber nachdachte, fielen mir noch weitere Familienbilder ein, die in der Vergangenheit entstanden waren. Zum Beispiel das Buntstiftbild *Meine Familie und ich*, das Thomas in der Schule gemalt hatte. Oder das Buntstiftbild *Meine Familie und ich*, das ich in der Schule gemalt hatte. Die beiden Werke waren identisch. Kein Wunder, schließlich hatte ich es abgepaust. Wenn der Erstgeborene ein Genie ist, bleibt dem Nachzügler nur noch das Abpausen.

Nachdem er die Arbeit in der Wimpel-Fabrik aufgegeben hatte, kaufte sich Vater eine Kamera. Bis zu diesem Tag hatte er sie jedoch nicht in Dienst genommen. Immer fehlte etwas. Erst ein Film, dann schönes Wetter, dann die Lust zum Fotografieren. Nun aber schien die Zeit gekommen. Er wollte gerade das Wort »Kamera« formen, da unterbrach ihn schon meine Mutter: »Ein Profi wird das Bild machen.«

Ein Profi also.

Es war eindeutig, dass Mutter damit nicht nur sagen wollte, dass wir keine Profis im Fotografieren waren. Wir waren grundsätzlich keine Profis. Es war höchste Zeit, dass wir endlich mal so einen richtigen Profi kennenlernten.

»Er heißt Heinzer«, sagte Mutter.

Wir nickten. Heinzer. Ein guter Name für einen Profi.

»Werner Heinzer. Er hat mal die Queen von hinten fotografiert.«

Wir konnten gar nicht mehr aufhören zu nicken und uns zu schämen, dass wir keine Profis wie Werner Heinzer waren, der Königinnen von hinten fotografierte.

»Wird er uns auch von hinten fotografieren?«, wollte Thomas wissen.

Mir war klar, dass Thomas nur deshalb fragte, weil er in diesem Fall beim Friseur einen speziellen Schnitt am Hinterkopf bestellen wollte, mit dem er uns anderen einmal mehr in den Schatten zu stellen gedachte. Vermutlich konnte er Werner Heinzer bereits juchzen hören: »Dieser Hinterkopf übertrifft sogar den der Queen!«

»Werner Heinzer ist ein Profi«, erinnerte uns Mutter noch einmal. Langsam wurde es ermüdend. Ich sah, wie Großmutter hasserfüllt in ihr Meringue biss.

»Er wird uns alle Wünsche erfüllen.«

»Wird er auch meinen Kakadu fotografieren?«, erkundigte sich Großmutter mit vollem Mund.

»Du hast keinen Kakadu«, erinnerte sie Mutter.

Thomas probte bereits verschiedene Gesichtsausdrücke, die er für das Foto aufsetzen wollte. Derweil stocherte Vater mit einem Zahnstocher gehetzt in seinem Mund herum. Fürchtete er, bis zum Fototermin nicht alle Essensreste rauskratzen zu können? Zum Schluss machte er eine ruckartige Kopfbewegung, was bei ihm so ziemlich alles bedeuten konnte, von »Meine Mundhöhle ist jetzt sauber« bis zu »Es stimmt, Großmutter, du hast keinen Kakadu«.

Dann sagte er doch etwas, und zwar: »Ein Familienfoto? Aha. Ein aufregendes Kapitel für uns alle.«

Darauf folgte wieder eine lange Pause, während der jeder von uns mit seinen unheilvollen Gedanken beschäftigt war.

Am nächsten Mittwoch fuhren wir zum Fotostudio. Es war einer jener seltenen Ausflüge, bei denen wir alle zusammen in einem Auto saßen. Alle außer Großvater.

»Er ist im Moment nicht besonders fotogen«, bemerkte Großmutter, als wir sie darauf ansprachen.

Während der Fahrt herrschte eine beklemmende Stimmung. Wohin ich auch schaute, sah ich Gesichter im feinsinnigen Wechselspiel zwischen lodernder Wut und peinigender Scham.

»Ich will hier raus«, flüsterte Thomas. Er hustete und konnte nur noch schleppend atmen: Es musste sich um eine schwere allergische Reaktion auf seine eigene Familie handeln.

Nach fünf endlos langen Minuten hielt der Wagen endlich vor dem Fotostudio.

»Lass uns nach Hause fahren«, empfahl Großmutter,

nachdem sie ihre Brille aufgesetzt und die Eingangstüre gemustert hatte.

Werner Heinzer war ein untersetzter kleiner Mann mit Glatze, der bis zu den Schuhen ganz und gar in Schwarz gekleidet war. Er hätte auch ein Priester sein können oder sonst jemand, dem man vor allem auf Beerdigungen begegnete.

»Wer möchte alles Kaffee?«, fragte er mit dröhnender Stimme.

»Können wir endlich anfangen?«, rief Großmutter ungeduldig.

»Also ich mach mir einen Kaffee«, teilte uns Werner Heinzer mit.

Er machte einen verkaterten Eindruck. Aber vielleicht war das auch seine ganz normale Ausstrahlung.

»Wie gehts?«, fragte er meinen Vater.

»Gut«, erwiderte dieser erstaunt.

Mutter lächelte die ganze Zeit. Hier sind wir bei einem Profi, schien ihr Lächeln zu sagen. Großmutter studierte kritisch die Fotografien ehemaliger Kunden, die an den Wänden hingen. Manche von ihnen sahen irgendwie bekannt aus, oder zumindest halb bekannt. Vielleicht waren es Schauspieler, die mal irgendwann in einer Serie mitgewirkt hatten. Ein Foto der Queen befand sich leider nicht darunter.

»Und du bist wohl der Champion«, sprach mich Werner Heinzer plötzlich an.

Champion? Wie kam er nur darauf? Hatte er nicht »Gnom« sagen wollen? Hätten mir meine Eltern nicht verboten, fremde Männer zu umarmen, hätte ich es an dieser Stelle gerne getan.

»Nein«, kreischte Thomas, noch bleicher als sonst. »Der Champion bin doch ich!«

»Es stimmt«, kam ihm Mutter zu Hilfe. »Thomas ist der Champion in der Familie. Alfred haben wir einfach auch noch gemacht.«

Profi Heinzer kratzte sich verwirrt am Kopf. So was hatte er noch nie erlebt. Und dabei hatte er die Queen von hinten fotografiert. An dieser Stelle kam glücklicherweise Werner Heinzers Assistentin herein. Eine kettenrauchende Rothaarige, die ihrem Chef ein paar Äpfel brachte.

»Ich muss täglich frisches Obst essen«, erklärte Heinzer. »Wegen meinem Herzen.«

»Bei Herzkrankheiten hilft kein Obst. Da hilft nur eines: operieren«, informierte ihn Großmutter.

»Sie haben recht«, sagte Heinzer, während er in einen Apfel biss und unterdessen alles andere als unternehmungslustig wirkte.

Als Kulisse standen uns drei Attrappen zur Auswahl: Ein Wasserfall, ein Helikopter und die Wüste.

»Welche hat die Queen genommen?«, fragte Großmutter.

»Den Helikopter«, sagte Heinzer und zwinkerte mir zu.

Ich mochte den Mann immer mehr. Dieser Heinzer, dachte ich. Das ist wirklich mal ein Profi.

Es war offensichtlich, dass Mutter alle drei Kulissen entsetzlich fand. Doch es war zu spät. Sie hatte Heinzer organsiert und ihn uns als Profi angedreht. Jetzt gab es kein Zurück mehr, weshalb sie widerwillig sagte: »Wir nehmen die Wüste.«

Also stellten wir uns vor der Wüste auf. Spätestens jetzt zeigte sich, dass wir optisch kein bisschen aufeinander abgestimmt waren. Vor Tagen hatte uns Mutter ermahnt, wir sollten uns für das Foto etwas mit Pfiff anziehen.

»Jawohl«, hatte Thomas gerufen, während er in Gedanken bereits vor seinem Kleiderschrank meditierte. Ich hingegen suchte ziemlich ratlos in meinen Sachen nach etwas, das den verlangten Pfiff versprühte. Schließlich fand ich einen Pulli mit Dinosauriern drauf. Er war grün und alt, und wie ich mich jetzt wieder erinnerte, hatte ich ihn an Großvaters siebzigstem Geburtstag getragen und damit große Unzufriedenheit beim Jubilar verursacht. Ich ging ins Schlafzimmer meiner Eltern, wo Vater vor dem Spiegel ein blaues und ein weißes Hemd gegeneinander abwog.

»Hat das Pfiff?«, fragte ich und zeigte ihm den Pulli.

»Ich denke schon«, meinte er ratlos.

»Ihr seht alle abscheulich aus«, schimpfte Mutter, als wir uns fürs Foto vor der Wüste versammelten.

»Ich auch?«, stammelte Thomas verwundert.

Er trug ein Gilet und dazu eine bunte Krawatte. Irgendwo hatte er eine alte Meerschaumpfeife aufgestöbert, und irgendwie sah sein Haar so aus, als hätte er Mehl hineingestäubt, an manchen Stellen war es ganz weiß, und als Werner Heinzer vorhin an Thomas vorbeigegangen war, hatte er eine Niesattacke bekommen.

»Warum hast du ausgerechnet diesen Hut angezogen?«, erkundigte sich Mutter nach dem grotesken Ungetüm auf Großmutters Kopf. Es handelte sich um eine Art wandelnde Früchteschale, bei deren Anblick Heinzers Assistentin misstrauisch die Augen zusammengekniffen hatte.

»Dieser Hut macht mich jung«, protestierte Großmutter.

»Er macht dich nicht jung. Er macht dich idiotisch«, korrigierte Mutter.

So teilte sie weiter Beleidigungen aus, bis wir alle völlig konsterniert waren. Mit hängenden Köpfen standen wir vor Werner Heinzer und schienen es allesamt aufrichtig zu bedauern, zu dieser Einheit zu gehören, die man gemeinhin als Familie bezeichnete. In diesem Augenblick wollten wir alle dasselbe: weg. Aber nicht zusammen. Sondern getrennt. Und jeder in eine andere Richtung. Ich hatte ein schlechtes Gewissen und verspürte das Bedürfnis, mich bei Werner Heinzer zu entschuldigen.

Mittlerweile wirkte auch er ziemlich unfroh.

»Ja, was sollen wir da machen?«, seufzte er.

Die Einzige, die nicht unglücklich wirkte, war seine Assistentin. Sie stand im Hintergrund, wo sie triumphierend eine Zigarette nach der anderen rauchte.

Plötzlich hatte ich eine Idee.

»Wie war das noch mal, als Sie die Queen fotografiert haben?«

»Du hast recht«, rief Heinzer und klatschte in die Hände.

»Wenn Sie sich bitte alle einmal umdrehen würden.«

In meiner Familie ist die Kehrseite die bessere Seite.

ZWEITER TEIL

DIE TALENTSHOW

Von früher Kindheit an habe ich meine Familie davon zu überzeugen versucht, dass meine Geburt kein Fauxpas war. Ich wollte ihnen zeigen, dass ich verdientermaßen ein von Ärmel war, und nicht irgendein blässlicher Nebendarsteller in der Familienchronik, der mit siebenundzwanzig an einer Erkältung stirbt. Nein, ich wollte das edelste Blatt am Baum sein. Aber das edelste Blatt verkörperte leider schon mein Bruder. Er geigte dieser Tage intensiver denn je. Doch auch das zweitedelste Blatt, redete ich mir ein, war noch schwer in Ordnung. Mein Held war mein Namensvetter. Alfred von Ärmel. Der Schlächter von Marignano. Allein die Erwähnung seines Namens ließ mich wohlig erschauern. Manchmal skandierte ich ihn minutenlang vor mich hin: »Alfred von Ärmel. Alfred von Ärmel.« Oder auch: »Schlächter von Marignano. Schlächter von Marignano.« Der Schlächter-Aspekt war dabei nicht wirklich zentral für mich. Der Mann hatte damals vierzig Franzosen niedergemäht. Der einzige Franzose, den ich kannte, war Herr Jacques, der Schuhverkäufer meiner Mutter. Ein dürres, windiges Männchen, das sich stets in die offenen Hände blies, als wolle es sie wärmen. Ich sah keinerlei Veranlassung, diesen Herrn Jacques niederzumähen. Zentral für mich war etwas anderes: Mein Vorfahre war ein Held. Obwohl seit fünfhundert Jahren tot, sprachen die Leute immer noch von ihm. Mein Vater hatte von mir immer erwartet, dass ich ins Wimpel-Business einstieg. Doch auf diesem Gebiet waren Helden eher rar gesät. Ein Blick in die Geschichtsbücher zeigte, dass sich Wimpelfabrikanten darin nicht lange hielten. Wenn ich ein Held werden wollte, musste ich mich nach etwas anderem umschauen. Mein Bruder Thomas mochte vielleicht ganz gut auf der Geige sein. Doch wer war denn heutzutage nicht gut auf der Geige? Jedenfalls war es eher unwahrscheinlich, dass man in fünfhundert Jahren noch von seinen Auftritten reden würde. Soll er ruhig geigen, sagte ich mir, und währenddessen startest du deine Heldenkarriere.

Allerdings gab es da ein Problem: Helden waren sportlich. Das waren alles Menschen, die schon zum Frühstück Marathon liefen, um am Nachmittag die ersten Eber bis zur Erschöpfung herumzujagen. Nun war gerade die sportliche Betätigung meine Sache nicht. Beim Dauerlauf kam ich – sofern überhaupt – als Letzter an. Im Schwimmunterricht sank ich sofort bis zum Grund und blieb dort, bis der Lehrer mich herausfischte. Und seit dem Vorfall, bei dem ich meinen Schulkollege Reto beinahe gepfählt hätte, war ich bis auf Weiteres von sämtlichen Wurfdisziplinen ausgeschlossen. Verzweifelt blätterte ich in den Enzyklopädien und Geschichtsbüchern auf der Suche nach einem Helden, der seine Taten im Sitzen vollbracht hatte. Was ich mir wünschte, war ein Held des Mittagsschläfchens, Blumengießens und Spazierengehens. Ein Held, den man für sein langes Gähnen liebte. Für seine Geduld und die wunderbare Handschrift. Denn so schlecht ich in Sport war, so brillant war ich, laut Zeugnis, in Schönschrift. In diesem Fach, und nur in diesem, sahnte ich regelmäßig Bestnoten ab. Alfred von Ärmel. Meister der Kalligrafie. Gewinner internationaler Wettbewerbe. Niemand, der das A lesbarer schreibt als er. Und habt ihr erst seine Us gesehen? Noch in Hunderten von Jahren wird man sich von den Herkulestaten erzählen, die er beim Schönschreiben vollbracht hat.

In der Familiensammlung gab es ein Porträt meines berühmten Namensvetters. Früher hatte es zusammen mit anderen Schlachtengemälden im Esszimmer gehangen. Doch als man feststellte, dass es allen Leuten den Appetit verdarb, hatte man es auf den Estrich verbannt. An manchen Abenden ging ich dort hinauf, um für eine Weile mit meinem Vorbild alleine zu sein. Er war ein grimmiger Mann gewesen, der sich auch für sein Porträt nicht zu einem Lächeln hatte bewegen lassen. Ein zentnerschwerer Bart hing ihm im Gesicht. Die schwarzen Augen schienen den Betrachter regelrecht aufzuspießen. Man erkannte sofort: Das war kein Mensch, mit dem man gerne in die Ferien fahren würde. Doch bedeutsame Männer sind immer allein. Das wusste ich damals schon.

Manchmal kam es mir vor, als ob er der Einzige wäre, der mich wirklich verstand; der Einzige, der mir mit nie getrübtem Interesse und engelhafter Geduld zuhörte. Ich weiß nicht, Alfred, sprach ich zu ihm, ich weiß nicht, was ich tun soll, um ein bedeutsamer Mann zu werden. Ich habe es mit der Blockflöte versucht. Du und ich, wir beide wissen, dass das nicht der richtige Weg für mich ist. Helden quälen andere Menschen nicht. Eben gerade nicht. Helden helfen anderen Menschen, indem sie sie retten. Wie aber kann ich andere Menschen retten, wenn ich selber es doch bin, der immer wieder gerettet werden muss? Siehe Schwimmunterricht. Siehe Orientierungslauf im Wald. Siehe praktisch alle Tage vom Klassenlager auf der Bettmeralp. Sie sagen, ich hätte eine schöne Handschrift. Kann das die Lösung sein? Ist es meine Bestimmung, den Menschen zu helfen, indem ich sie mit meiner Schönschrift erfreue? Ist das wirklich mein Weg? Wohin soll ich gehen? Was soll ich tun? Was mir fehlt, ist eine zündende Idee.

Es war meine Großmutter, die diese zündende Idee lieferte.

Das Wunder geschah unmittelbar, nachdem wir an Weihnachten *Jingle Bells* gesungen hatten. Großmutter hatte neben mir gesessen und merkwürdige Grimassen geschnitten. Ich fürchtete schon, sie erlitte eine Herzattacke. Doch als das Lied verklungen war, verkündete sie, wobei sie auf mich zeigte: »Die Stimme dieses Knaben ist von Gott gesandt.«

Bis zu diesem Zeitpunkt hatte ich keine sonderlich innige Beziehung zu meiner Großmutter unterhalten. Sie war die Person, die den Reichtum der Familie verwaltete, was sie mit ausgesprochener Leidenschaft zu betonen pflegte. Trotz des vielen Geldes, in dem sie schwamm, gönnte sie sich selber fast nichts. Legendär war ihre sogenannte Gala-Garderobe aus einstmals bordeauxrotem

Tüll, in die sie sich seit mindestens zwanzig Jahren für sämtliche Hochzeiten, Geburtstage, Namenstage und auch Beerdigungen in der ganzen Familie eingehüllt hatte. Mittlerweile bestand die Gala-Garderobe nur noch aus einem derben Fetzen, der sich schwermütig an ihrem dürren Körper festkrallte. Trotzdem hätte Großmutter diesen Fetzen noch mal zwanzig Jahre getragen, wenn nicht mein Cousin Richard ihr den Zutritt zu seiner Hochzeit verboten hätte, sollte sie es wagen, in der Gala-Garderobe zu erscheinen.

Bei mir und meinem Bruder war sie vor allem wegen ihrer Geschenke äußerst unbeliebt. Oft schenkte sie gar nichts, was aber immer noch besser war, als wenn sie uns wirklich etwas schenkte. Meistens handelte es sich um Dinge, die sie zuvor von irgendwelchen Bekannten bekommen hatte und dann per Zufallsgenerator auswählte. Wir stellten uns vor, wie sie, weil mal wieder so ein verdammter Enkel Geburtstag hatte, wütend in einem riesigen Trog wühlte, in dem sich all jene Sachen befanden, die Großmutter nicht einmal beim Trödelhändler hatte loswerden können.

Besonders erniedrigend war, dass Vater uns später zwang, Großmutter brieflich für die Geschenke zu danken.

»Liebe Großmutter«, schrieb ich. »Vielen Dank für die schöne Damenhandtasche.«

»Wie wäre es, wenn du Damenhandtasche durch Sporttasche ersetzt?«, schlug Vater vor.

»Aber das stimmt doch gar nicht.«

»Mach es trotzdem. Bitte.«

Von uns allen war Vater eigentlich der Einzige, der sich

um ein gutes Verhältnis zu Großmutter bemühte. Es war uns allen ein Rätsel, warum ihm das so wichtig war. Masochismus, meinte Mutter. Er schenkte ihr teure Sachen, lud sie in die Ferien ein. Anlässlich ihres siebzigsten Geburtstages organisierte er ein Kammerorchester. Sie spielten Vivaldis *Vier Jahreszeiten*, denn ein paar Wochen früher hatte sie für alle hörbar verkündet: »Wenn es etwas gibt, das mich zu Tränen rührt, dann sind es die *Vier Jahreszeiten* von Antonio Vivaldi.«

Das Kammerorchester hatte gerade losgelegt, als Großmutter »Ausgerechnet Vivaldi!« rief. Die Musiker waren noch nicht bei der zweiten Jahreszeit angelangt, da saß sie bereits in einem Taxi nach Hause.

Man sollte nicht um die Liebe jedes Menschen buhlen. Zumindest sollte nicht jeder Mensch bei jedem Menschen um Liebe buhlen. Gewisse Kombinationen sind einfach zum Scheitern verdammt. Mein Vater hätte sich besser ein Beispiel an uns anderen genommen und Großmutter weitgehend ignoriert.

Natürlich ist es gar nicht so einfach, einen Menschen zu ignorieren, der einem so viel leidenschaftlichen Hass entgegenbringt.

»Wo ist der Wimpel?«, fragte sie, wenn sie zur Tür hereinkam.

Sie fragte es selbst dann noch, als Vater längst nicht mehr in der Wimpel-Fabrik arbeitete.

»Du siehst blass aus. Lass dich besser mal untersuchen. Viele Männer deines Alters haben Krebs.«

Daraufhin drehte sie sich zur Wand, dorthin, wo das Porträt hing, das sie bei der Speisung der Tiere des Waldes zeigte.

»Bemerkenswert. Einfach bemerkenswert«, murmelte sie.

Manchmal fragte ich mich, was sie tat, wenn sie bei sich zu Hause war. Alleine mit meinem Großvater, der kaum noch ansprechbar war und sich nur in seltenen glücklichen Momenten an ihren Namen erinnern konnte. Was tat sie den lieben langen Tag? Ich konnte nicht anders, als sie mir weit hinten in den leeren, kalten Räumen vorzustellen, wie sie im Schein einer fast heruntergebrannten Kerze ihr Geld zählte.

Zu uns Kindern fiel ihr nicht viel ein. Sie war gut darin, zu hassen. Alle anderen Gefühle bereiteten ihr Schwierigkeiten. Ihr Interesse erwachte, als Thomas' musikalische Begabung bekannt wurde. Allerdings machte sie keinen Hehl daraus, dass sie die Geige für ein »minderwertiges, um nicht zu sagen nervtötendes Instrument« hielt.

Für mich hatte sie in der Regel nie mehr als schale Kritik übrig. Erst war ich ihr zu klein, dann zu groß, dann zu dünn und plötzlich zu dick. Ich hatte trockenes Haar, eine merkwürdige Frisur, deformierte Ohren. Meistens aber war ich ihr einfach egal.

Bis zu jenem Weihnachtstag, als sie aus dem Nichts heraus diese plötzliche Erleuchtung hatte.

»Die Stimme dieses Knaben ist von Gott gesandt«, hatte Großmutter gerufen. Danach herrschte erst mal Verwirrung. Wir hatten *Jingle Bells* gesungen und nicht damit gerechnet, dass einer von uns im allgemeinen Stimmenbrei noch die Muse für herausragende, ja sogar von Gott gesandte Finessen finden würde. Zumal wir das Lied schon seit Jahren sangen. Niemand hatte den Eindruck gehabt, als klänge es in diesem Jahr anders, irgendwie genialer.

»Wie bitte?«, fragte Mutter irgendwann.

»Die Stimme dieses Knaben ist von Gott gesandt«, wiederholte Großmutter. Ihre unerschrockene Miene machte deutlich: Notfalls wäre sie bereit, den Satz bis an ihr Lebensende zu wiederholen.

»Das kann doch wohl nicht dein Ernst sein!«, rief Mutter.

Alle schauten zu mir. Ich lächelte und zuckte die Schultern.

Bis zu diesem Abend hatte ich mir über meine Gesangsstimme keinerlei Gedanken gemacht. Doch jetzt kam mir meine Stimme in der Tat ausgesprochen wunderbar vor.

Thomas war käsebleich geworden. Er hatte schon zur Geige greifen wollen, um seine Weihnachtskomposition mit dem Titel *Der Maria im Schoß* tränenrührend anzustimmen, da war ihm der kleine Bruder mit seiner von Gott gesandten Stimme in die Quere gekommen.

»Mir ist schwindlig«, verkündete er. »Ich glaube, ich werde ohnmächtig.«

Er wurde immer ohnmächtig, wenn er spürte, dass er nicht die ihm gebührende Aufmerksamkeit bekam. Obwohl er melodramatisch durchs Wohnzimmer torkelte, schien ihn dieses Mal keiner zu bemerken.

»Dieses Kind hat eine besondere Begabung«, sprach Großmutter. »Die gilt es zu fördern. Der Junge muss ins Fernsehen.«

Vater seufzte. Das war genau die Art von Ankündigung, vor der er sich gefürchtet hatte. Ein Kind, das ins Fernsehen sollte, bedeutete Aufregung, Hysterie und zeitraubende Sonderfahrten. Abgesehen von der unendlichen Scham, die er bestimmt verspüren würde. Die Scham fürchtete er am meisten. Gleichzeitig wagte er es nicht, Großmutter zu widersprechen. Es galt, einen diplomatischen Weg zu finden. Er musste den goldenen Weg des Humors gehen, beschloss Vater und lachte laut auf.

»Lach nicht. Das hier ist eine ernste Angelegenheit«, unterbrach Großmutter ihn sofort.

»Aber«, wandte Vater ein.

»Alle Kinder treten heutzutage im Fernsehen auf. Warum deines nicht, da es ja auch ein Kind ist?«

Dann vollführte sie mit den Fingern figürliche Gesten, womit sie offenbar meine Kleinheit veranschaulichen wollte. Wir alle schauten Großmutter dabei zu und hatten denselben Gedanken: Diese Frau hat komplett den Verstand verloren.

»Ich habe auch schon mal ein Lied gesungen, deswegen bin ich trotzdem nicht im Fernsehen aufgetreten«, argumentierte Vater.

»Man hätte dich nicht gelassen.«

Nun tat sie etwas, was sie noch nie getan hatte: Sie lächelte mir zu. Zwar nicht besonders echt, aber sie lächelte.

»Nun ja«, zweifelte Vater.

Für ihn waren nur ganz wenige Dinge von Gott gesandt. Wimpel. Eine richtige Schweizer Bratwurst. Meine Mutter in der Zeit, als sie sich kennengelernt hatten.

»Denk daran, wer hier das ganze Geld verwaltet«, spielte Großmutter ihre Trumpfkarte aus.

Vater seufzte, jetzt bereits geschlagen.

»Gibt es eigentlich noch Punsch?«, fragte Mutter.

Offensichtlich hatte sie bereits jedes Interesse an der gottgesandten Stimme ihres Sohnes verloren.

»Mir ist übel – und ganz schwarz vor Augen«, stöhnte Thomas, der irgendwo im Hintergrund im Dunkeln lag.

Ich war sehr zufrieden. So ein Geschenk des Himmels kam mir gerade recht. Ich spürte eine tiefe, warme Zufriedenheit in mir aufstiegen und an meinem Hinterkopf leuchten wie ein Heiligenschein. Alfred, der Heilige.

Großmutter engagierte einen Gesangslehrer für mich. Ihr Wunschkandidat war ein gewisser Max Kraushaar, von dem sie behauptete, er sei der herausragende Bariton der Region gewesen. Doch mussten die glorreichen Tage des Herrn Kraushaar schon eine Weile zurückliegen, denn wie uns Großmutter mitteilte, konnte der hundertzweijährige Mann mir für den Moment keinen Gesangsunterricht erteilen, da er gerade im Koma lag.

»Sobald er aufwacht, ist er selbstverständlich mit von der Partie.«

An seiner Stelle verpflichtete sie Herrn Galati, von dem es hieß, er unterrichte Musik an einer Schule für Schwererziehbare.

»Das ist genau das, was der Junge braucht. Ein Mann, der schon alles gesehen hat.«

Dieser Herr Galati hatte einen kleinen, sehr dünnen Schnurrbart, sprödes Haar und schweißige Hände, die er sich an seiner Jeans abwischte, so als würde er gleich jemand Wichtigem die Hand geben.

Die Proben fanden in einem Zimmer in Großmutters Villa statt. Herr Galati saß am Klavier, ich stand daneben. Nach der ersten Stunde sagte er zu mir: »Ich will ganz ehrlich zu dir sein. Du hast nicht den Hauch von Talent. Ich sehe wirklich nicht die geringste Chance, dass du bei der Talentshow die erste Runde überstehen wirst. Aber deine Großmutter zahlt mir gutes Geld. Darum schlage ich dir einen Deal vor. Wir ziehen die Sache durch. Und nachher machen wir fifty-fifty.«

Ich spürte sofort, dass er mich über den Tisch ziehen wollte, und verlangte eine Vorauszahlung. Darauf bot Herr Galati an, mir den Hintern nach Strich und Faden zu versohlen, also akzeptierte ich den ursprünglichen Deal.

Die Gesangsstunden liefen immer gleich ab. Herr Galati saß am Flügel und studierte den Sportteil der Zeitung. Dabei trug er eine winzig kleine Nickelbrille, die er sich nur zu diesem Zweck aufsetzte. Ich vermutete, dass er sich von der Nickelbrille eine ganz besondere analytische Schärfe erhoffte. Er glaubte auch, dass Karotten intelligent machten, und vor jeder Gesangsstunde lag er zehn Minuten auf dem Boden und gab walfischähnliche Geräusche von sich.

Wenn Herr Galati den Sportteil zu Ende studiert hatte, rief er beim Wettbüro an und setzte auf Rennhunde, die Namen wie »The Wizard of Fox« oder »Bengali Lightning« trugen. Danach lief er aufgeregt im Zimmer umher und beschrieb mit donnernder Stimme, was er sich mit dem gewonnenen Wettgeld alles kaufen würde.

»Einen neuen Pyjama, Albert. Aus reinster Seide.«

»Mein Name ist Alfred.«

Wenn er besonders gute Laune hatte, fragte er mich, auf welchen Hund er wetten sollte. Einmal lag ich richtig, und der Hund, den ich genannt hatte, gewann das Rennen.

»Du hast eine Gabe«, sprach Herr Galati und tätschelte mir den Kopf.

Bis zu diesem Zeitpunkt hatte er sich nicht im Geringsten für mich interessiert. »Kinder sind langweilig«, hatte er mir schon ganz früh erklärt. »Man kann sie nicht verführen und nicht mit ihnen Bier trinken gehen. Was bleibt da noch?«

Er schaute mich an, als erwarte er einen konstruktiven Vorschlag.

Nachdem ich den richtigen Tipp abgegeben hatte, schenkte er mir einen Ring mit grünem Stein in der Mitte. Er war viel zu breit für mich, und in der Innenseite war in verschnörkelten Buchstaben »Für Eleonore von ihrem Sklaven« eingraviert, doch aus Furcht, er werde mir andernfalls den Hintern nach Strich und Faden versohlen, tat ich so, als freue ich mich enorm.

»Bin ich nicht lieb? Und jetzt raus mit der Sprache. Welches Hündchen wird heute das Rennen machen?«

Er las mir die Namen vor. Ich sagte, er solle auf Herakles wetten. Denn so hieß Mutters Fitness-Trainer, von dem sie behauptete, er sei ein Berührungs-Genie. Ich wusste zwar nicht so genau, was ein Berührungs-Genie sein mochte, doch schien es mir eine ideale Voraussetzung für einen Rennhund zu sein.

»Bist du sicher?«, fragte Herr Galati. »Soll ich nicht besser auf Brainy Brutus setzen?«

Ich schüttelte den Kopf.

»Herakles.«

Der Mann mit der Gabe. Der heilige Alfred hatte gesprochen.

»Dein verfluchter Herakles ist auf den letzten Rang gelatscht«, schimpfte Herr Galati am nächsten Tag. »Du Scheißkerl hast mich um einen Monatslohn gebracht. Und jetzt gib mir meinen Ring zurück.«

In den zwei Monaten, in denen wir für meinen Aufritt bei der Talentshow probten, hatte ich kein einziges Mal gesungen.

»Es ist besser für uns beide, wenn du es unterlässt«, hatte mir Herr Galati eingeschärft.

Nach ein paar Wochen fragte ich, ob wir nicht doch mal ein wenig üben sollten. Da warf er die Zeitung in die Ecke und stürmte wütend aus dem Zimmer.

»Mach das nie wieder«, sagte er beim nächsten Mal. Seine Nase war rot, überhaupt sah er fürchterlich aus und stank nach Alkohol und Zigaretten.

Manchmal kam uns Großmutter besuchen.

»Was macht das Kind? Warum singt es nicht?«

»Er macht gerade seine Atemübungen«, erklärte Herr Galati.

Das hatten wir so ausgemacht.

»Wenn die Alte reinkommt, machst du einfach sofort deine Atemübungen.«

Großmutter war begeistert, klatschte in die Hände und schaute mir mit wohliger Zufriedenheit beim Atmen zu.

»Sie sind ein Könner«, sagte sie zu Herrn Galati, der auf dem Flügel einen Walzer anstimmte, womit er sie endgültig von seiner Meisterschaft überzeugte.

Am Tag meines Fernsehauftritts steckten sie mich in einen Smoking, eine Idee von Herrn Galati.

»Steck ein Kind in einen Smoking, und die Menge tobt«, hatte er erklärt, so als hätte er in seinem Leben schon ganze Horden von Kindern in Smokings gesteckt.

Als mich Mutter in diesem Aufzug sah, fing sie laut an zu lachen. Ich konnte nicht anders, als ihr recht zu geben. Ich sah wirklich idiotisch aus. Andererseits: Vielleicht sahen Menschen, deren Stimme von Gott gesandt war, ja ganz genau so aus?

Eigentlich hatte ich bei meinen Klassenkameraden kräftig angeben wollen: Heute Abend heißt es einschalten. Tritt ein Junge auf. Einzigartiges Stimmwunder. Jahrhunderttalent. Stimme von Gott gesandt. Sein Name? Alfred von Ärmel.

Nun aber betete ich zu Gott, diesem Schuft, der mir die ganze Misere mit der Stimme eingebrockt hatte, dass niemand, den ich kannte, von meinem Auftritt Wind bekam.

Vater hatte sich bereit erklärt, mich zur Fabrikhalle zu fahren, in der die Talentshow aufgezeichnet wurde. Es war eine lange, schweigsame Fahrt. Zwar waren alle Autofahrten mit meinem Vater lang und schweigsam, doch an diesem Tag schien die Reise kein Ende nehmen zu wollen, und das Schweigen war so tief, dass wir darin zu ertrinken drohten.

»Wann ist dein Auftritt?«, fragte Vater schließlich.

»Um halb sieben.«

»Gut. Dann ist es draußen noch hell«, sagte er, so als wäre das ein bedeutender Vorteil.

Im Autoradio lief ein bekannter Popsong. Auf dem

Steuerrad trommelte Vater den Takt mit. Ich hatte den Eindruck, er wolle mir damit sagen: Sieh nur, du kommst aus einer musikalischen Familie.

Als ich ausstieg, drückte er mir einen Karton in die Hände.

»Wimpel«, sagte er. »Für dich und für die anderen Talente.«

Herr Galati erwartete mich ungeduldig vor dem Eingang zur Fabrikhalle. Er rauchte hastig und sah noch miserabler aus als sonst. Sein Haar stand in alle Richtungen ab, er war kreidebleich und schien ein wenig zu hinken. An der linken Wange hatte er Kratzspuren wie von einem wilden Tier.

»Was ist denn das für ein idiotischer Aufzug?«, fragte er, als er meinen Smoking sah. Meine Erklärung interessierte ihn jedoch nicht.

»Mein Schädel«, stöhnte er. »Gehen wir rein. Bringen wir die Scheiße hinter uns.«

In meiner Garderobe versteckte ich als Erstes den Wimpel-Karton in einem Schrank mit der Aufschrift »Requisite«. Es schmerzte mich, wenn ich an Vaters strahlendes Gesicht dachte, als er mir den Karton überreicht hatte, doch ich wollte meine Popularität nicht schon vor dem Auftritt ruinieren, indem ich hier überall Wimpel verteilte.

Herr Galati tigerte auf und ab und schrie dabei auf Englisch in sein Telefon. Erst dachte ich, es gehe wieder um Hundewetten, bis mir klar wurde, dass er mit einer Frau telefonierte.

Die Garderobe teilte ich mit einem übergewichtigen asiatischen Jungen. Jemand hatte ihn in eine Jodlerkluft gesteckt. Mir schwante, dass dies die Menge sogar noch mehr zum Toben bringen würde als mein Smoking. Der Junge wirkte äußerst zufrieden mit sich und seiner Jodlerkluft. Siegessicher thronte er in seinem Stuhl und dozierte: »Ich singe das Schweizer Volkslied *Det äne am Bergli*. Das ist etwas noch nie Dagewesenes. Noch nie hat ein asiatisches Kind im Schweizer Fernsehen ein Volkslied gesungen. Ich werde Fernsehgeschichte schreiben!«

Dann warf er mir einen hochmütigen Blick zu. An dieser Stelle wäre es angebracht gewesen, etwas zu meiner Verteidigung zu sagen. Etwas in der Art von: Auch im Smoking kann man Fernsehgeschichte schreiben – aber eigentlich glaubte ich selbst nicht daran. Wenn ich in den Garderobenspiegel schaute, sah ich darin nicht etwa einen Jungen, der kurz davorstand, Fernsehgeschichte zu schreiben, sondern einen Hochstapler. Weder konnte ich singen noch kleideten mich Smokings besonders gut. Ich verfluchte Herrn Galati. Und ich verfluchte meine Großmutter. Vor allem aber verfluchte ich mich selbst. Niemals wieder würde ich *Jingle Bells* singen.

Der asiatische Junge nuckelte schon die ganze Zeit an einer Flasche, in der sich eine violette Flüssigkeit befand.

»Hat meine Mama für mich gemacht«, erklärte er.

Nach einer Weile bekam er von dem Gesöff einen schrecklichen Schluckauf.

»Typisch Schweizer Fernsehen«, ärgerte sich Herr Galati, der gerade von der Toilette zurückkam. »Stecken uns in eine Garderobe mit einem rülpsenden Japaner.«

»Ich bin aus Taiwan«, protestierte der Junge.

»Und ein Klugscheißer dazu!«

Der taiwanesische Junge fing an zu heulen. So würde er halt der erste Asiat sein, der im Schweizer Fernsehen rülpste. Es war durchaus denkbar, dass auch dies die Menge zum Toben bringen würde.

»Wenn einer Schluckauf hat, muss man ihn erschrecken«, sagte Herr Galati und schüttelte ihn kräftig durch. Davon ging der Schluckauf allerdings auch nicht weg, dafür heulte der Junge jetzt so richtig.

»Noch fünf Minuten«, informierte uns die Assistentin.

»Bar-Bekanntschaften sind auch nicht mehr das, was sie einmal waren«, bemerkte Herr Galati, ohne dass klar war, worauf sich diese Bemerkung bezog. »Ich sage es euch, und ich sage es euch fürs Leben. Lasst euch nie auf Frauen mit rot gefärbten Haaren ein. Das sind alles kreuzfalsche Schlangen.«

Der taiwanesische Junge hörte ihm mit offenem Mund zu. Herrn Galatis Ratschlag hatte ihn seinen Schluckauf vollkommen vergessen lassen.

»Und Kohle haben sie auch keine«, schimpfte Herr Galati, als uns die Assistentin abholen kam.

Großmutter hatte sich gewünscht, dass ich eine Arie aus *Rigoletto* singe. Am Ende aber hatte Herr Galati sich durchgesetzt. Nun sang ich *Don't worry be happy*. Ein Lied, das laut Herrn Galati jeder Idiot singen konnte. Als ich die Bühne betrat, thronte er bereits an seinem Konzertflügel. Das Schweizer Fernsehen hatte mehrfach nachgefragt, ob für einen Song wie *Don't worry be happy* wirklich ein ganzer Konzertflügel benötigt werde, doch Herr Galati hatte darauf bestanden: »Entweder wir bekommen den Flügel, oder wir bleiben zu Hause.«

Er grinste mir verschwörerisch zu. Dann lehnte er sich dramatisch zurück, um sich gleich darauf mit dem Gewicht seines ganzen Körpers in die Tasten zu werfen. Es war ein wirklich mitreißender Einstieg, nach dem man allerdings eher etwas von Tschaikowski oder Rachmaninow erwartet hätte.

Stocksteif stand ich vor dem Mikrofon. Das Scheinwerferlicht blendete mich, sodass ich die Augen zusammenkneifen musste. Ich spürte, wie mein Hemd unter dem Smoking schon ganz durchgeschwitzt war.

»Schnippen!«, raunte mir Herr Galati zu. »Vergiss nicht zu schnippen.«

Schon zu Hause hatte er mir eingeschärft: »Für dieses Lied muss man nicht singen können. Man muss einfach nur schnippen. Wer schnippt, hat schon gewonnen.«

Ich fing an zu schnippen.

»Aber du musst auch singen. Verdammt. Warum singst du denn nicht?«, kreischte er am Konzertflügel.

Vor dem Auftritt hatte mich die Assistentin nach meinem Vorbild gefragt.

»Mein Vorfahre Alfred von Ärmel. Der Schlächter von Marignano.«

»Aha? Und was hat der so gemacht?«

»Hat vierzig Franzosen niedergemäht.«

»Niedergemäht?«

»Mit der Hellebarde«, präzisierte ich nicht ohne Stolz.

»Nun. Das ist vielleicht nicht ganz das Richtige für unser Programm. Hat der Mann –«

»Der Schlächter.«

»Hat der Schlächter noch etwas anderes gemacht?«

Die Frau hatte sichtlich keine Ahnung vom Handwerk

des Schlächters und seiner Bedeutung für die Eidgenossenschaft. Ich wollte zu einer ausufernden Erklärung ansetzen, doch bereits nach zwei Sätzen unterbrach sie mich.

»Weißt du was? Viele Jungen nennen als ihr Vorbild ihren Papi. Was macht dein Papi denn so?«

»Er hatte eine Wimpel-Fabrik. Aber jetzt hat er nur noch uns.«

Die Assistentin sah plötzlich müde aus, müde und gleichzeitig genervt. Es tat mir leid, dass ich ihr so viel Mühe machte. Ich überlegte, ob sie eventuell jemand war, der sich über einen Wimpel freuen würde.

»Ich schreibe einfach DJ Bobo. Okay?«

»Okay.«

Nach zweieinhalb Minuten war mein Auftritt vorbei. Die Menge tobte nicht. Ob trotz oder gerade wegen des Smokings, das ließ sich kaum beurteilen. Es befanden sich sowieso kaum Leute im Saal. Und es war so still, dass ich Herrn Galati laut und deutlich hören konnte, der am Konzertflügel durch den Mund atmete. Die Jury war nicht in Ekstase aufgesprungen. Niemand war auf die Bühne gerannt, um mir gratulierend auf den Rücken zu klopfen oder mich auf den Schultern durch den Saal zu tragen. Alle sahen ziemlich gelangweilt aus. Vermutlich waren es Auftritte wie meiner, die sie schmerzhaft bedauern ließen, in dieser Jury zu sitzen.

»Wer kommt als Nächstes?«, fragte endlich jemand in die Runde.

»Tai-Bo. Er singt für uns *Det äne am Bergli.*«

»Endlich etwas, das das Schweizer Fernsehen noch nicht gesehen hat.«

Doch sie hatten die Rechnung ohne Herrn Galati gemacht. Der stürmte jetzt zum Bühnenrand.

»Moment. Dürften wir erst um Ihr Feedback bitten?«

»Wir melden uns.«

»Sofort. Wir wollen es wissen. Top oder Flop?«

Er hielt den Daumen hoch, womit er die Jury positiv zu beeinflussen hoffte.

»Wir melden uns.«

»Arschlöcher«, schrie Herr Galati. »Könnt ihr euch vorstellen, wie lange wir für diesen Auftritt geschuftet haben? Monatelanges Rackern. Jede freie Minute. All die Atemübungen!«

Die Jury war jetzt hellwach. Interessiert verfolgte sie Herrn Galatis Tobsuchtsanfall. Wäre es keine Talentshow für Kinder gewesen, ich glaube, sie hätten ihn genommen.

»Ihr kommt alle in die Hölle!«, dröhnte Herr Galati mit alttestamentarischer Stimme.

Zwei Sicherheitsleute führten ihn von der Bühne. Ich sah noch das struppige Haar an seinem Hinterkopf, das in alle Richtungen abstand. Und die Kratzer an seiner bleichen Wange.

»Wir sehen uns in der Hölle!«, rief er.

»Ist das dein Vater?«, fragte einer der Juroren.

»Ein guter Freund meiner Großmutter«, erklärte ich.

Ich ahnte, dass ich Herrn Galati nicht zum letzten Mal gesehen hatte. Und schließlich: Wenn er recht hatte, und irgendwie spürte ich, dass er ein Mensch war, der bei solchen Dingen recht behält, dann sehen wir uns ja alle in der Hölle wieder.

Großmutter hatte meinen Auftritt in der Talentshow übrigens verpasst. An dem Abend wurde eine Dokumentation über Schneekatzen in Nepal gezeigt, die sie sich nicht entgehen lassen durfte.

VATER UND SOHN GEWINNEN EIN RENNEN

Aus irgendeinem Grund mochten mich meine Klassenkameraden nicht. Lange glaubte ich, meine geringe Popularität habe mit den Wimpeln zu tun, die zu schenken ich verdammt war. Dann wurde mein Vater frühpensioniert, und endlich war ich von der Last der Wimpel erlöst. Trotzdem hatte sich an meiner Unbeliebtheit nicht das Geringste geändert. Wenn es aber nicht die Wimpel waren, woran lag es dann? Vielleicht verströmte ich ja einen unangenehmen Geruch, der das Beisammensein mit mir zu einem Leidensweg machte. Der Gedanke ließ mir keine Ruhe. Ich fragte Mutter, die bekanntlich ein ästhetisch denkender Mensch war, ob ich stinke.

»Wir stinken alle«, antwortete sie lapidar.

Dann vermutete ich, dass es etwas in meinem Gesicht war, was die Menschen von mir abstieß. Ich hatte von Männern gelesen, die über den Tierblick verfügten, was sie für Frauen regelrecht unwiderstehlich machte. Vielleicht hatte ich ja auch den Tierblick. Aber von einem Tier, bei dem man sofort das Weite suchte. Stundenlang inspizierte ich mein Gesicht im Spiegel. Doch alles, was ich sah, war ein ziemlich normales Gesicht, nicht gerade hinreißend, aber auch nicht hässlich. Es war ein ungefährliches, einladendes Gesicht, fand ich, mit dem man sofort seinen Mittwochnachmittag verbringen wollte.

Trotzdem war ich am Mittwochnachmittag immer allein.

Ich versuchte es mit Bestechung: »Ich habe zum Geburtstag eine Playstation bekommen. Wer mag am Mittwoch zum Spielen vorbeikommen?«, schmetterte ich durch unser Klassenzimmer.

Die Stille, die darauf folgte, war wie eine Ohrfeige. Der Einzige, der auf meinen Vorschlag reagierte, war Hans Bihler, der im Werkunterricht jeweils so lange an seinem Leimtübchen herumschnüffelte, bis er ohnmächtig unter den Tisch fiel. Auf der Klassenfahrt hatte er sich in der ersten Nacht eingenässt. Und in den anderen Nächten auch. Er war sogar noch unbeliebter als ich.

Ich ignorierte ihn und steuerte direkt auf Nils Züblin zu. Nils Züblin! Mein Liebling. Der mit Abstand beliebteste Junge der Schule. Ein hervorragender Sportler, Spezialgebiet Inlineskates, wo er sogar im Juniorenkader der Schweizer Nationalmannschaft antrat. Er hatte dichtes schwarzes Haar und trug stets dieses sanfte, immer leicht arrogante Lächeln und einen blauen Pulli, auf dem die Worte »Eagles will fly« standen. Wir hatten damals noch keinen Englischunterricht, und niemand wusste, was »Eagles will fly« bedeutete. Das war aber ziemlich egal, denn wir wussten sowieso, dass es nichts anderes als »Alle anderen sind Nieten« hieß.

Alles, da war ich mir ganz sicher, würde sich ändern, wenn ich im Besitz eines Pullis mit dem Aufdruck »Eagles will fly« wäre.

»Ich schau mal, was sich machen lässt«, schmunzelte Vater.

Zum nächsten Geburtstag bekam ich einen giftgrünen Pullover, auf dem ein paar schläfrige Schafe grasten. »Sheep are in the house«. Es war die Art Pullover, die man nicht mal seinem schlimmsten Feind schenken würde.

Nils Züblin. Ich wünschte mir so sehr, sein bester Freund zu sein, den er vor Fieslingen, Schlägertrupps und Leuten, die sich über meine Leistungen im Geräteturnen lustig machten, in Schutz nahm: »Lasst Alfred in Ruhe. Der Typ ist schwer in Ordnung.«

Als wir im Sommer auf Sardinien waren, stellte ich mir vor, wie Nils Züblin plötzlich aus dem schaumgekrausten Meer gestiegen käme. Was machst denn du hier? Bei einem kurzen coolen Gespräch würden wir herausfinden, dass er seine Ferien am selben Ort verbrachte. Nicht nur das: Nils war auch in dem verschlafenen Seniorenhotel untergebracht, das mein Vater reflexhaft gebucht hatte, nachdem er im Prospekt die Worte »Oase der Ruhe« gelesen hatte. Wir fielen uns lachend in die Arme und verbrachten zwei herrliche Wochen, an deren Ende wir braun gebrannt und voller Geschichten und Geheimnisse, die uns für immer zusammenschweißen sollten, in die Schule zurückkehrten.

Etwas in der Art war tatsächlich schon mal passiert. Ich war mit meiner Familie zum Skifahren nach Sedrun gefahren. Zum Mittagessen hatten wir uns in einem Selbstbedienungsrestaurant an den letzten freien Tisch gesetzt. Als ich gerade in meine Bratwurst mit Zwiebelsauce hineinbiss, hörte ich neben mir eine Stimme: »Hey Alfred.«

Ich schaute hoch. Da saß er. Nils Züblin. An meinem Tisch. Das Blut schoss mir in den Kopf. Ich war so aufgeregt, dass ich die Gabel auf den Teller legen musste, damit Nils nicht merkte, wie meine Hände zitterten. Er nickte mir zu und hatte auch eine Bratwurst vor sich. Mein Glück wuchs ins Unermessliche.

»Tolles Wetter«, sagte er.

»Super.«

»Guter Schnee.«

»Super.«

»Nicht schlecht, die Bratwurst.«

»Super.«

Es war ein herrliches Gespräch. Leider war es an diesem Punkt bereits zu Ende. Trotzdem dachte ich in den nächsten Tagen und Wochen immer wieder daran zurück, ließ jede Einzelheit noch einmal auferstehen, dehnte die Worte, schmückte sie aus, bis die Szene im Selbstbedienungsrestaurant damit endete, dass wir uns lachend in die Arme fielen.

»Nils«, sagte ich also, nachdem ich so getan hatte, als hätte ich Hans Bihler nicht gehört. »Wie siehts aus? Kommst du am Mittwoch zum Playstationspielen vorbei?«

Nils starrte geradeaus. Ich sah seinen markanten Schädel im Profil. Das dichte schwarze Haar. Die aristokratische Nase. Die vom vielen Inlineskaten an der frischen Luft braun gebrannte Haut. Ein Star. Ein Champion. Ein wunderbarer Mensch. Leider ziemlich taub. Er schien meine Frage gar nicht gehört zu haben.

»Wann soll ich denn kommen?«, fragte Hans Bihler in meinem Rücken.

Warum war ich so unbeliebt? Eine mögliche Erklärung war meine Familie. Schließlich hatten die von Ärmels in Bern viele Feinde. Andererseits handelte es sich bei denen vorwiegend um eifersüchtige Ehefrauen, die es nicht ertragen konnten, dass ihre Männer meiner Mutter nachliefen. Außerdem konnte sich mein Bruder Thomas vor Freunden und Bewunderern kaum retten. Auf dem Pausenhof sah man ihn stets von einem Schwarm Anhänger umgeben. Meistens waren sie ein paar Jahre jünger als er und daher leicht zu beeindrucken. Er brauchte ihnen bloß seine Medaillen zu zeigen, die er bei verschiedenen Musikwettbewerben gewonnen hatte, und schon brachen sie in ausgelassene Hurra-Rufe aus.

Ich war auch ein von Ärmel. Warum konnte denn nicht ein wenig von dem Glanz auf mich abfallen? Natürlich, ich geigte nicht. Doch die Popularität meines Bruders hatte sowieso andere Gründe. Es ging um Charisma. Thomas lachte nie. Er war immer sehr ernst, was allgemein als Zeichen von Intelligenz und Weisheit verstanden wird. Ich war auch ernst. Bei mir aber empfanden es die Leute als Beleidigung: »Lach doch mal«, sagten sie. Oder: »Jetzt sei nicht immer so verstockt.«

Der eine gilt als verstockt, der andere als weise. Zufall? Pure Ungerechtigkeit. Genauso gut hätte ich von Jüngern umschwärmt sein können, die jedes Wort von mir mit Hurra-Rufen empfingen. So aber hing niemand an meinen Lippen. Außer Hans Bihler.

Am nächsten Mittwochnachmittag kam meine Mutter zu mir ins Zimmer.

»Da steht ein merkwürdig gekleideter Junge an der

Tür und behauptet, er sei mit dir zum Spielen verabredet.«

»Sag ihm, ich bin verreist.«

»Zu spät. Er hat dich am Fenster gesehen.«

Mutter lachte. Offensichtlich genoss sie mein Dilemma in vollen Zügen.

»Dann sag ihm, dass ich krank bin. Sag ihm, ich hätte die Ruhr.«

Am vergangenen Sonntag hatte Großmutter uns das ganze Abendessen durch mit der minutiösen Zusammenfassung eines Dokumentarfilms zum Thema »Ruhr« unterhalten. Sie war beim Fruchtsalat angelangt, als sie die Krankheit sichtlich zufrieden als »Geißel der Menschheit« bezeichnet hatte.

»Also die Ruhr«, sagte Mutter im Tonfall einer Krankenschwester, die jetzt wusste, welches Medikament sie dem Patienten verabreichen musste.

Kaum hatte sie das Zimmer verlassen, stürzte ich zum Fenster. Hans Bihler stand dicht vor der Eingangstür und hielt den Kopf leicht schräg. Ich hatte den Eindruck, er lausche, was hinter der Tür vor sich ging. Er trug eine Art Gilet, wie man es auch bei gewissen Ländlerkapellen sehen konnte. Das Haar hatte er mit Gel nach hinten gekämmt. Es war eindeutig. Hans Bihler hatte sich für mich schön gemacht.

Ich sah, wie Mutter mit ihm redete. Er machte ein erstauntes Gesicht. Möglicherweise zerbrach etwas in ihm irreparabel. Die Haustür ging zu, Hans Bihler blieb stehen. Für ihn war das noch lange kein Grund, wieder nach Hause zu gehen. Im Gegenteil: Hatte er eben noch eine für seine Verhältnisse lässige Haltung eingenommen, so stellte er sich nun in der Manier eines Feldsoldaten auf: Solange ich nicht mit dieser Playstation gespielt habe, weiche ich nicht von der Stelle.

Frechheit, dachte ich. Und dabei hatte er doch gerade erfahren, dass ich an der Ruhr litt. Wusste er etwa nicht, was die Ruhr war? Hatte er noch nie von dieser Geißel der Menschheit gehört?

Niemals, flüsterte ich, niemals wirst du mit meiner Playstation spielen.

Zu allem Unglück zog jetzt auch noch ein Gewitter auf. Schwere schwarze Wolken positionierten sich in Windeseile über dem nach hinten gegelten Haar von Hans Bihler. Da krachte es schon, wenige Sekunden später gingen die ersten gehässigen Tropfen eines blindwütigen Platzregens nieder. Und was tat Hans Bihler? Nichts. Er blieb einfach stehen. Das folkloristische Gilet war nach wenigen Minuten vollkommen durchnässt. Das Gel längst aus den Haaren gewaschen. Geblieben war sein absoluter Wille, an diesem Nachmittag mit meiner Playstation zu spielen, und wäre es das Letzte, was er in diesem Leben tun sollte.

Ein Held, schoss es mir plötzlich durch den Kopf. War so einer nicht ein Held?

In diesem Augenblick wurde die Haustür geöffnet. Eine Hand winkte Hans Bihler. Und federleicht, als führte der Weg über ein Zirkusseil, tänzelte er ins Haus hinein.

Er ist drinnen, sagte ich mir, er ist bei dir im Haus. Ich hielt den Atem an und lauschte auf die Geräusche, die aus dem Wohnzimmer kamen. Ich hörte Schritte. Stimmengemurmel. Jemand lachte. Dann plötzlich Musik. Was zum Teufel ging da vor? Ich hielt es in meinem Zimmer nicht mehr länger aus. Auf Zehenspitzen schlich ich das Treppenhaus hinunter. Im Wohnzimmer brannte Licht. Es roch nach nassen Kleidern und süßem Gel. Auf der Couch, direkt vor dem Fernseher, saß Hans Bihler in eine dicke Wolldecke gewickelt und spielte auf meiner neuen Playstation *Donkey Kong 2*.

»Hallo Alfred«, sagte Hans, als er mich bemerkte.

»Hallo Hans.«

»Was macht die Ruhr?«

»Besser.«

»Willst du mitspielen?«

»Okay.«

Ich setzte mich auf die Couch und nahm den zweiten Controller.

Mein Liebling Nils Züblin veranstaltete eine Geburtstagsparty. Seit Tagen sprach man an unserer Schule von nichts anderem. Es war der Höhepunkt der Saison. Nur langsam waren die Informationen durchgesickert, und was man da so hörte, elektrisierte uns alle. Das Fest sollte in einem Partylokal namens »Ballandia« stattfinden. Es sollte ein Live-DJ auftreten, der sonst in den ganz großen Clubs in Berlin auflegte. Von einem Hamburger-Buffet war die Rede, und hinter vorgehaltener Hand sprachen manche gar davon, dass echter Alkohol ausgeschenkt werden würde. Alles, was Rang und Namen hatte, stand auf der Gästeliste. Klar war, dass Nils' Kumpels vom Inlineskate-Verein gesetzt waren. Ebenso klar war, dass seine Freundin Tina, eine Turmspringerin aus der Parallelklasse, nicht fehlen durfte. Alle anderen aber befanden sich in einem permanenten Schwebezustand. Es war ein nervenaufreibendes Hin und Her. Wer einen sicher geglaubten Platz auf der Gästeliste hatte, konnte ihn im nächsten Augenblick durch einen kleinen Fehler, eine geringfügige Unaufmerksamkeit, wieder verlieren. Das beste Beispiel war Marcel Kuster. An und für sich waren er und Nils dicke Freunde. Doch Marcel Kuster hatte den Fehler gemacht, Nils beim Basketball zu blocken. Ein kurzer scharfer Blickkontakt hatte genügt, und Marcel Kuster wusste: Das wars für ihn mit der Party.

Ich rechnete mir ziemlich gute Chancen aus. Denn seit ein paar Monaten hatten Nils und ich einen Deal am Laufen. Einen Sandwich-Deal: Jeden Morgen ging ich in die Bäckerei bei uns um die Ecke, kaufte mir von meinem Taschengeld ein Sandwich und transportierte es triumphierend in die Schule. In der großen Pause kam Nils auf den Hof getreten und forderte mit dröhnender Stimme: »Sandwich!«

Daraufhin servierte ich ihm das Brötchen, das er mit drei gierigen Bissen verschlang. Auf den Gedanken, mir selber auch ein Sandwich zu kaufen, wäre ich niemals gekommen. Ich war satt, wenn Nils satt war. Niemals hätte ich eine Gegenleistung erwartet. Nun aber schien es sich auszuzahlen, denn tatsächlich hatte mir Nils in der letzten Pause vielsagend zugezwinkert.

Es war ein Zwinkern, da war ich mir ganz sicher, das nichts anderes bedeuten konnte als: Du stehst auf der Gästeliste.

An diesem Tag flog ich nur so nach Hause. Oh, mein lieber Nils, sang ich, was für eine wundervolle Freundschaft. Im Selbstbedienungsrestaurant von Sedrun hat alles angefangen. Damals, als wir erkannt haben, dass wir dasselbe lieben, dasselbe wollen, dasselbe denken. Du und ich, Nils, wir sind Zwillinge im Geiste, Seelenbrüder. Wir sind Freunde fürs Leben. Lange ist es unser süßes Geheimnis geblieben. Jetzt aber ist die Zeit reif, dass die Welt von uns erfährt.

Es ist kurz vor Mitternacht, stellte ich mir vor. Das Hamburger-Buffet ist komplett leer geräumt. Die Party befindet sich auf dem Siedepunkt. Da bittet Nils den DJ für einen Moment um Ruhe.

»Hey Leute«, spricht er ins Mikrofon. »Aufgepasst. Ich möchte euch jemanden vorstellen. Einen total verrückten Typen. Alfred, wo bist du? Auf die Bühne mit dir!«

Ich falle aus allen Wolken. Ich? Wie benommen klettere ich zu Nils auf die Bühne. Er klopft mir anerkennend auf die Schultern. Jetzt ist es erst so richtig zu sehen: Wir tragen beide den gleichen Pullover: »Eagles will fly«.

»Darf ich vorstellen. Das ist Alfred von Ärmel. Mein Sandwich-Lieferant.«

Und er zwinkert mir zu.

Oh, Nils. Oh, mein Lieber. Oh, mein bester Freund.

Es kam der Samstag, der Tag der Party. Noch immer hatte ich nichts von Nils gehört. Hatte er mich vielleicht vergessen? Oder war sein Zwinkern von damals schon eine vollwertige Einladung gewesen? Wie aber konnte ich das herausfinden? Ich überlegte, ihn anzurufen: »Du, Nils, Alfred hier. Sag mal, dein Zwinkern von neulich, war das eine vollwertige Einladung?« Ich tat es nicht. Denn obwohl noch jung und unerfahren, ahnte ich schon damals: Ein Zwinkern kann im besten Fall eine halbe Einladung sein, niemals aber eine vollwertige.

Vielleicht war aber das Telefon kaputt? Der Sturm hatte einen Leitungsmast umgeworfen. Natürlich. Das musste es sein. Andererseits hatte es nicht gestürmt. Und wenn ich den Hörer abhob, hörte ich diesen Summton, der mir sagte, dass alles in Ordnung war. Doch: Konnte man diesen Summtönen wirklich trauen?

Ich fragte meinen Vater, ob mit dem Telefon alles in Ordnung sei.

»Was soll denn nicht in Ordnung sein?«

Gerade eben war er ins Wohnzimmer geschlurft. Wie so oft, seit er nicht mehr in die Wimpel-Firma gehen konnte, hatte er diesen ratlosen Gesichtsausdruck. Er trug ein weißes, frisch gebügeltes Hemd. Blaue, frisch gewaschene Jeans. Alles an ihm war frisch. Außer ihm selbst. Er sah aus wie jemand, der die Orientierung in seinem Leben verloren hatte und jetzt hilflos auf diesem weiten unbestimmten Meer, zu dem sein Dasein geworden war, umhergondelte. Er ging zur Heizung, und nachdem er festgestellt hatte, dass sie eiskalt war, es war Juni, zog er sich mit einem Polit-Thriller mit dem Titel *Der Brüsseler Pakt* in seinen Sessel zurück.

Nach seiner Frühpensionierung hatte er euphorisch verkündet, nun habe er endlich Zeit, um zu lesen. Daraufhin war er in eine Buchhandlung gestürmt und mit diesem Polit-Thriller zurückgekehrt. Seither war das Buch der Stein, den er täglich den Berg hinaufrollen musste. Mit jedem Tag kam er langsamer voran. Wenn sich nicht irgendetwas drastisch änderte, würde er sterben, ohne zu erfahren, was es mit diesem Brüsseler Pakt auf sich hatte.

»Und was ist mit dir?«, fragte er mich. »Was interessiert

es dich, ob das Telefon funktioniert? Erwartest du einen Anruf?«

»Überhaupt nicht«, log ich raffiniert. »Mal sehen, was es hier Gutes zu lesen gibt.«

Ich zeigte auf den Salontisch, auf dem lauter Magazine lagen, deren Thema entweder Gartenbau oder Kochrezepte waren. Beides waren Bereiche, die mich damals nicht wirklich zu fesseln vermochten. Am Ende entschied ich mich für ein Heft, das auf dem Titelblatt ein zehnseitiges Special über Rattan-Möbel versprach.

In diesem Augenblick klingelte das Telefon. Das wars mit den Rattan-Möbeln. Ich schleuderte das Magazin davon und stürzte mich mit einer Art Jagdgeschrei auf den Hörer. Doch es war nur ein Bekannter meiner Mutter, der wissen wollte, ob es an diesem Abend einen Dresscode gebe. Ich legte auf.

Als ich Nils zum ersten Mal von meinem Sandwich hatte kosten lassen, war der Speisung ein kurzer lebendiger Informationsaustausch vorausgegangen: »He du«, hatte Nils mich angesprochen. »Gib mir dein Sandwich, sonst trete ich dir in die Eier.«

Im Grunde lag es auf der Hand, dass auf solchem Nährboden kein positives Verhältnis wachsen konnte. Und doch kannte ich auch den anderen Nils. Jenen Nils von Sedrun, der sich angeregt mit mir über die Qualität unserer Bratwürste unterhielt. Den charmanten, sensiblen, empfindsamen Nils. Vielleicht war ich der Einzige, der diesen Nils kennengelernt hatte, und vielleicht war das der Grund, warum er mich nicht eingeladen hatte. Er fürchtete mich, weil ich die Wahrheit kannte. Ich war mächtig und darum allein. Ich dachte an das Ölbild vom

Schlächter auf unserem Estrich. Alle großen Männer waren allein.

»Hast du heute noch etwas vor?«

Vater stand vor mir und schaute mich irgendwie verlegen an. Meine Augen tränten, wahrscheinlich von der trockenen Luft im Wohnzimmer, oder von irgendwas anderem. Er brauchte wirklich nicht verlegen zu sein.

»Wieso?«

»In Rüegsau findet heute ein Motocross-Rennen statt. Vielleicht könnten wir uns das ansehen?«

Er kramte in seiner Brusttasche, wo er lauter Zeitungsausschnitte von Veranstaltungen sammelte, die er niemals besuchte.

»Tja. Ich finde ihn nicht. Egal. Ich weiß ja, was ich gelesen habe. Was meinst du? Kommst du mit?«

»Sofort!«

Bis zu diesem Augenblick war mir Motocross völlig egal gewesen. Doch als Vater den Vorschlag machte, verspürte ich augenblicklich ein drängendes Bedürfnis nach Lärm, Abgas, Überholmanövern und gefährlichen Sprüngen. Vor Jahren war ich mit Vater beim Sechstagerennen gewesen und hatte dort einen sehr anstrengenden Nachmittag verbracht. Am Ende hatte ich Vater auch noch aus den Augen verloren und musste ihn über Speaker ausrufen lassen. Er holte mich in der Raucher-Lounge ab, in der ich weinend auf ihn wartete. Damals fällte ich den Entschluss, nie wieder ein Sechstagerennen zu besuchen. Nun aber sprachen wir von Motocross. Möglicherweise eine der interessantesten Sportarten der Welt. Ein Männersport. Ein Heldensport. Ein Idiot, wer sich das entgehen ließ. Und wer weiß, vielleicht gab es dort ja auch ein Hamburger-Buffet?

Mein plötzlicher Anfall von Euphorie riss auch Vater mit. Auf dem Weg zur Haustür bewegte er sich tänzerisch im Ausfallschritt.

»Weißt du«, sagte er. »Ich habe gehört, Roland Kägi, der letztjährige Schweizer Meister, soll mit dabei sein.«

Roland Kägi. Was für ein Name. Welch Freude. Endlich würde ich ihn live sehen.

Während wir laut plaudernd unsere Schuhe anzogen, kam uns Mutter entgegen.

»Was ist denn hier los?«

»Wir gehen zum Motocross«, verkündete Vater.

»Seid ihr verrückt geworden?«

Vater und ich sahen uns vielsagend an: Was für eine Ignorantin.

Wenige Minuten später saßen wir im Auto und rasten Richtung Rüegsau.

»Das Haupttrennen fängt um vier an. Wenn wir uns sputen, schaffen wir es noch.«

Mit dieser Ansage nahm der Nachmittag auf einmal dramatische Züge an. Würden wir es rechtzeitig zum Haupttrennen schaffen? Vater drückte das Gaspedal bis zum Anschlag durch. Seine Miene zeigte Zweifel im Wechselspiel mit Hoffnung. An jeder roten Ampel schrien wir wütend auf.

»Komm schon, Baby, komm schon«, machte Vater wie im Film, während er ungeduldig aufs Lenkrad trommelte.

Wir schwitzten Blut und Wasser. Zudem lief im Autoradio schon die ganze Zeit diese rasante Country-Musik, wodurch die Fahrt noch mehr den Charakter einer Treibjagd erhielt. Wir fuhren nicht mehr länger zum Motocross. Nein. Wir fuhren jetzt selber Motocross. Waren unerschrockene Piloten im Hauptrennen. Nahmen einen Hügel nach dem anderen. Gejagte. Hinter uns das gesamte Feld mit Schweizer Meister Roland Kägi an der Spitze. Würden Vater und Sohn von Ärmel das Rennen machen?

Der Motocross-Parcours befand sich nicht in Rüegsau selbst, sondern auf einem großen Feld am Rande des Dorfes. Schon von Weitem sahen wir, dass etwas nicht stimmte: Da waren keine Leute zu sehen. Gar keine. Und nicht nur die Zuschauer fehlten. Es fehlten auch die Motocross-Fahrer, die Imbiss-Stände, die Speaker-Box, und vor allem fehlte der ohrenbetäubende Lärm, der einem schon aus meilenweiter Ferne sagte: Motocross.

Wir stiegen aus dem Auto und liefen ungläubig über das leere Feld, das jetzt, wo der ganze Motocross-Zirkus fehlte, viel zu groß schien für zwei Personen. Über uns kreisten Raben. Ihr Krächzen klang hämisch. Es schien zu sagen: Seht euch die zwei Idioten an.

»Bist du sicher, dass wir hier richtig sind?«

»Ja, ganz bestimmt. Man sieht doch, wie hier alles für das Rennen vorbereitet ist.«

»Und wo ist das Rennen?«

Schließlich entdeckten wir eine Tankstelle. Ein kleines Männchen mit Ferrari-Mütze stand lächelnd hinter der Kasse.

»Entschuldigen Sie. Findet hier nicht das Motocross statt?«

»Aber natürlich.«

»Eben.«

Vater nickte mir zu: Hab ich dir doch gesagt.

»Nächste Woche.«

Wieder standen wir auf dem Feld. Sogar die Raben waren jetzt verschwunden. Vater hatte sich in der Tankstelle noch eine Zeitung gekauft. Aus irgendeinem Grund hatte die Post sie an diesem Tag nicht geliefert. So hatte sich der Ausflug also doch noch gelohnt.

»Gehen wir noch ein paar Schritte«, schlug Vater vor.

Ich nickte. Warum nicht? So bald kamen wir sicher nicht wieder nach Rüegsau. Wir liefen über das Feld und schauten uns den Parcours an, wo das Rennen stattfinden sollte.

»Sieht gut aus«, meinte Vater. »Sehr professionell.«

Er hatte recht. Das war wirklich mal ein professionell gemachter Parcours, die Fahrer durften sich freuen. Ich spürte ein Reißen in der Brust. Lächerlich, dachte ich. Wer heult schon wegen Motocross?

»Schau mal: Ziegen.«

Vater zeigte auf einen Punkt in der Ferne. Tatsächlich. Da standen ein paar Ziegen auf offenem Feld und grasten vor sich hin. Wir gingen näher ran. Es waren insgesamt sechs Ziegen. Sie waren so intensiv mit Fressen beschäftigt, dass sie uns keines Blickes würdigten. In der Stille des menschenleeren Feldes war ihr Schmatzen das einzige Geräusch.

Wir schauten ihnen eine ganze Weile zu. Vielleicht nicht ganz so lange, wie man bei einem Motocross zugeschaut hätte. Andererseits, so sagte ich mir, ist Motocross auch ein völlig überschätzter Sport. Laut, lärmig, schlecht für die Umwelt. Da lob ich mir die Ziegen. Sie sind leise und nützlich.

Als hätte er meine Gedanken gelesen, sagte Vater plötzlich: »Ein lauwarmer Chèvre chaud mit Salat. Es gibt nichts Besseres.«

»Ich habe Hunger.«

»Ich auch.«

Vater legte den Arm um mich und sprach mit einer Ernsthaftigkeit, in die auch eine Portion Masochismus gemischt sein konnte: »Wir gehen zu McDonald's.«

Bei McDonald's war es so voll, dass wir uns mit einem Platz direkt neben der Kinder-Rutschbahn begnügen mussten. Alle paar Sekunden rauschte ein kreischendes Kind direkt an Vaters Ohr vorbei. Jedes Mal zuckte er vor Schreck zusammen. Trotzdem gab er sich Mühe, so zu tun, als befände er sich in einem Gourmet-Restaurant und verbringe gerade den Abend seines Lebens.

Es war selten, dass wir nur zu zweit zusammensaßen. Ein richtiger Vater-Sohn-Moment. Wer weiß, sagte ich mir, eine solche Gelegenheit kommt vielleicht so bald nicht wieder.

»Weißt du, was Mama in dem Monat gemacht hat, als sie von zu Hause weggelaufen ist?«

Vater nahm einen tiefen Schluck von seiner Cola. Dies, obwohl sein Becher längst leer war.

»Nicht genau«, sagte er zögerlich. »Sie hat sich da wohl einem Zirkus angeschlossen. Da gab es einen Zauberer. Sie war seine Assistentin oder etwas in der Art. Marx … Mats … Irgendwie so hieß der Typ.«

Für jemanden, der seit fünfzehn Jahren mit Mutter verheiratet war, war er nicht gerade gut informiert.

»Und die Tätowierung?«

»Deine Mutter war jung und wollte schockieren. Das will sie heute immer noch. Aber heute lässt sie sich dafür keinen Pfau mehr tätowieren. Heute ist sie selber ein Pfau.«

Er schüttelte den Kopf.

»Es ist also ein Pfau? Die Tätowierung ist ein Pfau?«

»Keine Ahnung.«

Er hob die Schultern. Jetzt hatte er wieder diesen ratlosen Ausdruck.

Auf dem Heimweg tauchte ein grell erleuchtetes Lokal vor uns auf. Ein paar Leute in meinem Alter standen vor der Tür. Ich glaubte, einige bekannte Gesichter zu erkennen. Dann erst realisierte ich, dass wir am »Ballandia« vorbeifuhren, wo Nils' Geburtstagsparty gerade so richtig Schwung aufnahm. Von drinnen hörte man das monotone Wummern der Boxen. Und eine Stimme, die ins Mikrofon sprach: »Ladies and Gentlemen. Darf ich vorstellen: Mein bester Freund Alfred.«

DER ÜBERBRUDER

Mein Bruder Thomas war vielleicht kein Held, das war aber auch gar nicht nötig, denn er besaß in den Augen meiner Familie etwas viel Wertvolleres: Er hatte eine schöne Seele. Und immer, wenn seine schöne Seele zum Thema wurde, wurde mit leichtem Bedauern angemerkt, dass mir diese leider fehlte. Ich hatte mich oft gefragt, warum sie das so genau wussten. Warum hatte Thomas eine schöne Seele und ich nicht? Und wenn meine Seele nicht schön war: Wie sah sie dann in Wahrheit aus?

In jungen Jahren hatte Thomas vor allem viel gemalt.

»Er malt wie der junge Hodler«, hatte Mutter ihren Kunstfreunden erzählt.

Sie kamen zu Besuch und standen staunend in Thomas' Kinderzimmer.

»Wie recht Sie haben«, riefen sie, während sie die Farbstiftbilder an den Wänden betrachteten. »Ein junger Hodler.«

Auf dem Weg hinaus kamen die Kunstfreunde an meinem Zimmer vorbei.

»Und wer ist das?«, fragten sie und zeigten auf mich. »Ist das auch ein junger Maler?«

»Nein. Das ist Alfred«, sagte Mutter. »Alfred, schließ die Tür.«

Kurz darauf hatte Thomas plötzlich keine Lust mehr, wie der junge Hodler zu malen. Er beendete diese kurze, aber erfolgreiche Karriere und wendete sich der Literatur zu. In Windeseile verfasste er Dramen auf der Schreibmaschine. Mutter engagierte einen professionellen Schauspieler, der die Texte während ihrer Donnerstags-Soirée vorlas. Die Verehrer hörten ergriffen zu und versuchten sich gegenseitig mit Komplimenten zu überbieten. Einmal aber machte Metzger Mols einen Fehler, als er am Ende eines, wie er glaubte, witzigen Satzes lauthals loslachte.

»Warum lachen Sie?«

»Ich. Nun. Ehm.«

Der Metzger lief hochrot an.

»Das ist hier ein Werk von pathetischster Kraft.«

Schuldbewusst senkte Mols den Kopf. Und als der Schauspieler ans Ende des Stückes gelangt war, war es der Metzger, der sich von allen am kräftigsten die Nase putzte.

Wenn Thomas mal wieder ein Drama vollendet hatte, musste er, auf Geheiß meiner Mutter, die nächsten paar Tage im Bett verbringen, um sich von den Strapazen zu erholen. In dieser Zeit durfte außer meiner Mutter niemand sein Zimmer betreten. Manchmal geschah es aber, dass sie, die immer einen vollen Terminkalender hatte, die Besuche vergaß. Wenn sie sich nach ein paar Tagen an ihren bettlägerigen Sohn erinnerte, traf sie diesen jeweils völlig ausgezehrt und halb verhungert an.

»Mein armes Kind! Wer hat dir das angetan?«, rief sie.

Und ihr Schluchzen hallte durchs ganze Haus.

Das war die Zeit, als Thomas zum Neurotiker wurde. Er entwickelte eine ans Obsessive grenzende Angst vor Zugluft und lief auch im Hochsommer immer mit einem Schal herum. Plötzlich war er auf fast alles allergisch und konnte eigentlich nur noch ein spezielles Süppchen zu sich nehmen, das Mutter »Künstlersüppchen« getauft hatte. Fleisch aß er keines mehr. Aus Liebe zu den Tieren, wie er überall herumerzählte. Diese Tierliebe hielt ihn jedoch nicht davon ab, den Hamster, den er zum Geburtstag bekommen hatte, die Toilette herunterzuspülen, da ihm die Haare des Tieres Juckreiz verursachten. Als im Restaurant der Kellner fälschlicherweise das Chateaubriand, das mein Vater bestellt hatte, vor Thomas hinstellte, bekam er eine Schreiattacke. Der Vorfall endete damit, dass der Manager des Restaurants sich in einem langen Brief bei meiner Mutter entschuldigte. Der Brief begann mit den Worten »Gott wird uns dafür richten«.

Es war auch die Zeit, als Thomas keine Lust mehr hatte, Dramen zu verfassen. Jetzt wolle er geigen, teilte er uns eines Abends mit.

»Endlich«, rief Mutter und ließ zur Feier des Tages Champagner für alle servieren.

Die Folgen dieser Entscheidung bekamen zunächst einmal vor allem die Verehrer zu spüren. In der Donnerstags-Soirée wurde jetzt nicht mehr vorgelesen, sondern vorgegeigt.

»Ein neuer Paganini«, verkündeten sie.

Und Metzger Mols, der es verstand, aus seinen Fehlern zu lernen, schnäuzte sich ergriffen die Nase.

»Jetzt haben wir es gefunden«, schluchzte Mutter und umarmte uns alle. Erst Thomas, dann Vater, dann mich. Damals hatte sie gerade eine Phase, in der sie alle Menschen umarmte. Wir waren irritiert, beunruhigt und ziemlich erleichtert, als diese Phase ein paar Tage später wieder aufhörte.

»Thomas wird ein Geigenvirtuose.«

Damit war seine Karriere besiegelt. Andere Menschen suchen ihr ganzes Leben nach einer Karriere. Mein Bruder hatte sie bereits im zarten Alter von zehn Jahren gefunden. Es gibt Menschen, die spielen mit zehn Jahren noch immer am liebsten mit den Blümchen im Garten, und auf die Frage nach ihrer Karriere würden sie mit einem ratlosen Blick reagieren. Oder sie würden antworten: Meine Karriere sehe ich darin, weiterhin mit den Blümchen im Garten zu spielen. Unterdessen war mein Bruder auf dem Weg, der neue Paganini zu werden. So unterschiedlich sind die Menschen.

Er hatte nun zweimal die Woche Geigenunterricht, später sogar dreimal. Jeden Abend übte er stundenlang in seinem Zimmer. Ab und zu schickte man ihn zu einem Wettbewerb. Ab und zu gewann er sogar einen. Das ist nicht weiter bemerkenswert. Wer so viel übt, sollte schon gelegentlich mal was gewinnen.

In diesen Tagen gelangte Thomas' schöne Seele zu voller Blüte. Er wurde blass, kränklich, schreckhaft. Man durfte nur noch in gedämpftem Tonfall mit ihm sprechen. Ein Nachbar hatte einen großen, alten Hund, der sehr liebenswert war und keiner Menschenseele etwas tat. Doch hatte er den Hang, jedes Lebewesen mit lautem

Bellen zu begrüßen. Bei jedem Bellen zog sich in Thomas alles krampfhaft zusammen, und oft konnte er dann stundenlang nicht mehr Geige spielen. Mutter sprach mit dem Nachbarn und erreichte, dass der Mann seinen Hund einschläfern ließ. Es war der wahrscheinlich traurigste Tag im Leben dieses Mannes. Er hatte keine Familie, und jeden Tag hatte man ihn mit seinem Hund gesehen. Nachdem er ihn hatte einschläfern lassen, trug er monatelang Schwarz.

»Mein Brutus ist für die Kunst gestorben«, erzählte er den Leuten.

Auch mein Verhältnis zu Thomas änderte sich. Wir waren uns nie so richtig nahe gewesen, doch seit er ein Geigenvirtuose war, schien er in mir weniger einen Bruder zu sehen als eine praktische Hilfskraft.

»Wenn du möchtest, kannst du mir beim Spielen die Noten umblättern.«

Auch wenn es wie eine Frage klang, war es doch keine gewesen. Es war eine Selbstverständlichkeit. Wenn ich schon selber keine schöne Seele hatte, konnte ich wenigstens einer schönen Seele dabei helfen, sich zu entfalten. Zahllose Stunden verbrachte ich mit dieser Aufgabe. Zwar konnte ich keine Noten lesen, doch nickte Thomas immer, wenn er ans Ende einer Seite gelangte, zweimal ruckartig mit dem Kopf. Dies war mein Zeichen. Ich habe nie wieder so viel Geigenmusik gehört wie in diesen Tagen. Ob mein Bruder gut spielte oder gar virtuos, konnte ich nicht beurteilen. Auf jeden Fall spielte er sehr viel, Pausen erlaubte er sich so gut wie keine. Spielen um jeden Preis schien seiner Ansicht nach der goldene Weg des Geigenvirtuosen zu sein.

Irgendwann fragte ich mich, ob man auch als Umblätterer zum Helden werden konnte. Zum Beispiel, wenn man der Umblätterer eines großen Musikers, eines Weltstars war. Ich versuchte, mir den Schlächter im nahen Umfeld eines Notenständers vorzustellen, doch es wollte mir nicht so recht gelingen.

Thomas war vierzehn Jahre alt, als er sein Künstlersüppchen nicht mehr essen wollte.

»Aber warum?«, fragte Mutter ganz erschrocken.

»Weil es total eklig schmeckt.«

Ich freute mich für ihn, fand es aber gleichzeitig erstaunlich, dass er so viele Jahre gebraucht hatte, um auf dieses Geschmacksurteil zu kommen. Damit endete sein Aufbegehren jedoch auch schon wieder. Die Revolution hatte sich auf den Speisezettel beschränkt, und wir vergaßen den Vorfall fast sofort.

Es mussten nochmals fast zwei Jahre vergehen, bis sich Thomas aus heiterem Himmel bei Mutters Donnerstags-Soirée entschuldigen ließ. Die Gäste fanden diese Abwechslung erfrischend. Mutter aber war empört und stellte Thomas zur Rede.

»Ich fühle mich nicht ganz wohl«, meinte er.

Auch in der folgenden Woche fühlte er sich nicht ganz wohl, und so ging es den ganzen Monat. Irgendwann kam der Tag, als er nicht mehr länger nach Ausflüchten suchte: »Ich habe keine Lust mehr«, erklärte er Mutter. »Ich habe keine Lust auf deine Soirées, keine Lust auf deine Freunde. Das sind alles Vollidioten.«

Während er das sagte, zitterte er. Pure Angst war in sein Gesicht geschrieben. Aber auch Stolz. Und noch etwas anderes. So etwas wie Glück, das zwar noch nicht ganz da war, doch aus der Ferne schon langsam heranrollte.

In diesem Augenblick verabreichte Mutter ihm eine Ohrfeige. Er war so überrascht, dass er nicht mal daran dachte, in Ohnmacht zu fallen. Zwar war er so bleich wie immer, in seinen Augen aber loderte ein Feuer, wie es kein Geigensolo hatte entfachen können.

»Ich hasse dich«, schrie er auf und rannte, kurz bevor die Tränen kamen, aus dem Zimmer.

Danach herrschte ein paar Wochen lang eine unheimliche Ruhe.

Eines Tages raunte mir Thomas zu, ich solle am Abend Punkt elf in sein Zimmer kommen. Seine Stimme klang dabei sehr ernst und bedeutungsvoll. So klang sie eigentlich immer. Jetzt aber klang noch etwas anderes an.

Am Abend klopfte ich an seine Tür.

»Komm rein, Alfred.«

Ich ging hinein. Sein Zimmer war immer peinlich genau aufgeräumt, alles hatte seinen Platz, nichts lag einfach herum. Auch an diesem Abend machte das Zimmer einen makellosen Eindruck, als käme gleich jemand vorbei, um es für einen Einrichtungskatalog zu fotografieren. Trotzdem war irgendetwas anders. In der Ecke stand ein Rucksack. Groß. Rot. Praktisch ungebraucht.

Ich kannte diesen Rucksack. Mein Vater hatte ihn mir gekauft, als er die Hoffnung hatte, dass ich, so wie er damals, ein leidenschaftlicher Pfadfinder würde.

»Wir haben das Pfadfinder-Gen in uns.«

Schon in der zweiten Woche war meine Leidenschaft für die Pfadfinder merklich abgekühlt. Mein Vater legte mir den gepackten Rucksack aufs Bett und drängte mich, ich möge es noch einmal versuchen. Doch ich ließ mich nicht bewegen. Das Pfadfinder-Gen schien bei mir nicht vorhanden zu sein.

Wo hatte Thomas den Rucksack gefunden? Und warum war dieser zum Platzen gefüllt? Thomas stand neben dem Bett, so als wollte er damit zeigen, dass er mit zu wichtigen Dingen beschäftigt war, um sich schlafen zu legen. Er machte einen feierlichen Eindruck und schien mir unbedingt etwas sagen zu wollen.

»Ich sehe, du hast den Rucksack bemerkt.«

»Ist das mein alter Pfadfinder-Rucksack?«

»Er gehört jetzt mir.«

So war das als jüngerer Bruder. In einer anderen Situation hätte ich protestiert. An diesem Abend aber spürte ich, dass wir gleich über etwas Bedeutsameres sprechen würden als die Frage, wem ein alter Pfadfinder-Rucksack gehörte.

»Ich gehe fort«, sagte Thomas. Und wiederholte das Wort gleich noch einmal: »Fort.«

»Wohin?«

Er zuckte die Schultern.

»Kann dir ganz egal sein. Wichtig ist, dass ich fortgehe und nie mehr zurückkomme. Verstehst du? Du und Mama und Papa, ihr werdet mich nie wiedersehen.«

Ich war so überrascht, dass ich nicht wusste, was ich sagen sollte.

»Aber deine Geige«, stammelte ich. »Was ist mit deiner Karriere?«

Thomas machte eine wegwerfende Geste.

»Zur Hölle mit meiner Karriere. Ich habe da ein paar

klasse Typen kennengelernt, die mir gezeigt haben, dass es auch noch anderes gibt als Beethoven. Heavy Metal, zum Beispiel.«

»Du spielst jetzt Heavy Metal?«

»Es geht nicht darum, was ich spiele. Es geht darum, dass ich mache, worauf ich wirklich Lust habe, dass ich endlich frei bin.«

Jetzt bemerkte ich den Nikotingeruch. In diesem Augenblick zündete sich Thomas auch schon eine Zigarette an. Ich sah, dass er im Rauchen noch nicht sonderlich geübt war. Doch hielt er die Zigarette sehr gekonnt. Vom Geigenspielen war er natürlich darin geübt, Dinge gekonnt zu halten. Er saß auf dem Bett und blies den Rauch mit grimmiger Entschlossenheit aus. Was waren das für klasse Typen, fragte ich mich, wo hatte er sie kennengelernt? Und was hatten sie mit ihm gemacht? Hatte er wirklich Heavy Metal gesagt?

Er war zwei Jahre älter als ich. In vielen meiner Bücher stand sein Name auf der ersten Seite. In manchen hatte ich ihn durchgestrichen und meinen eigenen daruntergeschrieben. Dadurch schienen die Bücher nur noch mehr ihm zu gehören. Er war so dünn wie ich. Da hörten die Gemeinsamkeiten aber auch schon auf. Leute behaupteten, am Telefon klängen unsere Stimmen zum Verwechseln ähnlich. Dann war er in den Stimmbruch gekommen. Jetzt waren sich unsere Stimmen nicht mehr ähnlich. Er hatte ein paar kleine Pickel im Gesicht, die er normalerweise mit Puder überdeckte. An diesem Tag hatte er es aber vergessen. Oder er war zu dem Entschluss gelangt, dass er Puder nicht mehr länger nötig hatte. Puder und Heavy Metal – das schien sich schlecht zu vertragen.

»Was hast du vor?«, fragte ich ziemlich einfallslos.

Er lief zum Fenster und öffnete es. Einen Augenblick glaubte ich, er würde springen. Doch stattdessen blies er einfach den Rauch hinaus.

»Was soll ich Mama und Papa sagen?«

»Sag Ihnen, dass ich tot bin.«

»Ich bin nicht sicher, ob sie das beruhigen wird.«

»Dann sag ihnen halt was anderes. Erfinde was. Sag ihnen das, was ich dir gesagt habe. Dass ich frei sein will. Sag ihnen, sie sollen sich keine Sorgen machen.«

Er stand am Fenster und rauchte in die Nacht hinaus. Ich sah seinen dünnen, schweigenden Rücken.

»Und jetzt geh.«

Der Rücken eines Helden.

Ein paar Tage lang hörten wir nichts von ihm. Meine Eltern nahmen die Nachricht, dass er unsere Familie für immer verlassen hatte, erstaunlich gefasst auf. Der kommt schon wieder, lächelte Mutter. Anscheinend glaubte sie, nur weil sie damals nach einem Monat reuig nach Hause zurückgekehrt war, würde es jeder wie sie machen. Wirklich ruhig war sie aber doch nicht. Ich sah sie immer wieder, wie sie die Geige ratlos in den Armen wiegte. Zwischendurch hob sie den Blick und schaute zu mir. Wenn mich jemand fragen würde: Wie sieht für dich Panik aus, würde ich antworteten: So wie meine Mutter damals, als sie die Geige meines Bruders in den Armen wiegte und zu mir schaute. Ganz genau so.

Und dann bekam ich einen Anruf.

»Da ist jemand mit einer skurrilen Stimme, der dich sprechen will«, hatte Mutter zu mir gesagt.

Er stellte sich als Bruce vor. Er sei ein Bekannter meines Bruders. Seine Stimme war wirklich skurril. Sie klang, als hätte er sich etwas in den Mund gestopft, damit man seine richtige Stimme nicht erkannte. Als ich Bruce darauf ansprach, meinte er, ich solle mich gefälligst um meinen eigenen Scheiß kümmern. Dann teilte er mir mit, dass Thomas ein paar Sachen haben wollte. Darunter seinen alten Pyjama, seine Sonnenbrille, ein paar Hemden. Unterhosen. Den Toaster, den er zu seinem letzten Geburtstag bekommen hatte. Sowie seine gesammelten Werke, die er in der Zeit vor der Geige verfasst hatte.

Die Übergabe sollte am nächsten Nachmittag um vier bei McDonald's stattfinden.

»Wollen wir uns nicht an einem anonymeren Ort treffen?«, fragte ich Bruce am Telefon.

»Willst du nicht besser die Klappe halten?«, war seine Antwort.

Als er schließlich vor mir stand, zeigte sich, dass er kaum älter war als Thomas. Vielleicht sogar ein bisschen jünger. Er sprach nun mit normaler, ziemlich hoher Stimme. Ich fragte mich, warum er sich überhaupt die Mühe gemacht hatte, sie am Telefon zu verstellen. Doch Bruce war ein Typ mit vielen Geheimnissen, das spürte man sofort. Außerdem war es auch so ziemlich das Erste, was er mir mitteilte.

»Ich bin ein Typ mit vielen Geheimnissen. Und das soll auch so bleiben. Also frag gar nicht erst.«

Er war fast so klein wie ich, aber etwas breiter, hatte langes blondes Haar, das er wahrscheinlich eher selten wusch, und trug einen übergroßen schwarzen Pulli, auf dem »Iron Maiden« stand.

»Klasse, Iron Maiden«, bemerkte ich.

»Hör auf, dich einzuschleimen.«

Ich gab ihm die Sachen für Thomas. Dann bestellten wir Hamburger, setzten uns an einen freien Tisch und fingen an zu essen. Bruce aß langsam und schweigend, als hätten wir uns zum Essen getroffen und nicht, um über Thomas zu reden.

»Wo ist Thomas?«, fragte ich endlich.

»Du stellst zu viele Fragen«, meinte Bruce, den Mund voller Pommes.

Nach dem Essen wischte er sich die fettigen Hände an seinem Pulli ab.

»Thomas geht es gut, sehr gut sogar. Er lässt ausrichten, dass er euch nicht mehr braucht. Er hat jetzt uns.«

»Und wer seid ihr?«

Ein vielsagender Blick von Bruce. Ich stellte mal wieder zu viele Fragen. Er zeigte auf die Tasche, in die ich Thomas' Sachen gepackt hatte.

»Ich denke nicht, dass wir deine Dienste noch mal in Anspruch nehmen müssen.«

Das war allerdings eine etwas optimistische Einschätzung, denn in den nächsten Tagen und Wochen häuften sich bei uns zu Hause die mysteriösen Anrufe. Und immer wieder kam es zu Treffen bei McDonald's. Nach und nach wanderte Thomas' ganzes Kinderzimmer in sein neues Zuhause. Nach wie vor blieb Bruce ein Typ mit vielen Geheimnissen. Unsere Nachmittage bei McDonald's verliefen über weite Strecken schweigend. Er ließ mich deutlich spüren, dass er für Menschen, die jünger waren und keine Ahnung von Heavy Metal hatten, nichts als Verachtung übrig hatte. Nachdem er seine drei Burger verdrückt hatte, wischte er sich die Finger an seinem Iron-Maiden-Pulli ab und verabschiedete sich. So ging das wochenlang, bis er eines Tages sagte: »Er will euch sehen.«

Ich war derart überrascht, dass ich einen Moment nicht wusste, von wem die Rede war.

»Wer?«

»Verdammt. Was glaubst du denn? Der Nikolaus?«

»Wieso denn der Nikolaus?«

»Thomas. Dein Bruder.«

Er schüttelte den Kopf. Ganz offensichtlich konnte er nicht begreifen, wie ein so wundervoller Mensch wie Thomas jemanden wie mich zum Bruder haben konnte. Ich hätte es ihm ja gerne erklärt, doch war es mir ja selber ein Rätsel. Dann sagte er, dass wir am kommenden Sonntagnachmittag in ihre WG kommen sollten. Dort werde uns Thomas über die neue Situation informieren. Die Formulierung klang etwas geschwollen, was Bruce sichtlich zu genießen schien. Zum Schluss erwähnte er, es werde auch eine Kleinigkeit zu essen geben.

Am nächsten Sonntag stiegen wir zu viert ins Familienauto: Mutter, Vater, Großmutter und ich. Als wir uns erkundigten, ob Großvater nicht hatte mitkommen wollen, erklärte Großmutter, er sei ins Tessin gefahren, um Freunde zu besuchen. Angesichts der Tatsache, dass er in den letzten zehn Jahren das Haus nicht ein Mal verlassen hatte, klang das etwas unglaubwürdig. Doch hatten wir im Moment schon genug Probleme am Hals, um uns auch noch mit einem ins Tessin vereisenden Großvater zu beschäftigen.

Die Stimmung im Auto war angespannt, nervös, unheilschwanger.

»Ein Mistkerl. Ein gottverdammter Dreckskerl«, murmelte Großmutter die ganze Zeit.

Es war nicht klar, ob sie damit Thomas meinte, Großvater oder meinen Vater, der sie gegen ihren Willen auf dem Rücksitz platziert hatte, oder jemand ganz anderen, der womöglich nur in ihrer Fantasie existierte.

Mutter saß auf dem Beifahrersitz. In ihrem Schoß lag die Geige, die sie wie ein kleines Tier streichelte.

»Wenn er nur die Geige sieht, wird er sich an alles erinnern und sogleich nach Hause zurückkehren.«

Sie hatte eines ihrer gewagtesten Kleider angezogen. Eines jener Kleider, die bei ihren Verehrern unter der Bezeichnung »Triumphkleid« firmierten.

»Du siehst aus wie eine Hure«, konstatierte Großmutter.

Das mochte nicht viel heißen. Wenn es nach Großmutter ging, sollten Frauen das ganze Jahr hindurch Schwarz tragen, denn das Leben war ein einziges Trauerspiel.

»Was für eine spießige Gegend«, seufzte Mutter, als sie die Gartenzwerge vor den Häusern erblickte. Womöglich war das für sie sogar die eigentliche Demütigung: nicht, dass Thomas von zu Hause weggelaufen war, sondern dass er in dieser Gegend gelandet war.

Großmutter kniff mich in den Arm.

»Wie heißt noch mal der Mistkerl, der mit deinem Bruder zusammenwohnt?«

»Bruce.«

Sie nickte.

»Allein der Name sagt schon alles.«

Vater schwieg während der Fahrt, und es war schwer zu sagen, was in ihm vorging. Sicherlich hatte er nie davon geträumt, einen Geigenvirtuosen zum Sohn zu haben.

Er hätte lieber Söhne gehabt, mit denen er Fußball spielen und über Wimpel diskutieren konnte. Vater war von Haus aus ein Naturbursche, und die große Tragödie seines Lebens war vielleicht, dass seine Familie das Gegenteil davon war. Als ich jünger war, fragte er am Samstagmorgen beim Frühstück noch manchmal: »Wer hat Lust, mit mir klettern zu gehen?«

Später fragte er das nie mehr.

Sein Wunsch war es gewesen, dass seine Söhne die Wimpel-Fabrik, die er mit eigenen Händen aufgebaut hatte, übernehmen würden. Seit es die Wimpel-Fabrik nicht mehr gab, hatte er keine Wünsche mehr. Oder wenn doch, dann behielt er sie für sich. Vielleicht, dachte ich plötzlich, war er insgeheim ganz froh darüber, dass Thomas weggelaufen war.

»Da ist es«, rief Mutter, als das Haus vor uns auftauchte. »Da wohnt er. Der Feind.«

Wir klingelten an der angegebenen Adresse. Kurz darauf erschien ein dünner Junge an der Tür. Er trug ein viel zu großes T-Shirt von Black Sabbath. Alles an ihm vermittelte den Eindruck, als habe er seit sehr langer Zeit kein frisches Gemüse mehr zu sich genommen.

»Guten Tag. Wir haben Sie schon erwartet.«

Er schaute uns an. Dann bemerkte er Mutters Dekolleté und taumelte rückwärts.

»Bitte kommen Sie herein«, krächzte er.

»Wie nett«, rief Mutter.

Der Junge mochte zu den Feinden gehören. Doch war

er auch mangelernährt, so was ließ Mutter alle Animositäten vergessen.

Nicht so Großmutter.

»Wo ist Thomas?«, bellte sie. Es klang, als werde er hier irgendwo gefoltert.

»In der Küche«, stammelte der Junge.

»Wieso?«, rief Großmutter, die mit dieser Information offenbar noch nicht zufrieden war.

In der Wohnung roch es nicht besonders gut. Man hätte ruhig mal wieder ein Fenster öffnen können. Im schmalen Flur stapelten sich Kartons. Hauptsächlich leere Pizzaschachteln und Verpackungen anderer halb leer gegessener Fertiggerichte. Großmutter schaffte es, beim Hindurchgehen sowohl in ein Stück Pizza als auch auf ein paar Fischstäbchen zu treten.

»Ich bin soeben in zwei verschiedene Fertiggerichte getreten. Das ist mehr als in meinem ganzen Leben zuvor«, rügte sie den schmächtigen Jungen.

»Die sind bestimmt alle total mangelernährt«, flüsterte Mutter meinem Vater zu.

Ihre Stimme hatte etwas Gieriges an sich.

»Also dann«, machte der Junge. Er nickte uns kurz zu und stolperte eilig davon.

»Wo willst du hin?«, knurrte Vater.

Eine Tür wurde zugeschlagen, der Schlüssel von innen umgedreht. Wir hatten unseren Reiseführer verloren.

»Was machen wir jetzt?«, fragte Großmutter in die Runde.

In diesem Augenblick kam Thomas mit einem Tablett, auf dem sich eine Teekanne und ein paar Tassen befanden, auf den Flur hinausgetreten.

»Hallo Familie«, rief er fröhlich.

Mit dem weichen Grinsen und vor allem mit dem Tablett und dem Tee machte er einen so souveränen und erwachsenen Eindruck, dass wir ihn erst fast nicht erkannt hätten.

»Wie geht es euch? Habt ihr gut hergefunden?«

Sein jovialer Ton brachte uns alle in Verlegenheit. Sogar Großmutter vergaß völlig von den Fertiggerichten zu erzählen, in die sie getreten war.

»Aber lasst uns doch nicht im Flur herumstehen. Gehen wir in meinen Salon.«

»Er hat einen Salon?«, flüsterte Großmutter, während wir Thomas in sein Zimmer folgten.

Unterwegs kamen wir an einer offenen Zimmertür vorbei. Bruce stand darin. Er hatte die Arme über dem Iron-Maiden-Pulli verschränkt und musterte uns grimmig. Als er mich sah, legte er einen Finger auf die Lippen. Ich nickte ihm wissend zu.

Im Gegensatz zum Rest der Wohnung war Thomas' Zimmer penibel aufgeräumt. Mit all den Sachen, die wir in der Zwischenzeit in sein neues Zuhause transferiert hatten, sah es eigentlich haargenau wie sein altes Zimmer aus, nur in einem anderen Haus. Wir setzten uns auf die kleinen, etwas unbequemen Stühle und rührten eine Weile lang in unserem sowieso schon völlig kalten Tee.

»Es gibt auch noch eine Kleinigkeit zu essen«, sagte Thomas.

Als wäre das sein Stichwort gewesen, kam der mangelernährte Junge von vorhin herein. Er hielt etwas Dampfendes in den Händen.

»Der Kuchen ist fertig.«

»Es gibt Kuchen!«, rief Vater. Er klang irgendwie fassungslos, fast beleidigt.

»Thomas hat ihn gemacht«, erklärte der Junge.

»Seit wann backst du Kuchen?«, fragte Mutter ungläubig.

Thomas lächelte versonnen.

»Vielen Dank, Lars. Übrigens dachte ich, zum Abendessen könnte ich uns einen leckeren Nudelauflauf machen. Was meinst du?«

Lars legte den Kopf schief und machte eine zögerliche Geste: Lass mich darüber nachdenken. Dann ging er. Thomas schnitt den Kuchen an.

»Es ist übrigens Mohnkuchen«, sagte er.

Meine Familie starrte auf das Stück Mohnkuchen auf ihrem Teller. Das hatten sie also statt der Geige bekommen. Aus einem vielversprechenden Schumann-Spezialisten war ein Typ geworden, der Mohnkuchen buk und abends Nudelaufläufe in den Ofen schob.

»Wie findet ihr ihn?«, wollte Thomas wissen.

Mutter rutschte ungeduldig auf ihrem Stuhl hin und her.

»Thomas«, sagte sie und bemühte sich gar nicht erst darum, ruhig zu bleiben. »Wie du siehst, habe ich dir deine Geige mitgebracht. Ich möchte, dass du sie jetzt nimmst und für uns etwas spielst.«

Thomas schaute sie entgeistert an.

»Schmeckt dir mein Kuchen etwa nicht?«

»Ich bin wirklich nicht hierhergekommen, um über Kuchen zu diskutieren. Mir geht es um etwas viel Wichtigeres.«

»Und außerdem ist er sehr trocken«, bemerkte Großmutter.

»Du hasst meinen Kuchen. Ihr alle hasst ihn. Ich weiß es ganz genau.«

»Der Junge hat die Wahrheit verdient«, bemerkte Großmutter.

»Es geht nicht um den Kuchen«, fuhr Mutter fort. »Wir wissen doch beide ganz genau, dass das hier nur ein Experiment ist. Du bist ein Künstler, Thomas. Kein Bäcker. Du hattest eine Pause nötig. Das verstehe ich. Wir alle haben manchmal eine Pause nötig. Doch ist es jetzt genug. Du musst wieder nach Hause kommen.«

Nachdem sie das gesagt hatte, verlor Thomas restlos die Kontrolle über sich. Er stampfte auf den Boden, kreischte und spuckte und schien kurz davor zu sein, jemanden zu würgen: sich selber. Mutter. Uns alle.

»Nie wieder. Nie wieder«, schrie er. »Ich komme nie wieder nach Hause.«

»Und was ist mit deiner Karriere? Was ist mit der Donnerstags-Soirée? Was soll ich meinen Gästen sagen?«

»Sag ihnen, ich sei in Pension gegangen.«

»In deinem Alter kann man sich noch nicht pensionieren lassen. Arbeite erst einmal wie dein Vater vierzig Jahre in der Wimpel-Fabrik. Dann kannst du meinetwegen in Pension gehen. Jetzt aber machst du, was ich will.«

»Niemals!«, kreischte Thomas.

»Was für ein lächerlicher Auftritt. Man sollte den Kerl verprügeln«, schlug Großmutter mit Blick auf meinen Vater vor.

Da ging die Tür auf. Lars und Bruce traten ein. Sie warfen uns finstere Blicke zu. Das waren zwei pubertierende Heavy-Metal-Fans, die bereit waren, bis zum Äußersten zu gehen.

»Gibt es Probleme?«, fragte Bruce.

»Meine Familie möchte gehen«, erklärte Thomas.

Bruce seufzte melancholisch.

Zwei Minuten später standen wir auf der Straße. Der Himmel war grau, leer, idiotisch. Die Gartenzwerge in den Vorgärten schienen uns auszulachen. Wir waren gekommen, um einen Teil von uns zurückzuholen, und waren kläglich gescheitert. Nun fühlten wir uns gedemütigt und amputiert. Als würde uns ausgerechnet jener Teil fehlen, den wir zum Leben nötig hatten. Aber vielleicht hatten wir uns auch schon immer so gefühlt.

Mit gesenktem Haupt machten wir uns auf den Weg zum Parkplatz. Da ertönte Musik. Geigenmusik. Das Fenster von Thomas' Zimmer stand offen, und in den grauen Herbstabend hinaus tönte ganz deutlich irgendetwas Herrliches, möglicherweise von Schumann.

»Er hat sich umentschieden«, frohlockte Mutter. »Ich wusste es die ganze Zeit! Er kann sich nicht von der Geige trennen. Er weiß genau, dass er zum Spielen geboren ist.«

In dem Moment endete die Musik abrupt. Im nächsten Augenblick kam ein hellbrauner Gegenstand im hohen Bogen zum Fenster herausgeflogen. Mutter packte mich am Arm.

»Alfred! Fang!«

Ich rannte wild drauflos. In meinem Kopf hörte ich die Stimme meines Sportlehrers: »Wenn es etwas gibt, das du gar nicht kannst, Alfred, dann ist es Fangen.«

Ich hob den Kopf zum Himmel, aus dem die heilige Geige meines Bruders unaufhaltsam herunterstürzte. Licht blendete mich. Ich hielt die Arme weit von mir gestreckt in der Hoffnung, der Himmel möge sich meiner und uns aller erbarmen, während ich blind über die Straße stolperte und das, was von meiner Familie übrig war, mich verzweifelt anfeuerte.

DIE FREUNDLICHEN MONSTER VOM ZUCKERLAND

In den Tagen, nachdem Thomas die Geige zum Fenster hinausgeworfen hatte, suchten meine Eltern Trost in einer alten Familienleidenschaft: dem Herumsitzen in abgedunkelten Zimmern.

Mutter hatte im Salon die Vorhänge zugezogen und sich danach mit den Worten »Ich fühle mich seelisch verwahrlost« in den moosgrünen Biedermeier-Fauteuil fallen lassen. Es war ausgerechnet jener Fauteuil, in dem damals der Profi-Schauspieler bei den Donnerstags-Soirées aus Thomas' Dramen vorgelesen hatte. Selbst im Zustand seelischer Verwahrlosung bewahrte sich Mutter ein sicheres Händchen für melodramatische Symbolik.

Vater saß ihr gegenüber in einem Sessel ohne jegliche melodramatische Symbolik, was ihn aber nicht weiter gestört haben dürfte. Obwohl ihn die Rebellion seines Erstgeborenen sehr viel weniger bekümmerte als meine Mutter, hatte er sich entschieden, sie auf ihrer zähflüssigen Reise durch die Dunkelheit zu begleiten. Aus Liebe? Das war schwer zu sagen. Möglicherweise war es weniger Liebe als die Erinnerung daran. In gewisser Weise kamen sie sich, während sie zusammen im abgedunkelten Wohnzimmer herumsaßen, wieder so nahe wie damals, als sie in Vaters Luftschutzbunker das erste Mal miteinander geplaudert hatten. Nur, dass sie dieses Mal nicht miteinander plauderten.

»Was ist denn nur mit den Herrschaften los?«, fragte mich unser Dienstmädchen Ingrid.

Sie war erst seit Kurzem bei uns und noch nicht mit unseren Hobbys vertraut. Bei ihrem Anblick dachte man sofort an Worte wie »Hefezopf«, »Schongang« oder »Langhaardackel«. Allesamt Dinge, die sich nur bedingt mit dem Temperament unserer Familie vereinbaren ließen.

»Meine Eltern wehklagen, Ingrid. Solange das andauert, brauchen Sie keinen Tee zu servieren.«

Doch: Wie lange sollte das noch andauern? Der Briefkasten quoll allmählich über. Ich hatte angefangen, all die Zeitungen, Zeitschriften und Prospekte, die uns täglich zugeschickt wurden, zu sortieren. Aber ich war nicht gut in solchen Dingen, und bald standen überall im Haus größere und kleinere Papierstapel herum, über die Ingrid ein ums andere Mal stolperte.

Wenig später kündigte sie. Ob es wegen den Papierstapeln war, oder einfach wegen allem, weiß ich nicht.

Fast jeden Tag musste ich neue Verehrer abwimmeln. Die Ausrede, Mutter und Vater seien in die Ferien gefahren, durchschauten sie sofort. Allen war klar, dass Mutter und Vater niemals zusammen in die Ferien fahren würden.

Misstrauisch äugten sie über meine Schulter ins Haus hinein.

»Hab ich da nicht etwas gehört?«, fragte Herr Magnat, der Juwelier.

»Das war nur unser Dienstmädchen«, sagte ich schnell.

Zum Glück kreischte Ingrid in diesem Augenblick laut auf, weil sie mal wieder über einen Papierstapel gestolpert war.

Trotzdem. Die Lage war schlicht unhaltbar. Ich beschloss, meine Eltern zur Rede zu stellen. Ausgerechnet an diesem Nachmittag war es im Wohnzimmer ganz besonders dunkel.

»Was willst du?«, knurrte Mutter.

»Ich … Ich suche etwas.«

»Hier ist es nicht.«

Ich holte tief Luft und schob einen der kleineren Papierstapel in die Dunkelheit hinein.

»Was ist das?«, ertönte Mutters Stimme.

»Ich habe euch die Post gebracht.«

»Die Rechnungen kannst du deinem Vater geben.«

»Okay.«

Wo war Vater überhaupt? Endlich glaubte ich seine Umrisse in einem Fauteuil ganz hinten an der Wand zu erkennen. Vielleicht war es ja nur mein Unterbewusstsein, das mir hier einen Streich spielte, doch kam es mir plötzlich so vor, als hielte er den *Brüsseler Pakt* in der Hand.

»Gibt es sonst noch etwas?«, fragte Mutter.

»Nein. Das wäre alles.«

Ein paar Tage später bereitete ich mir in der Küche ein Sandwich zu. Dabei glitt ich mit dem Messer aus und schnitt mir in den kleinen Finger. Es war nur eine ganz kleine Wunde, die nicht einmal blutete. Trotzdem fing ich an zu rufen: »Ich habe mich geschnitten. Hilfe! Ich blute! Ich blute ganz schrecklich!«

Da war kein Blut. Nicht einmal ein ganz kleines bisschen. Doch ich konnte mich nicht mehr beruhigen: »So viel Blut. Hier ist alles voller Blut! Ich verblute! Ich verblute in der Küche.«

Plötzlich stand Mutter vor mir. Ich hatte sie erst nicht erkannt. Sie war leichenblass, die Haare fettig und ungekämmt, die Schminke vertrocknet und zerlaufen. Das Kleid, ja eigentlich der ganze Mensch, voller Falten.

»Was ist los?«

»Nichts. Ich habe mich nur geschnitten.«

»Zeig her.«

Ich hielt ihr meinen kleinen Finger hin. Sie betrachtete ihn sehr lange. So lange, dass ich schon glaubte, sie sei auf der Suche nach meiner schrecklichen Wunde eingeschlafen.

»Tatsächlich«, sagte sie nach einer schier endlosen Weile. »Da ist eine Wunde. Das ist gefährlich. Du musst aufpassen mit dem Messer.«

Sie klang überhaupt nicht ärgerlich, sondern im Gegenteil aufrichtig besorgt. Sofort ging sie los, um mit Unmengen Verbandszeug zurückzukehren. Nun machte sie sich daran, meinen Finger zu verarzten. Sie beließ es dabei aber nicht bei einem kleinen Pflaster für die Stelle, wo ich mich geschnitten hatte, nein, sie verband mir die ganze Hand. Und wo sie schon dabei war, bandagierte sie sicherheitshalber gleich noch den ganzen Arm.

»Sei vorsichtig mit dem Messer«, murmelte sie, bevor sie wieder in den Salon abtauchte.

Es war eindeutig, mit meinen Eltern stimmte etwas nicht. Das war an und für sich nichts Neues. Dieses Mal aber war es anders als sonst. Irgendwie schlimmer. Meine Eltern brauchten Trost. Selbst der härteste Typ muss irgendwann getröstet werden, und sei es, dass man ihm eine Hand auf die Muskeln legt und »Du magst vielleicht ein harter Typ sein, aber du bist auch ein guter Typ« zu ihm sagt. Meine Eltern waren offensichtlich an einen Punkt ihres Lebens gekommen, wo sie getröstet werden mussten. Die Frage war nur: Wer sollte das übernehmen?

Mit der Geige hatte alles angefangen. Daher überlegte ich, ob ich doch noch einmal meine alte Blockflöte suchen sollte, um meine Eltern mit einem kleinen Ständchen zu erfreuen. Allerdings bestand die Gefahr, dass so ein Auftritt ihr Bedürfnis nach Trost nur noch verstärkte.

Ich brauchte Rat. Also stieg ich eines Abends auf den Estrich. Es war lange her, seit ich das letzte Mal das Ölbild des Schlächters besucht hatte. In der Zwischenzeit hatte jemand eine Käseglocke direkt vor dem Gemälde abgestellt. Doch war die Erscheinung meines Vorahnen von so viel stolzer Selbstgewissheit, dass die Käseglocke ihm nicht das Geringste anhaben konnte.

»Schlächter«, begann ich, »meine Eltern brauchen Trost. Sie haben ihn verdient. Nur fürchte ich, dass ich dafür eine schöne Seele bräuchte. Ich glaube nicht, dass ich derzeit eine genügend schöne Seele habe. Und ich frage mich: Wie kommt man zu einer schönen Seele? Kann man sie kaufen oder sich durch besonders viel Fleiß aneignen? Hilft es, wenn ich jeden Tag ins Museum gehe und viel klassische Musik höre? Oder ist so eine schöne Seele am Ende etwas, mit dem man geboren wird oder eben nicht? Wie war das bei dir? Ich meine, du bist ja wahrscheinlich auch nicht als Schlächter auf die Welt gekommen. Und schon gar nicht als Held. Was ist passiert? Welche Entscheidungen hast du getroffen? Oder hast du am Ende gar keine Entscheidung getroffen und bist ganz zufälligerweise zum Schlächter geworden und ebenso zufällig ein Held? Kann man zufällig ein Held sein? Kann man zufällig eine schöne Seele haben, und sei es nur für einen langen Nachmittag?«

Zum Abschluss des Schuljahres führte unsere Klasse ein Theaterstück auf. Das Stück hieß *Tom und die freundlichen Monster vom Zuckerland.* Niemand fand den Titel gut, außer unsere Lehrerin Frau Schwaninger, die das Stück geschrieben hatte.

In der ersten Probe wurden die Rollen verteilt. Alle wollten entweder Tom sein, seine Freundin Muriel oder aber irgendein Blümchen am Wegesrand, das keinerlei schauspielerische Ansprüche stellte. Auf gar keinen Fall wollte man ein freundliches Monster vom Zuckerland sein. Trotzdem traf zahlreiche dieses Schicksal. Darunter auch mich.

»Alfred, du gibst den freundlichen Drachen Luziwuz. Der Part ist wie gemacht für dich.«

Ich hatte keine Ahnung, wie sie daraufkam. Nun gut, offenbar war ich der geborene Drachen-Darsteller. Das war aber noch nicht alles.

»Der Drache kann auch tanzen und singen.«

Hatte man schon von einem tanzenden und singenden Drachen gehört? Im Zuckerland war offenbar alles möglich.

Ich bekam ein Kostüm, das so schwer war, dass ich mich kaum darin bewegen konnte. Frau Schwaninger, die auch die Kostüme gemacht hatte, meinte: »Du musst zu Hause darin üben. Du und dein Kostüm müsst eine Einheit werden.«

Sie war eine kleine, rundliche Frau, die sich weigerte, uns die Hand zu geben, da sie sich vor Viren und Bakterien fürchtete.

»Habt ihr auch die Hände gewaschen?«, war immer das Erste, was sie am Morgen von uns wissen wollte. Ihre Angst vor Krankheiten ging so weit, dass sie uns in der Gesangsstunde oft nur summen ließ.

Zu Hause zog ich das Drachen-Kostüm an und wartete darauf, dass wir beide eine Einheit wurden. Das Kostüm war schwer und eng. Obwohl ich mich kaum bewegte, begann ich sofort stark zu schwitzen. Wenn ich mich doch mal ein wenig bewegte, konnte ich im Spiegel sehen, wie mir die Anstrengung ins Gesicht geschrieben stand. Im Textbuch gab es immer wieder die gleiche Regieanweisung: Drache lacht. Ich versuchte es ein paar Mal, doch es wollte mir nicht gelingen.

Frau Schwaninger hatte mir eine CD mit Musik aus dem Stück mitgegeben.

»Mit Musik geht alles leichter.«

In diesem Fall stimmte diese Weisheit nicht. In diesem Fall schien es mit Musik sogar noch schwieriger zu gehen. Ein Bekannter von Frau Schwaninger, ein gewisser Herr Knoppers, hatte die Musik komponiert. Wir hatten ihn noch nicht kennengelernt, doch Frau Schwaninger sprach fast täglich von ihm, und ihre Stimme bekam dabei jedes Mal einen feierlichen Klang.

»Herr Knoppers hat neue Noten für den Zucker-Chor geschickt.«

Dieser Herr Knoppers musste eine Ausgeburt an Fröhlichkeit sein, so jedenfalls klang seine Musik. Sie klang wie ein Freizeitpark, dessen Besuch man schon nach wenigen Minuten bereute. Keuchend schleppte ich mich zu den übersprudelnden Harmonien durch mein Zimmer. Laut Textbuch hätte ich an dieser Stelle auch singen sollen, doch im Moment benötigte ich alle Kräfte dafür, nicht das Bewusstsein zu verlieren.

In diesem Augenblick kam meine Mutter zur Tür herein.

»Ich sehe, du hast dich als Drache verkleidet.«

Sie war kein bisschen überrascht, mich als Drachen verkleidet zu sehen. Anscheinend hatte sie schon lange damit gerechnet, dass genau das passieren würde. Mütter haben in solchen Dingen ja bekanntlich einen sechsten Sinn.

Sie betrachtete mich zufrieden.

»Und was machst du jetzt?«, fragte sie neugierig.

Ich zuckte die Schultern.

»Drachen speien häufig Feuer«, informierte sie mich.

»Ich weiß«, sagte ich niedergeschlagen.

Ich wusste es. Und sie wusste es offenbar auch schon. Ich war ein Drache, der kein Feuer spie und auch sonst zu sehr wenig in der Lage war. Selbst als Drache war ich eine Enttäuschung.

»Um ehrlich zu sein, finde ich Drachen nicht besonders fesselnd. Aber wenn du unbedingt einer sein möchtest, habe ich natürlich nichts dagegen.«

Sie machte eine irgendwie winkende Handbewegung.

»Es ist für unser Schultheater«, erklärte ich.

»Schultheater? Und warum weiß ich nichts davon?«

»Ich habe dir letzte Woche die Einladung gezeigt.«

Sie schien mich nicht gehört zu haben.

»Eine Theateraufführung. Da muss ich unbedingt zur Premiere kommen. Ich habe doch eine Saisonkarte für die Oper.«

Ich wollte gerade einwenden, dass eine Saisonkarte für die Oper und eine Einladung für *Tom und die freundlichen Monster vom Zuckerland* vielleicht nicht ganz das Gleiche waren. Doch Mutter war bereits euphorisiert aus dem Zimmer gerannt.

Völlig überraschend war unser Schultheater zum Trostpflaster für meine Mutter geworden. Mir war nicht klar, was ich davon halten sollte. Denn ich war mir einfach nicht so sicher, ob das wirklich ein geeignetes Trostpflaster war. Manche Dinge sollten besser heimlich geschehen. Unaufgeregt und versteckt vor den Augen der Öffentlichkeit und insbesondere jenen der trostsuchenden Familie. Ich hatte den Verdacht, dass unser Schultheater zu diesen Dingen gehören könnte.

Doch galt es das Positive zu sehen: Mutters depressive Verstimmung war fürs Erste erledigt. Sie zog die Vorhänge im Wohnzimmer auf und fing an, sich wieder mit ihren Verehrern zu treffen.

»Ich fühle mich lebendiger denn je«, teilte sie uns vom Beifahrersitz des Cabrios mit, in dem ihr Hausschneider Herr Lipinski sie zu einer Mustermesse nach Lugano entführte. Es gab wieder eine schöne Seele in der Familie. Es hatte sie die ganze Zeit schon gegeben.

»Ich habe immer gewusst, dass du der Künstler in unserer Familie bist«, schwärmte Mutter. »Schon wie du uns in jungen Jahren mit deinen herrlichen Blockflötensoli entzückt hast. Oder denk nur an deinen fulminanten Auftritt bei der Talentshow.«

Dass mein künstlerischer Beitrag ein röchelnder Drache war, der noch nicht mal Feuer spie, spielte dabei keine Rolle. Mutter wollte, dass ich eine schöne Seele hatte. Und darum hatte ich eine.

Zumindest bis zum Tag der Aufführung.

Das Schultheater fand in unserer Turnhalle statt. Eine Woche zuvor hatte ich hier noch einen Basketball ins Gesicht bekommen. Meine Nase hatte geblutet, und ich hatte mich im Geräteraum hinlegen müssen. Nun befand sich in dem Geräteraum eine improvisierte Festwirtschaft für die Zuschauer, wo Bratwürste und verschiedene Salate angeboten wurden. Einen Großteil der Salate hatte Frau Schwaninger gemacht. Noch eine halbe Stunde bevor der Vorhang fiel, sah man sie irgendwelche Schüsseln und dampfende Töpfe durch die Gegend schleppen.

Es war ein schwieriger Abend für sie. So viele Menschen, so viele Bakterien. Außerdem war die Erstbesetzung von Tom, der Hauptfigur, an diesem Nachmittag beim Friseur gewesen und hatte sich einen Irokesen schneiden lassen. Frau Schwaninger hatte entsetzt aufgeschrien und den Jungen sofort nach Hause geschickt, worauf wir anderen uns neidisch fragten, wieso wir nicht auch auf diese brillante Idee mit der Irokesen-Frisur gekommen waren.

Und dann hatte Frau Schwaninger an diesem Morgen noch eine weitere Hiobsbotschaft erreicht. Der fröhliche

Herr Knoppers war aus dem Fenster seiner Wohnung im vierten Stock gesprungen. Zwar hatte er den Sturz überlebt, doch sein Zustand war kritisch.

»Und dabei habe ich ihm einen Platz in der ersten Reihe reserviert«, erzählte Frau Schwaninger überall herum und zeigte ihrem Gesprächspartner den reservierten Stuhl in der ersten Reihe, auf dem ein Zettel klebte, der mit »Herr Knoppers« beschriftet war.

»Ich verstehe das einfach nicht«, sagte sie immer wieder. »Komponiert so fröhliche Lieder. Und dann springt er aus dem Fenster. Das soll noch einer verstehen.«

Sie hielt noch immer eine große Schüssel in der Hand, in der einer ihrer Kartoffel- oder Selleriesalate angemacht war.

Kurz vor Vorstellungbeginn brach in den Zuschauerreihen unvermittelt Tumult aus. Meine Mutter war soeben hereingekommen, und sofort gesellten sich diverse Männer zu ihr, um sie auf ihrem Weg durch die Turnhalle zu unterstützen. Ich verfolgte ihren Auftritt von hinter der Bühne, wo wir auf unseren Einsatz warten mussten. Sie trug einen Nerzmantel und war damit mal wieder die einzige Person im ganzen Raum, die einen Nerzmantel trug. Ich konnte ihr Parfüm bis hinter die Bühne riechen und hörte das Klackern ihrer hohen Absätze und die Hurra-Rufe der Männer. Meine Mutter war gekommen, um Kunst zu sehen. Für einen Moment konnte man tatsächlich glauben, dass dies hier die Oper war. Ja, vielleicht war dies eine von Mutters beeindruckendsten Tugenden: An guten Tagen konnte sie eine Turnhalle wie die große Welt aussehen lassen.

Zielsicher steuerte sie durch die Reihen und setzte sich in der ersten Reihe auf den freien Stuhl, auf dem noch immer »Herr Knoppers« stand.

An guten Tagen war die ganze Welt für sie reserviert. Und sei es unter dem Namen eines suizidalen Komponisten.

Sie war übrigens nicht alleine gekommen. Mein Vater begleitete sie, wurde aber von der Horde Männer, die zu Mutters Empfang herbeigeeilt waren, zurückgedrängt. Er saß nun neben unseren Nachbarn, den Zurbriggens, in einer der hinteren Reihen.

Vor ungefähr einem halben Jahr hatte Frau Zurbriggen uns einen selbst gemachten Apfelkuchen vorbeigebracht. Mutter hatte zu dem Zeitpunkt unter dem Eindruck gestanden, an einer Apfel-Allergie zu leiden, und den Kuchen sogleich wutentbrannt zum Fenster herausgeworfen. Frau Zurbriggen hatte sich erst einige Schritte entfernt, als sie den Kuchen durch den Himmel fliegen sah. Seither war das nachbarschaftliche Verhältnis etwas angespannt.

Im ersten Teil des Abends musste ich nur einmal kurz auf die Bühne, um gemeinsam mit den anderen Monstern das Lied vom Zuckerland zu singen. Es war ein ungefährlicher Auftritt, bei dem ich mich darauf beschränkte, in der zweiten Reihe ein bisschen mitzuschunkeln. Während des Liedes warf ich einen Blick zu Mutter in der ersten Reihe. Sie machte einen entspannten Eindruck.

In den letzten Tagen hatte sie zu Hause wie wild nach alten Zeichnungen von mir gesucht. Es war ein schwieriges Unterfangen gewesen. Da man lange Zeit nichts von meiner schönen Seele gewusst hatte, hatte man auch meinem zeichnerischen Werk nicht die gebührende Aufmerksamkeit geschenkt. Ein paar Bilder hatte man einer fast blinden Großtante, die in Süddeutschland wohnte, unterjubeln können. Das meiste aber war im Altpapier gelandet. Ich hatte diese Entsorgungsaktionen immer ohne jedes sentimentale Gefühl miterlebt. Die Spreu muss sich eben vom Weizen trennen, kommentierte ich für mich. Oder: ohne Selektion kein Fortschritt.

Nach langem Suchen hatte Mutter doch noch etwas gefunden, das eindeutig von mir war: Es handelte sich um eine wilde Farbstiftzeichnung, die wohl nur darum dem Altpapier entkommen war, da man sie jahrelang als Unterlage benutzt hatte.

»Ein frühes Meisterwerk«, erklärte Mutter.

Wenn es sie nur tröstet, sagte ich mir immer wieder. Damals dachte ich, es ginge den Menschen besser, wenn sie nur an irgendetwas glauben konnten, auch wenn sie insgeheim wussten, dass es nicht der Wahrheit entsprach. Dass nichts ihr Herz mehr erfreute und ihre Seele zum Jubeln brachte als eine gut geölte Lüge. Heute weiß ich, dass dem nicht so ist. Illusionen trösten nicht, im Gegenteil, sie machen nur einsam, und eines Tages verstehen einen die Menschen nicht mehr. Und man selber versteht die Menschen auch nicht mehr. Zwei parallel verlaufende Straßen, die sich niemals kreuzen. Das nennt man dann wohl Verzweiflung. Ich habe mittlerweile schon viele verzweifelte Menschen kennengelernt. Jeder von ihnen war so eine eigene einsame Straße. Meine Mutter aber war eine ganze einsame Autobahn.

Kurz vor meinem Auftritt im zweiten Teil kam Frau Schwaninger zu mir.

»Das Publikum ist unruhig. Das Stück entwickelt sich nicht wie geplant. Du musst jetzt den Abend für uns rausreißen«, flüsterte sie mir zu.

Ich hatte keine Ahnung, warum ausgerechnet mir diese Aufgabe zufiel. Vermutlich lag es an meinem Kostüm. Schon mehrmals hatte sie mir erzählt, wie sie an der Arbeit an dem Drachen-Kostüm beinahe zugrunde gegangen war.

Die Musik spielte meinen Einsatz.

»Los jetzt«, flüsterte Frau Schwaninger.

Ihr Atem roch nach Selleriesalat. Sie schob mich auf die Bühne, das Publikum schaute mich nicht sonderlich erwartungsvoll an. Jetzt kommt wieder dieser Drache, schienen ihre Gesichter zu sagen. Der Einsatz zu meinem Lied wurde wiederholt. Ich fühlte mich an meinen Auftritt in der Talentshow erinnert. Damals aber hatte ich wenigstens noch schnippen können. Dieses Mal gab es keine Rettung. Ich öffnete den Mund, um zu singen. Es kam mir vor, als könnte ich dabei meine Mundwinkel knirschen hören. Herr Knoppers fiel mir ein. Der Mann, dessen Musik wie ein Tag im Freizeitpark klang und der sich aus dem Fenster gestürzt hatte. Hatte er es im Freizeitpark nicht mehr ausgehalten und verzweifelt nach dem Ausgang gesucht? Ich dachte an meine Mutter. Auch sie suchte seit Jahren nach einem Ausgang. Sie ging an dieser endlos langen Wand entlang und sah dabei fantastisch aus. Sie lächelte und warf ihren Verehrern Handküsschen zu. Seht nur, wie prächtig es mir geht, rief alles an ihr. Doch wäre sie tatsächlich auf einen Ausgang gestoßen, sie hätte keine Sekunde gezögert und wäre sofort hinausgeschlüpft. Ich glaube, viele Menschen leben so.

Ich hatte eben angefangen zu tanzen, als plötzlich jemand aus den Zuschauerreihen »Aufhören« rief. Stühle krachten zu Boden. Im nächsten Augenblick sah ich, wie aus allen Richtungen des Zuschauerraums alarmierte Väter dahergerannt kamen und sich über meine Mutter beugten, die auf ihrem Platz zusammengebrochen war.

Die Aufführung musste unterbrochen werden. Kaum aber hatte ich zu tanzen aufgehört, ging es Mutter schon viel besser. Sie stand nun inmitten der sie umsorgenden Blicke und dominierte in ihrem Nerzmantel die Szene. Trotzdem ließ sie es sich nicht nehmen, sich gestützt von ein paar starken Schultern aus dem Saal geleiten zu lassen.

»Drachen speien Feuer«, wiederholte sie dabei immer wieder. »Drachen speien Feuer.«

»Erst Herr Knoppers und dann das«, seufzte Frau Schwaninger. »Ich habe es immer gewusst, über *Tom und den Monstern vom Zuckerland* liegt ein Fluch.«

Trotz dieser dunklen Worte konnte die Aufführung nach einer halbstündigen Pause, während der sich die Zuschauer hingebungsvoll am Bratwurststand delektierten, zu Ende gespielt werden.

Ich hatte meine Mutter trösten wollen. Doch leider hatte es nicht wie geplant funktioniert. Es mochte daran gelegen haben, dass ich für meinen Trost das falsche Kostüm gewählt hatte. Als singender Drache hatte ich einfach nicht das Zeug dazu, meine Mutter von Herzen zu erfreuen. Vielleicht lag es aber auch daran, dass Mutter grundsätzlich nicht getröstet werden konnte. Trost hätte es für sie nur gegeben, wenn sie diesen Ausgang gefunden hätte. Doch wie hätte ich ihr dabei helfen können, wo ich noch nicht mal wusste, was das Leben war?

Nach der Aufführung gab es im Luftschutzbunker der Schule eine Disco für alle Beteiligten. Es war die erste Disco meines Lebens. Ich hatte schon viel davon gehört, nun war ich ein bisschen enttäuscht. Auch die anderen aus meiner Klasse machten eines etwas ratlosen Eindruck. Es waren zahlreiche Eltern zugegen.

»Wir wollen nur kurz Hallo sagen«, hatten sie angekündigt. Und dann blieben sie doch zwei Stunden.

Auch Frau Schwaninger war gekommen. Sie hatte ein paar Schüsseln mit übrig gebliebenem Selleriesalat mitgebracht.

»Bedient euch ungeniert, heute schmeckt er am besten«, teilte sie uns mit.

Dann legte jemand eine CD mit langsamer Musik auf. Es dauerte nicht lange, bis sich die ersten Paare bildeten, die sich zur Musik im Kreis drehten. Auch ein paar Elternpaare befanden sich darunter. Sie umarmten sich so innig, wie sie es sicherlich seit Jahren nicht mehr getan hatten. Es fühlte sich vielleicht etwas seltsam an, doch um uns zu zeigen, wie leidenschaftliches Tanzen aussah, war es ihnen diese Unannehmlichkeit wert. Nur Frau Schwaninger tanzte mit niemandem und hielt noch immer die Salatschüssel in den Händen. Es sah so aus, als würde sie mangels Partner einfach mit dem Selleriesalat tanzen.

»Ich verabschiede mich«, sagte sie jedoch plötzlich, drehte sich um und ging.

Die meisten Mädchen wollten mit dem Jungen tanzen, der im Schultheater die Hauptrolle des unerschrockenen

Tom gespielt hatte. Mit mir tanzten eher nicht so viele. Ich saß auf einem Stuhl am Rand des Geschehen und betrachtete die Mädchen, die vor dem Jungen Schlange standen. Ich sah sie und fand sie lächerlich. Ja, lächerlich. Wie sie verzweifelt darauf warteten, sich ein paar Runden an seinen Hals hängen zu dürfen. Und er: Wie sehr er sich damit brüstete. Und all die anderen. Wie sie die Augen schlossen und den Kopf auf die Schulter des Tanzpartners legten und ihre Hände verstohlen hierhin und dorthin gleiten ließen. Sie kamen mir alle so unglaublich komisch vor, dass ich am liebsten laut losgelacht hätte.

Ich musste wieder an Mutter denken und dass ich sie enttäuscht hatte. Ich hatte keine schöne Seele, genauso wenig, wie ich damals eine von Gott gesandte Stimme gehabt hatte. Dass Menschen sich in mir täuschten, zog sich wie ein roter Faden durch mein Leben. Doch was tat ich? Ich bestärkte sie in diesem Glauben, obwohl ich wusste, wie falsch sie lagen. Doch ich wagte nicht, ihnen zu widersprechen, aus Scham und Höflichkeit. Ich wollte sie nicht enttäuschen und enttäuschte sie dadurch erst recht. Ich musste dringend aufhören, meine Familie glücklich machen zu wollen.

Mittlerweile tanzten alle, sämtliche Stühle neben mir waren leer. Helden sind immer allein, nicht wahr, mein lieber Schlächter? Voller Zärtlichkeit dachte ich an meinen Vorfahren und fasste einen Entschluss: Ich würde immer alleine sein.

DAS LATEIN DER EINSAMEN SEELEN

Es war jedoch gar nicht so einfach, alleine zu bleiben. Denn aus irgendeinem Grund waren die Mädchen, seit das neue Schuljahr angefangen hatte, ganz verrückt nach mir. Immer wieder fand ich nach der Pause ein Zettelchen auf meinem Tisch. In verschnörkelten Buchstaben stand da geschrieben: »Lieber Alfred, ich kann nicht länger warten. Du machst mich ganz konfus. Komm nach der Schule in den Fahrradkeller.«

Auch wenn du überhaupt nicht interessiert bist, musst du der Form halber trotzdem hingehen, sagte ich mir. Schließlich hat sich die jeweilige Verfasserin des Schreibens doch einige Mühe gegeben, und offenbar liegt ihr viel an diesem Treffen.

Komischerweise war ich immer der Einzige, der zu diesen Rendezvous erschien. Sicherheitshalber wartete ich noch eine halbe Stunde. Einfach für den Fall, dass sie sich verspätet hatte. Dabei ging ich zwischen den geparkten Fahrrädern umher. Ich las, was auf den Rahmen geschrieben stand, oder betätigte die Klingel. Manchmal überprüfte ich auch den Reifendruck. Wenn zufällig der Besitzer hereingekommen wäre, hätte ich ihm mitteilen können: Alles in Ordnung. Dein Rad hat noch reichlich Luft. Ich habe es gerade kontrolliert.

An manchen Tagen standen sehr viele Fahrräder im Keller. Es herrschte regelrechter Hochbetrieb. Doch egal, wie viel ich auch zu tun hatte, spätestens eine Stunde, nachdem ich mich mit dem Mädchen hätte treffen sollen, ging ich wieder nach Hause.

Doch es war nicht zu leugnen: Die Mädchen flogen auf mich. Natürlich, sie zeigten es nicht so direkt. Lieber schrieben sie mir Briefe, denn sie wussten, wie gerne ich las. Oft hörte ich sie hinter meinem Rücken tuscheln. Es war anzunehmen, dass sie Komplimente austauschten. Einmal, als ich gerade in meinem Französischbuch die Übersetzung für »Croque-Monsieur« nachschlagen wollte, flog mir ein Schuh an den Hinterkopf. Er war pink und hatte enorme Absätze. Als ich mich umdrehte, sah ich, dass mir ein Mädchen in der hintersten Reihe zuwinkte: »Verdammt«, rief sie. »Jetzt habe ich den Falschen getroffen.«

»Macht doch nichts«, rief ich und winkte mit dem Schuh. »Es hat überhaupt nicht wehgetan.«

Als ich in der Pause auf die Toilette ging, traf ich dort auf Hannes aus meiner Klasse. Er stand am Urinal. Irgendetwas an seiner Erscheinung vermittelte mir den Eindruck, er stünde schon sehr lange dort. Eventuell sogar seit Stunden.

»Wo willst du hin?«, fragte er mich.

»Auf die Toilette.«

»Aha.«

Es war unklar, ob er das jetzt gut fand oder schlecht.

Ich zögerte einen Moment, ging dann auf die Toilette, setzte mich und wartete, dass Hannes hinausging. Das passierte jedoch nicht.

»Ich habe eine Nachricht für dich«, hörte ich ihn plötzlich sagen.

»Okay.«

»Von unseren Weibern.«

»Okay.«

Meine Stimme klang hohl. Die Akustik auf der Toilette war eine Katastrophe.

»Sie halten dich für schwul.«

»Ah ja?«

»Hörst du? Schwul.«

»Aha.«

»Ich möchte wissen, was du darüber denkst.«

Was zum Teufel sollte ich ihm antworten: Danke für den Input?

»Ich weiß nicht.«

»Bist du schwul?«

»Ich weiß nicht.«

»Bist du schwul?«

»Nein.«

»Was hältst du also davon, dass unsere Weiber dich für schwul halten?«

Jedes Mal, wenn er »unsere Weiber« sagte, stellte ich sie mir während eines Wettkampfes im Kugelstoßen vor.

»Es ist ein Missverständnis«, erklärte ich.

Jetzt lachte Hannes.

»Ein Missverständnis?«

»Ja.«

Er stand jetzt direkt vor der Tür. Durch den Spalt

konnte ich seine blauen Fila-Schuhe sehen, die er das ganze Jahr hindurch trug, Sommer wie Winter. Man nannte ihn darum auch Fila-Hannes. Aber nur, wenn er nicht dabei war.

»Soll ich dir sagen, was ein Missverständnis ist? Du bist ein Missverständnis.«

Damit ging er endlich hinaus.

Harte Worte. Ich wusste nicht so recht, was er damit gemeint hatte. Doch war es offensichtlich nicht gerade rühmenswert, und man tat gut daran, kein Missverständnis zu sein. Obwohl ich längst gepinkelt hatte, blieb ich noch ein Weilchen sitzen und dachte über so einiges nach.

In der Oberstufe wählte ich im Freifach Latein. Die Wahl war eine spontane Eingebung gewesen. Ich hatte mal jemanden referieren hören: »Wer Latein kann, dem steht die Welt offen.« Heute weiß ich, dass dieser Mensch gelogen hat. Im Lateinunterricht waren wir zu fünft. Offenbar wussten nur die wenigsten von seiner weltöffnenden Kraft. Die meisten hatten »Neue Medien« gewählt, wo man lernte, mit einer Kamera umzugehen, und am Ende sogar seinen eigenen Kurzfilm drehen durfte. Als sie von dem Kurzfilm hörten, wechselten aus unserem Fünfergrüppchen drei weitere zu den Neuen Medien. Sie hatten ein spezielles Gesuch gestellt, und ihre Eltern hatten sich extra dafür mit den Lehrern getroffen.

Außer mir besuchte danach nur noch Marta Rösch den Lateinunterricht. Ich hätte gerne gewusst, warum sie nicht auch gewechselt hatte, doch ergab sich irgendwie nie die Gelegenheit, sie danach zu fragen. Vielleicht machte sie sich einfach nicht so viel aus Neuen Medien. Sie schielte leicht, das allein konnte aber noch keine Erklärung sein. Und als im Herbst an der Schule die Läuse herumgegangen waren, hatte sie besonders viele davon abbekommen. Doch auch das war noch lange keine Erklärung.

Im Grunde waren wir zu viert. Neben Marta und mir waren da noch unsere Lehrerin Frau Häggi und ihr Hund Bernd. Dieser war ein fettes, haariges Ungetüm, das beinahe so groß und mindestens so schwer wie seine Besitzerin war. Er roch schlecht aus dem Mund, und auch der Rest von Bernd, man muss es leider sagen, roch nicht besonders gut.

Zu Beginn des Unterrichts legte er sich mit einem Seufzen auf den Klassenzimmerboden, wo er bis zum Ende der Stunde verweilte.

»Er ist sehr alt. Im Grunde ist es ein Wunder, dass er noch lebt«, hatte uns Frau Häggi erzählt.

Seitdem rechnete ich stets damit, dass Bernd während der Lateinstunde versterben würde.

Der Unterricht gestaltete sich immer gleich. Während Marta und ich uns mit irgendwelchen Übersetzungstexten abmühten, saß Frau Häggi hinter ihrem Pult und verzehrte den Lunch, den sie von zu Hause mitgebracht hatte.

»Mal schauen, was es heute Gutes gibt«, sagte sie jeweils, wenn sie die Lunchbox öffnete.

Sie tat so, als hätte jemand das Essen für sie gekocht, doch war bekannt, dass sie allein lebte. Sie hatte lange graue Haare und solariumgebräunte Haut. Vor und nach dem Unterricht rauchte sie eine Zigarette nach der anderen.

»Wie schade, dass Bernd nicht raucht«, beklagte sie sich einmal. »Zu zweit macht es so viel mehr Spaß.«

Nachdem die anderen drei ausgeschieden waren, nahmen Marta und ich unsere festen Sitzplätze ein. Sie saß ganz vorne links, ich ganz hinten links. Irgendwann fragte uns Frau Häggi: »Wollt ihr euch nicht nebeneinandersetzen?«

Danach fiel es mir zunehmend schwer, mich auf den Unterricht zu konzentrieren. Denn immer wieder gab es diese leichten Berührungen von meinem Ellbogen und Martas Arm. Es kam mir jedes Mal so vor, als hätten wir uns gerade die Kleider vom Leib gerissen und uns nackt auf dem Boden gewälzt. Ich fragte mich, ob Marta auch so empfand. Sie ging damals mit Romeo Pfister aus der Parallelklasse. Das war ein Typ, der bekannt dafür war, dass er immer eine weiße Hose trug. Und das war auch schon alles, wofür er bekannt war. Aber offenbar stand Marta Rösch auf Typen in weißen Hosen. Warum auch nicht? Auch solche Menschen mussten geliebt werden. Es wäre kein gutes Zeichen für die Welt gewesen, wenn Typen nur wegen ihrer Vorliebe für weiße Hosen auf der Strecke geblieben wären. Außerdem war es mir sowieso egal, dass sie mit Romeo Pfister ging. Ich war allein und wollte allein sein. So wie Frau Häggi, die ihre Zigaretten alleine rauchte. Wie der Schlächter. Wie meine Mutter. Wie so viele andere.

Was Marta Rösch von mir hielt, war schwer zu sagen. In der Regel schaute sie mich kaum an. Etwas näher waren wir uns gekommen, als während des Unterrichts ihr Bleistift heruntergefallen war. Wir hatten uns beide instinktiv gebückt und waren mit den Köpfen zusammengestoßen.

»Idiot«, hatte sie gesagt.

Aber das konnte natürlich auch einfach eine situationsbedingte Reaktion gewesen sein.

Ein andermal sollten wir auf Latein ausdrücken, was der andere bei den alten Römern für eine Position bekleidet hätte.

»Servus«, sagte Marta wie aus der Pistole geschossen.

»Nicht wahr? Das macht doch Spaß«, jubilierte Frau Häggi.

Sie erschien immer erst in allerletzter Minute zum Unterricht. Bis sie endlich auftauchte, warteten wir im Flur vor der verschlossenen Zimmertür.

Woche für Woche verbrachte ich die Wartezeit damit, die Maserung des Flurbodens zu studieren. Oder ich zählte die Schränke, die auf der anderen Seite aneinandergereiht waren. Das war keine besonders schwierige Aufgabe, denn jemand hatte die Schränke in Neonfarbe durchnummeriert. Marta saß währenddessen auf dem Boden und tippte auf ihrem Handy herum. Ich ging davon aus, dass sie sich mit Romeo Pfister austauschte. Vermutlich hatte er neue Fotos von sich in weißer Hose geschickt.

Einmal tippte sie nicht auf dem Handy rum, sondern hockte auf dem Boden und heulte. Sie schminkte sich ziemlich stark, und die Schminke war schon völlig zerlaufen. Ab und zu nahm sie ein Taschentuch, putzte sich die Nase und heulte dann wieder weiter. Später erfuhr ich, dass Romeo mit ihr Schluss gemacht hatte. Ich sah aus dem Fenster. Auf einem Baum hatte sich gerade ein

Vogel niedergelassen. Wie er hieß, wusste ich nicht. Er sah aber ganz nett aus. Ich überlegte, ob ich Marta darauf aufmerksam machen sollte, fand es aber doch keine so gute Idee. Wenn man weint, helfen auch keine namenlosen Vögel, sagte ich mir.

»Alles in Ordnung?«, fragte ich sie stattdessen.

»Lass mich in Ruhe!«

»Alles klar.«

Ich nickte begeistert und widmete mich wieder dem Vogel im Baum.

»KANNST DU MIR DEN BAUCH STREICHELN?«

»Ich gebe eine Geburtstagsparty. Du bist auch eingeladen«, sagte Marta Rösch nach dem Lateinunterricht zu mir.

Kaum hatte sie es gesagt, ging sie auch schon davon.

»Hey«, rief ich ihr nach. »Ich freue mich sehr.«

Keine Ahnung, ob sie mich noch gehört hatte.

Die allgemeine Überraschung war beträchtlich. Man hatte nicht erwartet, dass Marta der Typ war, der Geburtstagspartys gab. Sie galt als Einzelgängerin, hatte in der Klasse keine wirkliche Freundin und suchte das Gespräch nur in Extremsituationen. Obwohl die Geschichte mittlerweile drei Jahre her war, galt sie bei nicht wenigen immer noch als die Frau mit den Läusen.

Bald kursierte das Gerücht, Martas älterer Bruder Alain werde bei der Party auch zugegen sein. Er galt als cooler Typ, mit Lederjacke und Motorrad. Zwar hatte er die Schule schon vor einigen Jahren abgeschlossen, trotzdem sah man ihn nachmittags noch häufig auf dem Schulhof herumlungern, wo er mit den Mädchen schwatzte oder Zigaretten verteilte. Was er sonst machte, wusste eigentlich niemand so recht. Doch hatte ich Marta einmal erwähnen hören, ihr Bruder habe jetzt eine Zweitausbildung zum Masseur angefangen. Was seine Erstausbildung gewesen war, sagte sie nicht.

Ich hatte mir ein, wie ich fand, geniales Geschenk für Marta überlegt. Keinen Wimpel. Obwohl ich natürlich daran gedacht hatte und für einen kurzen Augenblick seltsam nostalgisch geworden war. Ich hatte diese Wimpel immer gehasst. Nun aber, wo ich sie nicht mehr zu schenken brauchte und mein Leben durch und durch wimpelfrei war, vermisste ich sie gelegentlich. Es war eine seltsame Sache mit dieser Nostalgie.

Mein Geschenk war ein Lyrikband eines tschechischen Dichters, dessen Name mir gänzlich unbekannt gewesen war. Ich hatte das Büchlein zufällig im Regal entdeckt und einzig wegen seines hochtrabenden Titels, der mir ganz besonders verheißungsvoll erschienen war, gekauft. Die Gedichte waren absolut kryptisch, und ich hatte nicht den Hauch einer Ahnung, wovon sie handelten. Doch schien mir das nur der Beweis ihrer Meisterschaft zu sein.

Ich stellte mir vor, wie Marta mein Geschenk mit einem Jubelschrei auspackte. Danach wird sie den Rest des Abends mit den Gedichten des tschechischen Lyrikers verbringen, sie immer und immer wieder lesen. Schließlich wird sie mich bitten, ihr die Gedichte vorzulesen. Ich werde ihr den Gefallen tun und mit einem Schwung und Überzeugungskraft rezitieren, als hätte ich die Gedichte höchstpersönlich geschrieben. Als wäre ich dieser tschechische Dichter.

Doch als ich Marta am Abend der Party mein Geschenk überreichte, warf sie es einfach unausgepackt auf den Haufen mit den anderen Gaben. Sie hat mich auch später nie darauf angesprochen. Seit dieser Erfahrung verschenke ich keine Lyrikbändchen mehr.

Die Party fand im Keller des Hauses von Martas Eltern statt. Herr und Frau Rösch waren auch zu Hause, verbrachten den Abend aber oben im Wohnzimmer. Als ich einmal die Toilette im oberen Stock aufsuchte, kam ich an einem hell erleuchteten Raum vorbei, in dem zwei Gestalten regungslos auf dem Sofa saßen. Es gab auch einen Fernseher in dem Raum, doch er war ausgeschaltet. Ich räusperte mich.

»Guten Abend«, sagte ich.

»Guten Abend«, sagte Frau Rösch.

Herr Rösch zog es vor, nichts zu sagen.

Wie angekündigt, war auch Martas Bruder auf der Party. Lange Zeit saß er unbeteiligt auf einem Stuhl am Rand des Geschehens. Erst als sich vom vielen Wein und Bier, das alle getrunken hatten, eine gewisse Schläfrigkeit ausbreitete, erhob sich der Bruder plötzlich. Seine Lederjacke knirschte, als er ätherische Öle aus seinen Taschen zauberte. Dann forderte er mit grabestiefer Stimme, man möge jetzt das Licht dimmen. Während sich jemand über unzählige leere Bierflaschen hinweg auf den Weg zum Lichtschalter machte, massierte sich der Bruder schon einmal das Kinn.

»Bildet Pärchen. Immer ein Junge und ein Mädchen zusammen.«

Waren wir hier etwa auf der Arche Noah? Nachdem der Bruder seinen Schlachtplan erörtert hatte, legten die Jungen aus meiner Klasse die Chipstüten zur Seite und wischten sich verstohlen die Hände an den Jeans ab. In diesem Augenblick sah ich, wie Marta Rösch zur Türe wankte.

»Ich gehe Bier holen«, murmelte sie.

»Ich komme mit«, rief ich.

Als ich außer Atem in die Küche stürzte, stand Marta vor dem offenen Kühlschrank, eine Ladung Bierflaschen in den Armen.

»Bier?«, fragte sie.

Ich nickte und überlegte, was ich sonst noch sagen konnte. Jetzt wäre ein guter Zeitpunkt gewesen, um mein Lyrikbändchen zu diskutieren. So aber gab es irgendwie nichts zu bereden, und doch verspürte ich das Bedürfnis, alles zu sagen. Ich beschloss einfach mal abzuwarten, in welche Richtung sich das Gespräch entwickeln würde.

»Das war eine super Idee von deinem Bruder, das mit dem Massieren«, meinte ich endlich.

Marta trank unbeeindruckt von ihrem Bier.

»Es gibt nichts Besseres als eine entspannende Massage«, dozierte ich. Das Thema Massage schien mir hiermit erschöpft. Ein neuer Ansatz musste her.

»Diese Küche«, sagte ich. »Sie ist wunderschön.«

Marta zuckte die Schultern. Ihr Bier hatte sie bereits geleert und machte einen ziemlich betrunkenen Eindruck. Sie torkelte hin und her. Möglicherweise war es auch einfach die Freude, in die sie meine Bemerkung über ihre Küche versetzt hatte.

»Ein platzfreundlicher Kühlschrank ist die Freude einer jeden Hausfrau«, fuhr ich daher fort.

»Meine Mutter kann nicht kochen«, sagte Marta.

Ich dachte an die ältliche Frau, die ich zuvor im Wohnzimmer gesehen hatte. Wie mumifiziert hatte sie ausgesehen. Es mochte aber auch an der schlechten Beleuchtung gelegen haben.

»Das ist nicht schlimm«, sagte ich tröstend. »Glücklicherweise leben wir in einer Zeit, wo Frauen ihre Erfüllung nicht mehr am Herd finden müssen.«

Ich hatte gehofft, dass das Gespräch damit endlich Fahrt aufnahm. Und tatsächlich: Marta nickte vehement. Offensichtlich war das ein Thema, das sie sehr beschäftige. Ich insistierte: »Es ist sogar besser, wenn Frauen nicht kochen. Denn wer nicht kocht, hat mehr Zeit für die Liebe.«

Marta nickte, hörte mir allerdings auch schon länger nicht mehr zu. Ich war überrascht: Was hatte ich da gerade gesagt? Die Liebe? Aber warum? Wir lernten beide Latein mit mäßigem Erfolg. Und wir verspürten an diesem Abend beide keine Lust, uns massieren zu lassen. Was verband uns noch? Dass wir Einzelgänger waren. Dass wir alleine waren. Aber konnte einen so etwas überhaupt verbinden?

»Die Liebe«, sagte ich gleich noch mal. »Was hältst denn du so von der Liebe?«

Ich warf Marta einen Blick zu. Sie sah sehr bleich aus und machte nicht den Eindruck, als wäre sie in Stimmung, ein angeregtes Streitgespräch zu führen. Es war an der Zeit, dass die Stimme der Vernunft ein Machtwort sprach. Wer aber war die Stimme der Vernunft? Herr und Frau Rösch waren als Eltern die Autoritätspersonen im Haus, doch das Licht im Wohnzimmer war gelöscht.

Martas Bruder wäre hier gefragt gewesen. Doch der war immer noch im Keller und massierte, dass die Funken stoben.

»Mir ist schlecht.«

»Aha?«

»Ich muss kotzen.«

»Hier?«

Sie zeigte auf das Spülbecken.

»Das ist aber ein schönes Spülbecken«, rief ich.

»Kannst du mir einen Gefallen tun? Weil ich Geburtstag habe?«

»Aber hallo.«

»Kannst du mir den Bauch streicheln?«

»Aber hallo.«

»Meine Mutter hat das früher immer gemacht.«

»Aber hallo.«

Es war mir bewusst, dass ich dringend mal etwas anderes sagen sollte. Doch beschäftigte mich noch immer diese Geschichte mit ihrer Mutter. Hieß das vielleicht, dass ich für sie auch wie eine Mutter war? Ich hatte das Bild der mumifizierten Frau im Wohnzimmer vor mir. Jetzt sah sie sogar noch mumifizierter aus. Was würde Bernd dazu sagen, fragte ich mich, während sich Marta ins Spülbecken erbrach.

Ein paar Monate später machten wir eine Klassenfahrt auf den Gotthard.

»Feldspat, Quarz und Glimmer, die vergess ich nimmer«, lehrte uns Herr Schranz, unser Geografielehrer. Er war ein kleiner, schnurrbärtiger Mann, der fast permanent unter Verdauungsbeschwerden litt. Außer für die

Geografie hatte er auch ein Faible für Musik und sang in einem Chor, der auf geistliche Lieder spezialisiert war. Manchmal verteilte er vor einem Konzert Flyer im Klassenzimmer.

»Es würde mich freuen, das eine oder andere bekannte Gesicht im Publikum zu entdecken.«

Soweit ich weiß, hat nie jemand von uns eins dieser Chorkonzerte besucht.

Im Bus klauten mir zwei Typen aus meiner Klasse das Feldbuch, in das wir unsere geologischen Beobachtungen eintragen sollten. Sie benutzten es für ein paar Karikaturen von Barbara Rossis Brüsten und gaben es mir mit einem triumphierenden Grinsen zurück.

»Wunderbar. Ganz hervorragend«, gratulierte ich.

Man soll Künstler am Anfang ihrer Laufbahn nicht entmutigen.

Die Sonne knallte auf den Bus, in dem die Temperatur mit jeder Minute in die Höhe kletterte. Ich hatte am Morgen meine Haare nicht gewaschen und spürte, wie sie schwer und fettig auf meinem Kopf lagen. Ich hatte das Gefühl, auch alle anderen im Bus wüssten über den Zustand meiner Haare ganz genau Bescheid und litten noch mehr darunter als ich. Einmal schaute Herr Schranz zu mir. Einen Moment länger als nötig verharrte sein Blick auf meinem Haar, und ich sah, wie in seinen Augen vorwurfsvolle Abscheu aufflammte.

In diesem Augenblick setzte sich Beatrice Studer neben mich. Sie war die beste Freundin von Marta Rösch, und wir hatten alle ein bisschen Angst vor ihr. Man erzählte sich, sie habe unorthodoxe Ansichten. Ich hatte bislang aber noch keine gehört.

»Hey Alfred«, sagte sie. »Alles klar?«

»Yo«, sagte ich.

Das war die Zeit, als ich gelegentlich »Yo« sagte. Eine schwierige Zeit.

»Ich komme wegen Marta«, fuhr Beatrice fort, wobei sie mir tief in die Augen schaute.

»Ja?«

Ich fühlte mich unwohl. Das lag einerseits an Beatrice und ihren unorthodoxen Ansichten. Andererseits an meinem fettigen Haar, das mir in diesem Augenblick fettiger und widerlicher vorkam denn je. Zu allem Übel rückte jetzt Beatrice noch näher heran, sodass ihre Nase praktisch in meinen Haaren steckte.

»Sie mag dich wirklich sehr«, flüsterte sie.

»Marta?«, flüsterte ich zurück.

Die Information drang irgendwie zu mir durch, doch konnte ich die ganze Zeit nur denken: Geh weg von meinen Haaren. Bitte. Nimm augenblicklich die Nase aus meinem Haar.

»Sie wollte es dir selber sagen. Sie traut sich aber nicht.«

»Oje«, flüsterte ich.

»Schau mal. Sie sitzt dort hinten und ist ganz aufgeregt.«

Ich drehte den Kopf. Marta saß ganz hinten im Bus. Sie hatte die Beine übereinandergeschlagen und schaute direkt zu mir. Sie sah eigentlich nicht besonders aufgeregt oder gar interessiert aus, sondern eher mürrisch.

»Jetzt mach schon. Gib ihr ein Zeichen, dass du dich freust«, befahl Beatrice.

Ich schaute sie irritiert an. Dann hob ich die Hand und winkte. Nun wirkte Marta sogar noch mürrischer.

»Weiter«, insistierte Beatrice. »Du musst weiter winken.«

Mir fiel ein, dass Beatrice mal die Juniorenmeisterschaften im Dressurreiten gewonnen hatte. Wahrscheinlich rührte daher ihre bestimmende Art.

»Bravo«, sagte Beatrice, klopfte mir auf die Schultern und ging zu ihrem Platz zurück. Ich schaute zu Marta. Sie war jetzt in ihr Feldbuch vertieft.

Am Abend veranstalteten wir ein riesiges Saufgelage im Garten vor der Jugendherberge. Der Gotthard verblasste allmählich aus unserer Wahrnehmung, sofern er denn überhaupt einmal vorhanden gewesen war. Höhepunkt des Abends war ein Trinkspiel, das Hannes vorgeschlagen hatte. Er spielte Handball und kannte sich mit solchen Dingen aus. Das Spiel ging so: Alle mussten aus einer Wodkaflasche trinken, und wer nicht mehr konnte, musste geküsst werden. Ein unlogisches Spiel, fand ich und konnte sofort nicht mehr. Trotzdem taten alle so, als bemerkten sie es nicht.

»Ich kann nicht mehr!«, rief ich. »Ich kann nicht mehr!«

Irgendwann änderten sich die Spielregeln und wurden simpler. Wer eine ganze Flasche Wodka austrank, dem zeigte Barbara Rossi ihre Brüste. Die Folge davon war, dass sich Barbara Rossi eine Flasche schnappte und sie auf der Stelle austrank. Danach haben wir sie nicht mehr gesehen.

Irgendwann, es musste schon ziemlich spät sein, bemerkte ich, dass sich Marta Rösch auf die Straße gelegt hatte. Eine ganze Weile lag sie dort. Sie hatte die Arme ausgestreckt und tat nicht viel mehr als atmen. Ich sah, wie ihr Bauch sich hob und senkte. Und ich blieb ganz vertieft in diesen Anblick. Plötzlich musste ich an Romeo Pfister denken. Ob sie noch immer auf Männer in weißen Hosen stand? Ich ging ein paar Schritte in ihre Richtung und legte mich neben sie.

Der Himmel war sehr dunkel, der Boden warm. Ich konnte sie atmen hören. Sonst war es sehr leise. Die anderen waren zu unserer Herberge zurückgegangen, um dort weiterzutrinken.

»Wie gehts deinem Bruder?«, fragte ich, nachdem wir eine Weile geschwiegen hatten. »Gefällt ihm die Zweitausbildung zum Masseur?«

»Pff«, machte Marta. Offenbar hatte sie es allmählich satt: all diese Leute, die wissen wollten, ob ihrem Bruder die Zweitausbildung zum Masseur gefalle. Ich musste daran denken, wie damals im Lateinunterricht unsere Köpfe zusammengeprallt waren. Es war unsere erste richtige Berührung gewesen.

»Riechst du das auch?«, fragte Marta.

Vor zwanzig Minuten hatte Hannes unweit von der Stelle, wo wir lagen, in die Wiese gekotzt.

»Sollen wir woanders hingehen?«

»Die Sterne.«

»Sterne riechen nicht«, sagte ich.

»Doch«, beharrte Marta.

Ich hätte ihr gerne den Punkt gelassen, doch wollte ich auch nicht so leicht aufgeben.

»Wonach riechen sie denn?«

»Nach Sternen natürlich. Idiot.«

Mein Bruder Thomas hatte vor Jahren mal eine Phase

gehabt, in der er sich sehr für Sterne, Planeten und dergleichen interessiert hatte. Beim Abendessen durfte er uns dann endlos lange von seinen neuesten Erkenntnissen berichten. Möglich, dass ich die Sterne darum nicht besonders mochte.

»Darüber müsstest du mit meinem Bruder reden. Er ist der Spezialist für Sterne.«

»Ich wusste gar nicht, dass du einen Bruder hast.«

»Er lebt jetzt im Ausland.«

Das letzte Lebenszeichen war eine Postkarte gewesen: »Viele Grüße aus Nicaragua.«

Immer wieder hatte Mutter die Postkarte ungläubig betrachtet: »Nicaragua? Was zum Teufel will er denn in Nicaragua?«

Ab und zu schaute ich im Internet, was in Nicaragua für Wetter war. Vor ein paar Wochen hatte es dort eine starke Regenzeit gegeben. Thomas hatte sich vor Regen gefürchtet. Aber das war noch der alte Thomas gewesen, der Geige spielte und dünne Musikersüppchen zu sich nahm und sich für Sterne interessierte. Was der neue Thomas so machte, was er gerne aß und wofür er sich interessierte, davon hatte ich keine Ahnung.

Irgendwoher rief jemand nach Marta.

»Nichts sagen«, flüsterte sie.

Trug ich etwa ein Schild um den Hals, auf dem »Notorischer Verräter« stand? Ich beschloss, dass Marta etwas mit mir vorhatte. Oder wollte sie vielleicht einfach in Ruhe an den Sternen schnuppern?

»Woran denkst du?«, fragte Marta.

»An Bernd«, sagte ich.

Es dauerte einen Moment, bis ich realisierte, dass

Marta lachte. Ich war mir nicht sicher, ob ich sie jemals zuvor hatte lachen hören. Und so als hätte sie etwas gutzumachen, konnte sie jetzt gar nicht mehr damit aufhören.

»Bernd!«, rief sie. »Oh Gott. Ich habe diese Stunden gehasst.«

»Ich auch! Ich auch!«

Jetzt lachte ich mit.

»Und diese schrecklichen Übersetzungen. Kein Wort habe ich verstanden«, schrie Marta jetzt beinahe vor Freude.

»Kunststück, war ja auch Latein.«

»Und wie die Häggi immer ihren Lunch während der Stunde gegessen hat.«

»Oh ja! Und weißt du noch, diese Übung, als wir sagen sollten, was der andere bei den alten Römern gewesen wäre?«

»Oh ja!«

»Du hast gemeint, ich wäre ein Sklave gewesen. Ein Sklave! Wie komisch!«

Wir lachten weiter. Und dann, ich weiß nicht, warum, erzählte ich ihr von meinem Vorfahren und Namensvetter. Alfred von Ärmel. Dem Schlächter von Marignano.

»Ein Held«, erklärte ich. »Und weißt du, ich habe beschlossen, in seine Fußstapfen zu treten. Ich will auch so ein Held werden.«

Es folgte eine Pause. Ich spürte etwas und hatte den Eindruck, dass es ihre Hand sein könnte. Da fing sie wieder an zu lachen, diesmal sogar noch lauter als zuvor. Auf einmal spürte ich etwas Hartes im Rücken. Es war der Gotthard.

»Kannst du mir einen Gefallen tun?«, fragte Marta.

Irgendwie wollte ich nicht wieder der Typ sein, der ihr beim Kotzen den Bauch streichelte. Darum sagte ich: »Mir ist gerade eingefallen, dass ich mein Feldbuch noch auf den neuesten Stand bringen muss.«

Vor der Herberge traf ich auf drei Klassenkameraden. Sie standen Arm in Arm unter dem Fenster von Herrn Schranz und sangen: »Feldspat, Quarz und Glimmer, die vergess ich nimmer!«

Ich fragte die Klassenkameraden, ob sie Barbara Rossi gesehen hätten. Urplötzlich hatte ich nämlich die Erleuchtung gehabt, dass ich unbedingt mit Barbara Rossi sprechen musste. Worüber genau, war mir nicht so ganz klar. Am besten über alles. Über den Schlächter und meinen Bruder, über die Geige und Marta Rösch, die an den Sternen roch und lachte, wenn man ihr erzählte, dass man ein Held sein wollte.

»Die ist da hinten«, sagte einer und zeigte in die Dunkelheit.

»Sie hat gesagt, sie wartet dort auf dich.«

Schon nach wenigen Schritten war kein Weg mehr zu erkennen. Es war eigentlich klar, dass Barbara Rossi nie und nimmer dort hinten auf mich wartete. Trotzdem ging ich einfach weiter.

»Barbara«, rief ich. »Warte! Ich komme zu dir.«

Ich dachte an meinen Vater: Mit dem Gesicht eines Clowns steht er vor dem Spiegel, da klingelt es an der Tür. Eine Frau in einem grünen Regenmantel steht vor ihm: Haben Sie einen Luftschutzbunker? Zusammen gehen sie in den Bunker, setzen sich hin und warten, und als sie nach zwei Stunden wieder herauskommen, sind sie zwei andere Menschen.

DRITTER TEIL

THIS GIRL'S IN LOVE WITH YOU

Im letzten Jahr tauchte an unserer Schule ein neuer Lehrer auf. Er hieß Herr Glesti und unterrichtete Musik anstelle von Herrn Tanner, der einmal zu viel *Yellow Submarine* gehört hatte und danach nicht mehr damit hatte aufhören können.

Herr Glesti hatte winzig kleine Löckchen, die mit seinen ebenso winzigen Äuglein ein harmonisches Duo bildeten. Er lächelte ununterbrochen. Auch dann, wenn es eigentlich gar nichts zu lachen gab. In seiner ersten Stunde stellte er sich breitbeinig vor uns hin und sang *Halleluja*. Da wussten wir, was es geschlagen hatte.

Der alte Herr Tanner war von Haus aus Informatiklehrer gewesen. Zwar konnte er die Tuba spielen, doch seit sie ihm den linken Lungenflügel herausoperiert hatten, fehlte ihm dafür die Kraft. Sein Unterricht bestand darin, CDs seiner Lieblingsgruppen abzuspielen.

»Die Beatles kann man auch mit einem Lungenflügel hören«, sagte er jedes Mal, wenn er das *White Album* in die Stereoanlage schob.

Herr Glesti hatte noch alle Lungenflügel und war auch sonst voller Tatendrang. So schleppte er einen ganzen

Haufen neuer Instrumente ins Unterrichtszimmer. Flöten, Gitarren, sogar ein Schlagzeug. Die Instrumente lagen vor uns auf dem Boden, als gehörten sie einem Orchester, das vor wenigen Minuten die Flucht angetreten hatte.

»Wer kann alles ein Instrument spielen?«, fragte Herr Glesti.

Niemand antwortete. Nur weil es sich um das musische Profil handelte, bedeutete dies noch lange nicht, dass wir auch tatsächlich musikalisch waren.

»Hast du mal ein Instrument gelernt?«, fragte er mich.

»Blockflöte«, murmelte ich leise in der Hoffnung, dass es niemand hörte.

Herr Glesti klopfte mir auf den Rücken.

»Du wirst unser Flötenvirtuose!«

Dann drehte er sich zur Klasse um: »Im Moment mögen wir noch nirgendwo stehen. Doch aller Anfang ist schwer. Wir werden proben, wir werden feilen, wir werden kämpfen, und wir werden uns nicht geschlagen geben. Und am Ende spielen wir ein Konzert vor Schülern, Schulleitung, Elternschaft, und es wird ein Triumph sondergleichen!«

Das war die erste Stunde.

Später am Tag sah ich Herrn Glesti auf dem Pausenplatz. Er war gerade dabei, sein Fahrrad von Laubblättern zu reinigen. Eine Tätigkeit, die er mit einer träumerischen Langsamkeit verrichtete. Er sah aus, als könnte er bis ans Ende seines Lebens damit fortfahren. Ich hoffte, dass er mich nicht bemerken würde, und ging schnell weiter. Da wirbelte er plötzlich herum.

»Hey, da ist ja unser Flötenvirtuose!«

Worauf er den Arm hob und das Victory-Zeichen machte. Ich tat es ihm gleich. Es war ein seltsamer Moment. Zwei Sekunden später widmete er sich auch schon wieder dem Laub auf seinem Fahrradsattel. Trotzdem reichte dieser eine Moment, dass ich noch Jahre später manchmal daran dachte.

Nachdem sich sehr bald gezeigt hatte, dass niemand von uns musikalisch in der Lage war, an einem triumphalen Konzert mitzuwirken, verwarf Herr Glesti diesen Plan so leichthändig, wie er ihn gefasst hatte. Er hatte bereits ganz anderes im Sinn.

»Wir machen einen Abschlussball!«

Kurz bevor er uns dies eröffnete, hatte er sich am Wasserhahn, der sich gleich neben der Zimmertür befand, gefühlte Minuten lang gestärkt. Sein Vorgänger hatte den Hahn einzig dafür benutzt, um sich die Hände äußerst gründlich zu waschen. Herr Glesti begann seinen Unterricht jeweils mit einer längeren Trinkeinlage, und auch während der Stunde unterbrach er ab und an, um kurz zum Wasserhahn zu eilen.

»Das Leben macht durstig«, sagte er jedes Mal.

Sein Mund war noch feucht und glänzte leicht, als er uns seinen Plan mit dem Abschlussball erzählte. Vorbild sollten die amerikanischen Highschool-Bälle sein, wie man sie aus zahlreichen Filmen kannte.

»Rauschende Kleider! Duftende Haare!«, schwärmte er.

Er hatte ein paar Monate in den Staaten verbracht und dort, wie er uns erzählte, diese Highschool-Bälle hautnah erleben dürfen.

»Und die Musik: Nicht vom Band! Live! Ich kenne einen, der spielt Saxofon!«

Das Wort Saxofon schlug wie ein Peitschenhieb durch unsere Klasse. Unterdessen war Herr Glesti nicht mehr zu bremsen.

»Es ist der Abend des Balls. Jungs. Ihr setzt euch in den Wagen und braust zu eurer Braut. Sie steht noch vor dem Spiegel. Mama ist dabei. Die letzten Handgriffe. Alles sitzt. Sie sieht aus wie eine Königin. Wenn ihr sie abholt, küsst ihr nicht mehr als ihre Hand. Alles andere später. Drei Küsschen für die Frau Mama. Und ein kräftiger Handshake mit Dad.«

Wir schauten uns betroffen an. Niemand wusste so recht, wovon der Mann redete. Niemand von uns besaß einen Wagen, wenige den Führerschein. Kurz nach meinem achtzehnten Geburtstag hatte ich mit dem Gedanken gespielt und sogar den obligatorischen Erste-Hilfe-Kurs besucht. Am Ende meinte der Kursleiter zu mir: »Weißt du, es gibt Menschen, bei denen ist es einfach besser, wenn sie den Bus nehmen.«

Ich hatte ein Fahrrad. In einer Stadt wie Bern war mehr auch gar nicht nötig. Das hier war nicht Amerika, unsere Bräute mussten mit dem Gepäckträger vorliebnehmen.

Herr Glesti kniete vor dem Fernseher und hatte damit angefangen, uns Ausschnitte aus irgendwelchen Highschool-Filmen vorzuspielen.

»Und jetzt der erste Tanz der Ballkönigin«, rief er entfesselt. »Da ist sie! Da!«

Aufgeregt zeigte er auf den Bildschirm, in dem jetzt die Ballkönigin mit Achtzigerjahre-Frisur auftauchte.

»Auch die Frisuren waren damals besser«, kreischte er und machte vor Begeisterung einen kleinen Satz in die Luft.

Er ist völlig verrückt, dachte ich. Aber dafür auch glücklich.

»Jeder geht mit einer Partnerin oder einem Partner«, hatte Herr Glesti zudem gesagt.

Ich wartete ein paar Tage und fragte dann Marta, ob wir zusammen hingehen wollten. Es war mitten im Biologie-Unterricht, und wir mussten gerade in Zweiergruppen einen Frosch sezieren. Der Lehrer hatte uns zusammen eingeteilt, und als sie mit dem Skalpell unbeholfen in den weißen Froschbauch hineinstach, sagte ich mir: Wäre dies nicht ein guter Moment, um sie zu fragen?

Ich fragte locker, leicht, wollte es wie einen Witz klingen lassen, oder so, wie wenn man den anderen fragt, ob er auch so gerne Raketeneis mochte.

»Nein«, antwortete Marta.

»Okay!«, machte ich fröhlich.

Es klang fast wie: Dankeschön. Ich lachte: »Kein Problem.« Und schon quollen die Gedärme aus dem Frosch.

Danach verlor ich das Interesse an dieser Abschlussball-Sache. Ich hatte mit Marta da hingehen wollen, denn wir hatten schon zusammen Latein gelernt, und so wäre das irgendwie ein schöner Abschluss gewesen. Wie man hörte, ging sie mit Kevin Hardberger aus der Parallelklasse. Er war schlank und gut aussehend, sprach aber, soweit ich wusste, kein Latein. Wahrscheinlich auch so ein Weiße-Hose-Mann.

Ich war allein, und das war gut so. Große Männer waren eben allein. Große Männer tanzten allein, das heißt, die richtig großen Männer, die Helden, die tanzten sowieso überhaupt nicht. Hab ich nicht recht, Schlächter?

Herr Glesti war da etwas anderer Meinung. Die Tatsache, dass ich keine Partnerin für den Ball hatte, beschäftigte ihn sehr. Immer wieder kam er nach der Stunde zu mir oder schoss, während ich durch das Schulgebäude ging, plötzlich hinter einer Säule hervor: »Und? Wie siehts aus?«

»Nein.«

Er schüttelte den Kopf.

»Du musst weiterkämpfen, Alfred, du darfst nicht aufgeben.«

Ich versprach es ihm.

»Die Vorstellung, dass du keine Tanzpartnerin hast, bereitet mir regelrechte Qualen.«

Er griff sich theatralisch an die Brust. Zum Abschluss machte er stets das Victory-Zeichen.

Über Mittag sah ich Marta in der Mensa. Sie saß an einem Tisch mit Kevin Hardberger und teilte sich mit ihm eine Pizza. Miteinander tanzen war ihnen offenbar nicht genug.

Ich hatte einen langen Brief an sie verfasst. Darin hatte ich unter anderem »Lass uns nach Nicaragua abhauen« geschrieben. Es sollte witzig rüberkommen, aber aus irgendeinem Grund klang es todtraurig. Den Brief hatte ich am Ende nicht abgeschickt.

Eines Abends rief mich Herr Glesti zu Hause an.

»Hey, ich habe gehört, Miriam Köhler aus dem naturwissenschaftlichen Profil ist noch frei. Jetzt heißt es: Ran an den Speck.«

»Okay«, sagte ich.

Am nächsten Tag machte ich mich auf den Weg zum Klassenzimmer des naturwissenschaftlichen Profils. Dort traf ich auf eine Gruppe von sieben oder acht schwarz gekleideten Typen. Sie saßen an mehreren zusammengeschobenen Tischen und tippten, ohne auch nur kurz den Kopf zu heben, auf ihren Taschenrechnern herum. Ich glaube, es hätten draußen die Reiter der Apokalypse auftauchen können, und sie hätten trotzdem weiter getippt.

Das Zentrum der Gruppe markierte ein mächtiger Junge mit langem, zurückgekämmtem Haar. Ich kannte ihn nur zu gut. Es war Hans Bihler. In den letzten Jahren hatten wir keinen Kontakt mehr gehabt. Seit er damals stundenlang vor unserer Haustür gewartet hatte, war er um einiges größer und breiter geworden. Seine Haare waren lang, und in seinem Gesicht, das immer etwas Ungefähres an sich gehabt hatte, so als wäre es nicht ganz scharf eingestellt, wuchs jetzt ein feiner, doch markanter Schnurrbart. Er sah völlig bizarr aus. Doch in dem Alter sahen wir alle bizarr aus. Ich fragte mich, ob er mich überhaupt noch erkannte.

»Sieh mal einer an, wer da kommt«, rief er.

Sonderlich erfreut schien er über unser Wiedersehen nicht zu sein. Als ich ihm zur Begrüßung die Hand hinstreckte, tat er so, als hätte er es nicht bemerkt.

»Was willst du hier?«

Er schaute mich kampfeslustig an. Sein giftiger Tonfall hatte bewirkt, dass allmählich auch die anderen Typen interessiert zu mir hinüberschauten. Ich nickte ihnen freundlich zu.

»Ich wollte mich nur ein bisschen umsehen«, erklärte ich der ganzen Runde. »Habt ihr zufälligerweise Miriam Köhler gesehen?«

»Wieso?«, wollte Hans wissen.

»Wegen des Abschlussballs. Ich suche noch eine Partnerin und wollte sie gerne fragen.«

»Warum sollte sie ausgerechnet mit dir zum Abschlussball gehen?«, kreischte Hans jetzt beinahe. »Was hast du ihr schon zu bieten, außer deinem spießigen Polo-Hemd?«

Ich schaute betroffen an mir runter. Das Polohemd hatte Thomas gehört. Und jetzt war er in Nicaragua, oder auch schon ganz woanders. Und ich war immer noch hier und musste mich von ein paar schlecht gekleideten Taschenrechner-Nerds verhöhnen lassen.

»Was soll ich ihr denn bieten?«

»Charme. Witz. Intelligenz. Programmierfähigkeit«, begann Hans aufzuzählen.

»Tänzerisches Können«, assistierte einer der Typen aus der Gruppe.

»Die Sache ist folgendermaßen«, begann Hans. »Miriam geht nicht mit Typen wie dir zum Ball. Denn Miriam hat Geschmack. Sie erkennt ein Arschloch zehn Meter gegen den Wind!«

»Miriam?«, fragte einer der Typen erstaunt.

»Wisst ihr, was dieser Kerl mit mir gemacht hat?«, wandte sich Hans nun an die ganze Gruppe. »Wir waren zum Spielen verabredet. Komm bitte um zwei zu mir, wir werden auf meiner Playstation spielen. Oh, bitte, komm, Hans, hat er gefleht. Und hat mich dann drei

Stunden vor seiner Haustür warten lassen. Im strömenden Regen.«

»Buh!«, machte einer der Typen.

Die anderen schienen ähnlicher Meinung zu sein. Ich sah, wie sie den Kopf schüttelten oder mir zornige Blicke zuwarfen.

»Es tut mir leid«, sagte ich. »Das ist lange her.«

»Menschen ändern sich nicht«, erklärte Hans.

Die Gruppe schien seine Meinung zu teilen.

»Einmal Arschloch, immer Arschloch«, fasste ein schlanker Typ mit Pickeln zusammen.

»Hans. Wenn ich es irgendwie wiedergutmachen kann …«

»Geh mir aus den Augen.«

Er zeigte melodramatisch zur Tür.

»Los, geh schon. Geh. Ich will dich nie wieder sehen.«

»Verpiss dich, du Sau«, rief der picklige Typ, der offensichtlich langsam warmlief.

Ich machte, dass ich davonkam. In meinem Rücken hörte ich, wie Hans mir nachrief.

»Du und deine blöde Familie, ihr seid doch stinkreich. Warum kaufst du dir nicht eine Tanzpartnerin?«

»Wie ist es gelaufen?«, fragte mich Herr Glesti am nächsten Tag.

»Sie ist nicht so überzeugt von uns Leuten aus dem musischen Profil.«

Herr Glesti ballte die Faust. Einen Moment fürchtete ich, er wolle jemanden schlagen. Sich selber. Oder mich.

»Nicht gut, Alfred. Gar nicht gut. Der Ball rückt näher. Und die Ressourcen werden allmählich knapp.«

»Keine Sorge. Ich habe jetzt ein Inserat aufgegeben.«

Herr Glestis Miene hellte sich schlagartig auf. Er schlug mir mit der Faust kollegial vor die Brust.

»Genial, Alfred. That's it. That's the way.«

Ich hatte das nur so dahergesagt. Doch als ich später darüber nachdachte, schien mir die Idee immer besser. Natürlich war es ein Witz, und ich machte mir keinerlei Illusionen darüber, dass so eine Annonce Erfolg haben könnte. Doch ich wollte ja gar keinen Erfolg haben. Ich wollte keine Tanzpartnerin finden und suchte aus reiner Höflichkeit nach ihr. Ich tat es nur für Herrn Glesti, damit das Victory-Zeichen nicht mehr ganz so traurig aussah.

»Lebenserprobter Junggeselle sucht charmante Begleitung für illustren Gala-Ball. Es erwarten Sie zauberhafte Stunden mit dem Vertreter einer schweizerischen Traditionsfamilie. Tanzen kann man nur in der Wirklichkeit.«

Zuerst hatte ich »Essen und Getränke werden übernommen« schreiben wollen. Doch im Vergleich dazu fand ich »Tanzen kann man nur in der Wirklichkeit« um einiges überzeugender.

Als die Zeitung mit meinem Inserat erschien, setzte ich mich damit in ein Café und bestellte ein Glas Weißwein. Ich trank damals eher selten Wein, doch ich fand, dies war ein guter Moment dafür. Nachdem ich das Glas getrunken hatte, bestellte ich gleich noch eines. Und je mehr ich trank und je länger ich mein Inserat betrachtete, desto großartiger kam es mir vor. Ich fühlte mich plötzlich ungewohnt frei, so wie damals, als frühmorgens die

Lehrerin angerufen und uns mitgeteilt hatte, dass die geplante Klassenwanderung auf den Napf nicht stattfinden würde.

Schade nur, dass da niemand war, mit dem ich meine Begeisterung hätte teilen können. Die anderen Tische waren zwar alle besetzt, aber wie hätte ich den Leuten erklären können, warum ich mich so ausgelassen fühlte?

Ich trommelte noch ein bisschen auf der Tischplatte herum, was meinen Enthusiasmus aber auch nicht zu verlängern vermochte. Kurz darauf bezahlte ich und ging nach Hause.

In der Zwischenzeit wurde die Situation an der Schule immer ungemütlicher. Herr Glesti hatte kurzerhand den Musikunterricht in einen Tanzunterricht verwandelt. Während der Stunde bewegten sich meine Klassenkameraden nun im Walzerrhythmus über den Zimmerboden. In ihrer Mitte drehte sich Herr Glesti. Er tanzte mit Barbara Rossi. Beim ersten Mal hatte es noch nach einer Notlösung ausgesehen. Aber spätestens als die beiden auch nach zwei Wochen noch eng umschlungen Walzer, Foxtrott und vor allem Tango tanzten, war eigentlich klar: Das hier war wohl doch keine Notlösung.

»Stimmung! Stimmung!«, rief Herr Glesti über Barbara Rossis Schulter in meine Richtung. Ich stand neben der Stereoanlage, wo es meine Aufgabe war, die Musik ein- und auszuschalten und, wenn er »Stimmung! Stimmung!« rief, die Lautstärke aufzudrehen. Es war nicht ganz klar, warum nicht auch mal jemand anderes diese Aufgabe übernehmen konnte. Als ich Herrn Glesti darauf ansprach, meinte er nur: »Jemand muss die Lautstärke überwachen.«

Da es anstrengend war, die ganze Stunde lang zu stehen, hatte ich mir einen Stuhl neben die Stereoanlage hingestellt, doch Herr Glesti hatte ihn wieder weggenommen.

»In meiner Tanzstunde sitzt niemand.«

Wenn ich direkt geradeaus schaute, sah ich aus irgendeinem Grund immer sofort Marta und Kevin, die enger umschlungen als andere Paare Cha-Cha-Cha tanzten.

»Ein Traumpaar«, verkündete Herr Glesti dann, »seht euch die beiden an. Das ist pure Romance.«

An der Wand neben der Stereoanlage hing ein informatives Poster mit dem Titel »Das menschliche Ohr«. Neben einem großen farbigen Ohr und ein paar nüchtern gehaltenen Fakten wie »Ohrenschmalz befeuchtet die Haut im Gehörgang« war nicht sonderlich viel abgebildet, dennoch beschäftigte ich mich während der Tanzstunden sehr intensiv mit ihm.

»Ein Traumpaar«, rief Herr Glesti abermals. »Das Traumpaar des Jahrhunderts.«

Und dann klingelte eines Abends mein Telefon.

»Hier ist Ruth«, sagte eine belegte Frauenstimme. »Ich rufe an wegen des Inserats.«

Ich schluckte schwer, mein Herz raste. Einen kurzen Augenblick versuchte ich mir einzureden, dass ich mir das gerade nur eingebildet hatte. Es hat niemand angerufen, da ist überhaupt keine Frau, die dein Inserat gelesen hat.

»Hallo«, wiederholte die Stimme, »mein Name ist Ruth. Ich rufe an wegen des Inserats.«

»Hallo Ruth«, sagte ich so ruhig wie möglich, »schön, von dir zu hören.«

»Ich habe es heute in der Zeitung gesehen und bin sehr interessiert.«

»Schön.«

»Ich tanze für mein Leben gern. Es ist meine Passion.«

»Und was hast du denn sonst noch für Passionen?«

Das Gespräch verlief schlecht. Statt Ruth darüber aufzuklären, dass ich gar keine Tanzpartnerin suchte, unterhielt ich mich mit ihr über ihre Passionen.

»Früher bin ich viel gereist, in letzter Zeit weniger.«

»Reisen ist immer eine gute Idee.«

Sie lachte. Erst dachte ich, es sei wegen meiner Floskel mit dem Reisen. Dann aber sagte sie: »Und ich liebe Püree. Ja, ich würde sagen, das ist sogar meine eigentliche Hauptpassion.«

»Kartoffelpüree?«

»Magst du Kartoffelpüree?«

Wir redeten bereits über Kartoffelpüree. Das Gespräch lief wirklich richtig mies.

»Nun. Ja. Doch.«

»Ich werde mal eines für dich kochen, das wird dir schmecken.«

»Mjami.«

Jetzt hatte ich auch noch »Mjami« gesagt. Verhielt sich so etwa ein verantwortungsvoller Mensch?

»Entschuldige. Ich duze dich die ganze Zeit. Dabei –«

»Schon gut, ist doch super so.«

»Und sag mal, dieser Ball – was ist das für ein Ball?«

»Nun. Es ist ein Ball.«

»Ein Gala-Ball?«

»Ja.«

»Und du meinst, dass ich da … Ich bin nicht adlig oder so.«

»Es ist kein adliger Ball.«

»Vielleicht könnten wir uns ja mal treffen«, schlug Ruth vor.

»Sehr gerne«, sagte ich.

»Bei mir in der Wohnung?«

»Sehr gerne.«

»Passt es dir am Mittwoch um drei?«

Da habe ich Biologie, hätte ich sagen können. Stattdessen sagte ich: »Wie wärs um fünf?«

Als ich am Mittwoch um fünf vor Ruths Tür stand, hatte ich mir vorgenommen, ihr sofort alles zu erklären. Es war nur ein Witz, ein kleiner blöder Witz, wollte ich ihr sagen. Ich habe das nur gemacht, damit Herr Glesti endlich Ruhe gibt. Wir machen alle Fehler, da hast du verdammt recht. Also. Dann wünsch ich dir noch ein schönes Leben. Wiedersehen!

Ich hatte eine Flasche Orangenlikör dabei, Großmutter hatte ihn neulich mit den Worten »Damit könnte man sich ins Grab trinken« vorbeigebracht. Je näher der Moment kam, in dem mir Ruth gegenüberstehen würde, desto unsicherer wurde ich, ob dies das richtige Geschenk für sie war. Doch jetzt war es zu spät. Jetzt war es sowieso zu spät für alles.

Ich klingelte und hörte schon ihre Schritte im Flur. Bevor ich losgegangen war, hatte ich mir noch die Zähne geputzt. So lange und gründlich, wie ich es sonst nur vor Zahnarztbesuchen tat.

»Charme beginnt bei der Farbe der Zähne«, hatte Mutter mal gesagt. »Leider endet er bei vielen auch dort.«

Der Schlüssel wurde gedreht, die Tür ging auf.

»Hallo?«

Vor mir stand eine Frau um die fünfzig, die mich erstaunt anschaute. Das Erste, was mir an ihr auffiel, war ihr T-Shirt, auf dem »This girl's in love with you« stand.

»Hallo«, sagte ich. »Ich bin Alfred.«

»Wer?«

»Alfred. Alfred von Ärmel. Wir haben telefoniert.«

Sie hatte sehr buschige Augenbrauen. Nie zuvor hatte ich eine Frau mit so buschigen Brauen gesehen. Um den Hals trug sie eine Kette mit irgendeinem vielfarbigen Stein.

»Ich verstehe nicht.«

»Der lebenserprobte Junggeselle?«

»Ja?«

»Das bin ich.«

»Soll das ein Witz sein?«

»Ja. Leider.«

Die ganze Zeit hielt ich die Flasche Orangenlikör in der Hand. Nun streckte ich sie ihr entgegen. Sie reagierte nicht.

»Los, komm rein. Ich will nicht, dass die Nachbarn uns sehen.«

Ich folgte ihr ins Wohnzimmer. Das Licht dort war gedämmt, aus der Stereoanlage drang langsame Musik. Auf dem Tisch stand eine lange brennende Kerze. Daneben eine geöffnete Rotweinflasche und zwei langstielige Gläser. Eine Schale Cracker schien mehr der Form halber dort zu stehen. Zwischen Tisch und Stereoanlage befand sich eine kleine Sofalandschaft mit vielen Kissen. Manche von ihnen in Herzform. Auch Plüschtiere waren mit dabei. Ich sah Minnie Mouse. Die anderen konnte ich nicht identifizieren. In der Zwischenzeit hatte ich von Ruths starkem Parfüm ein leichtes Asthma bekommen, was ich zu verbergen versuchte. Sie hatte sich ein großes Glas Rotwein eingeschenkt und damit in die Sofalandschaft gesetzt. Ich überlegte, ob ich mich mit einem Glas dazusetzen sollte, fand es aber doch keine so gute Idee.

»Es war ein dummer, blöder Witz, ich habe mir nichts dabei gedacht. Es tut mir wirklich leid.«

In diesem Augenblick brach Ruth in Tränen aus.

»Das ist so gemein.«

»Ja. Stimmt.«

»Und immer passiert mir das, immer werde ich verarscht. Warum? Bin ich so blöd? Sag es mir. Liegt es daran, dass ich so blöd bin?«

»Ganz sicher nicht«, widersprach ich emphatisch. Doch sie hörte mir gar nicht zu.

»Ich muss blöd sein. Darum habe ich auf dieses Inserat reagiert. Andere Menschen machen so etwas nicht.«

Jetzt weinte sie wieder.

»Das ist übrigens ein sehr leckerer Orangenlikör«, sagte ich leise. »Meine Oma hat gesagt, damit könne man sich ins Grab trinken.«

»Wer?«, schrie Ruth nun beinahe.

»Meine Oma«, flüsterte ich.

Ruth schüttelte den Kopf. Sie hatte in der Zwischenzeit ihr Haarband gelöst. Ihr Haar war schulterlang und an manchen Stellen von blonden Strähnen durchsetzt.

»Und dieser illustre Gala-Ball. Was hat es damit auf sich?«

»Das ist unser Schulball.«

Ruth atmete schwer. Hatte vielleicht auch sie ein leichtes Asthma? Lag es vielleicht gar nicht an ihrem Parfüm, sondern an etwas anderem? Waren es vielleicht die Plüschtiere?

»Aber ich komme wirklich aus einer schweizerischen Traditionsfamilie.«

Sie schaute mich spöttisch an.

»Es stimmt. Mein Vorfahre Alfred hat in Marignano vierzig Franzosen kaltgemacht. Darum nannte man ihn auch ›Der Schlächter von Marignano‹.«

»Schlächter?«, rief jetzt Ruth. »Soll ich etwa mit einem Schlächter tanzen? Soll das vielleicht ein Vergnügen sein?«

Die Schale mit den Crackern verströmte ein leichtes Käsearoma, das ich die ganze Zeit in der Nase hatte. Als ich die Hand nach einem dieser Cracker ausstreckte, nahm Ruth die Schale blitzschnell weg.

Jetzt war nicht die Zeit für Cracker.

»Wie alt bist du?«, fragte sie.

»Zwanzig.«

»Ich will die Wahrheit.«

»Achtzehn.«

Sie hatte sich auf einen Stuhl gesetzt und aufgehört zu reden. Sie wirkte müde und enttäuscht. Einmal mehr hatte man sie verarscht. Offenbar war jeder dazu in der Lage. Sogar ein achtzehnjähriger Vollidiot. Ich hätte gerne zu ihr gesagt: Nein, Ruth, nein, glaub das nicht. So ist es nicht. Aber wieso hätte sie mir glauben sollen?

Direkt vor ihren Füßen lag ein rotes Kissen in Herzform. Wie ein boshaftes Ungeziefer schien es im Laufe der letzten halben Stunde über den Boden zu ihr gekrochen zu sein. Als sie es bemerkte, kickte sie es in Richtung Sofalandschaft.

»Ich gehe jetzt wieder«, sagte ich.

»Kannst du tanzen?«

»Natürlich.«

»Kannst du tanzen?«

»Überhaupt nicht.«

Ruth seufzte. Dann nickte sie.

»Also werden wir es dir wohl beibringen müssen.«

OMNIA VINCIT AMOR

Am darauffolgenden Mittwoch stellte Ruth einen Teller vor mich, auf dem eine bleiche Wurst lag. Daneben befanden sich ein Berg Kartoffelpüree sowie ein Tomatenschnitz. Der Tomatenschnitz sah nicht mehr besonders frisch aus. Der Rest eigentlich auch nicht.

»Iss«, sagte Ruth.

»Ich dachte, wir tanzen.«

»Erst wird gegessen.«

Ich hatte eigentlich keinen Hunger, doch ich spürte, dass Widerstand keine gute Idee gewesen wäre. Die Wurst war kalt, das Kartoffelpüree ebenfalls. Das Wärmste auf dem Teller war überraschenderweise der Tomatenschnitz. Nachdem ich angefangen hatte, setzte sich Ruth zu mir und schaute mir beim Essen zu. Sie selbst begnügte sich mit Mineralwasser. Später schenkte sie sich ein Glas Weißwein ein.

»Möchtest du auch? Das ist guter Veltliner. Wenn wir früher in Österreich waren, haben wir den immer kistenweise mitgenommen.«

»Die österreichische Kultur ist einzigartig«, sagte ich, den Mund voll mit Püree.

Auf dem Tisch gab es keine Servietten, obwohl das durchaus nötig gewesen wäre.

»Ich habe keine Servietten im Haus«, erklärte Ruth, »aber ich kann dir ein bisschen Toilettenpapier bringen.«

»Sehr gerne.«

Sie stand auf und kam mit einer Rolle rosafarbenem Toilettenpapier wieder.

»Mit Erdbeerduft.«

»Himmlisch.«

Nach dem Essen verließ Ruth das Zimmer und kam mit einer gerahmten Fotografie zurück.

»Er ist vor vier Jahren gestorben. Bald sind es fünf.«

Das Foto zeigte ein strenges Gesicht mit Segelohren, wulstigen Lippen, ein paar wenigen unsortierten Haaren. Er saß an einem derben Holztisch und schien ganz und gar nicht damit einverstanden zu sein, dass Ruth nun dahergelaufenen Bürschchen Bratwürste servierte.

»Er hieß Waldemar.«

»Das ist ein sehr schöner Name«, erwiderte ich schnell.

»Wir haben zusammen ein Restaurant geführt. ›Zum schmackhaften Mahl‹. Ein zündender Name ist die halbe Miete, hat Waldemar immer gesagt. Es war knochenharte Arbeit. Ich machte den Service, Waldemar stand in der Küche. Er war ein begnadeter Koch. Das Rezept für das Kartoffelpüree ist von ihm.«

»Ich wollte gerade danach fragen. Es ist köstlich.«

»Es war seine letzte Erfindung. Kurz danach ist er gestorben. Während der Arbeit. Ich kam gerade in die Küche, um eine neue Bestellung aufzugeben, da fand ich ihn auf dem Boden. Herzschlag.«

»Das tut mir sehr leid.«

»Die Bestellung werd ich nie vergessen: Sauerkraut mit Würstchen.«

Ich wusste nicht so recht, was ich darauf erwidern sollte, darum sagte ich einfach nochmals: »Das Püree war wirklich deliziös.«

Ruth nickte abwesend, erhob sich und trug die Fotografie wieder ins Nebenzimmer. Als sie zurückkam, schien sie nicht nur eben mal schnell ins Nebenzimmer gegangen zu sein, sondern in eine andere Zeit, ein anderes Leben. Ich spürte, dass sie keine Lust auf meine Anwesenheit mehr hatte.

»Ich geh dann mal nach Hause.«

»Gut … Wir sehen uns nächste Woche.«

Jede Woche ging ich nun am Mittwoch um fünf zu Ruth. Wenn ich die Treppe hinaufstieg, wartete sie schon ungeduldig in der Eingangstür.

»Da bist du ja endlich«, sagte sie jedes Mal.

Zur Begrüßung gaben wir uns die Hand. Danach gingen wir ohne weitere Worte zu verlieren ins Wohnzimmer, wo bereits für mich gedeckt war. Es gab jede Woche die gleiche bleiche Wurst mit Kartoffelpüree, und auch der Tomatenschnitz war immer mit dabei. Das hatte ich jetzt davon, dass ich das Gericht in so hohen Tönen gelobt hatte. Ruth strahlte mich jeweils an, als wollte sie mir sagen: Hast du gesehen, es gibt wieder dein Leibgericht. Wurst mit Püree.

Nie wieder habe ich so viel Püree gegessen wie in jenen Tagen. Wenn ich es heute esse, erinnere ich mich gleich an diese Zeit. Doch eigentlich bestelle ich heute kein Püree mehr.

Sie kaute an ihren Nägeln. Es war mit das Erste, was mir an ihr aufgefallen war. Sie tat es immer dann, wenn sie glaubte, ich würde es nicht bemerken. Ich hätte ihr gerne gesagt, dass es mir nichts ausmache, doch damals konnte ich solche Sachen noch nicht zu fremden Frauen sagen. Solche Sachen konnte ich damals kaum zu mir selber sagen.

Nach dem Tod ihres Mannes war Ruth nach Bern gezogen und arbeitete als Putzhilfe in einem Dreisternehotel.

»Es heißt ›Casanova‹. Die Gäste sind hauptsächlich schmuddelige Geschäftsmänner.«

Ich nickte wissend, so als wüsste ich über diese Art Hotels ganz genau Bescheid.

Sie träume davon, erzählte Ruth, wieder ein Restaurant zu führen. Doch dafür bräuchte sie einen Partner, am liebsten einen mit Waldemars Tatendrang. Eine Weile lang hatte sie außerdem als Sekretärin bei einem Produzenten von Vorhangstangen gearbeitet. Am Ende ihrer ersten Arbeitswoche war er zu ihr ins Büro gekommen und hatte darum gebeten, Champagner aus ihrem Schuh trinken zu dürfen.

»Ich hätte nicht gedacht, dass Menschen, die sich mit Vorhangstangen beschäftigen, mit solchen Wünschen auffahren könnten.«

Ein paar Mal war sie mit ihm im Bett gewesen.

»Für mich war es nicht mehr als Sex. Schließlich war er mein Chef. Ich achte darauf, dass ich Arbeit und Liebe trenne.«

Doch der Vorhangstangen-Produzent wollte mehr. Er hatte einen cholerischen Charakter und war pathologisch eifersüchtig. Überallhin schlich er ihr nach und unterzog sie stundenlangen Verhören. Sogar im Dreisternehotel »Casanova« tauchte er mal auf.

»Er gab sich als Gast aus und wollte ein Zimmer haben. Und das nur, weil er glaubte, dass ich eine Affäre mit dem Liftboy hatte. Dabei beschäftigte das Hotel überhaupt keine Liftboys.«

Eines Tages hat er um ihre Hand angehalten.

»Es war während der Arbeit. Plötzlich stand er vor mir und hatte diesen Ring in der Hand. Lass uns heiraten, sagte er. Ich habe die Vorhangstangen statt. Ich verkaufe den ganzen Betrieb, und wir verschwinden nach Nicaragua.«

»Nicaragua?«, fragte ich überrascht.

Ruth nickte.

»Ich mochte ihn ganz gerne, denn er war ein Verlierer. Seine Hose, zum Beispiel, war meistens ein paar Nummern zu groß. Manchmal aber auch zu klein. Nie saß sie richtig, das hat mir gefallen. Aber man kann doch nicht mit einem Menschen zusammen sein, nur weil seine Hose nicht richtig sitzt. Also habe ich Nein gesagt. Da ist er ausgerastet und hat mich geschlagen. Da hab ich sofort gekündigt. Er hat sich mir zu Füßen geworfen und um Verzeihung gefleht, aber ich weiß: Wer ein Mal schlägt, der tut es immer wieder. Das sagte ich ihm auch. Ich nicht, rief er, ich bin die Ausnahme. Ich bin der Typ, der nur ein Mal schlägt. Kurz darauf fingen die Anrufe an. Meistens mitten in der Nacht. Er bedrohte mich. Er hatte die Stimme irgendwie verstellt, doch ich war mir sicher, dass er es war.«

»Hast du daran gedacht, die Polizei zu rufen?«

Meine Stimme klang hohl, während ich die Frage stellte. Vor mir stand der noch fast volle Teller. Mittlerweile war die Wurst kälter denn je. Es war mir irgendwie unsensibel vorgekommen, mein Essen zu verdrücken, während Ruth ihre Geschichte erzählte.

»Die Polizei?«

Sie schaute mich verächtlich an.

»Ich habe dir doch gesagt, ich mag ihn.«

Am nächsten Mittwoch klingelte es an der Tür. Statt zu öffnen, lief Ruth zum Fenster.

»Das ist er«, rief sie.

»Wer?«, fragte ich, obwohl ich ganz genau wusste, wer gemeint war.

»Der Vorhangstangen-Produzent.«

»Wie heißt er eigentlich?«

Ruth antwortete nicht. Sie stand einen Schritt vor dem Fenster. Ihre linke Hand hatte sich in den Vorhangstoff gekrallt.

»Komm.«

Vor der Haustür wartete ein kleiner Typ mit Bauch. Die Sonne hatte die Haut auf seiner Glatze verbrannt. Er trug einen knalligen Anzug, mit dem er auch gut als Moderator einer Quizshow im Fernsehen hätte durchgehen können. Von oben ließ sich nicht erkennen, ob seine Hose schlecht saß.

»Er hat Ischias«, flüsterte mir Ruth zu.

»Ah ja?«, flüsterte ich zurück.

Keine Ahnung, warum wir flüsterten. Hatten wir vielleicht Angst, dass er uns hören könnte?

»Der Schmerz saß auf der linken Poseite. Jeden Morgen musste ich ihm diese linke Poseite mit Voltaren einschmieren. So hat es angefangen.«

»Eigentlich romantisch.«

Ich schaute runter zu diesem kleinen Mann im knalligen Anzug, dessen Poseite schmerzte, nun, da sie niemand mehr einschmierte.

In diesem Augenblick schaute er zu uns hoch.

»Schnell«, machte Ruth.

»Was?«, fragte ich.

Doch schon packte sie meinen Kopf und küsste mich auf den Mund.

Als der Kuss zu Ende war, war der Vorhangstangen-Produzent verschwunden.

»Gut gemacht«, lobte Ruth.

Sie war jetzt sehr aufgeregt und schenkte uns beiden zur Feier des Tages ein großes Glas Weißwein ein.

»Danke«, sagte ich. »Aber meinst du, das war eine gute Idee?«

»Er muss lernen, dass ich ein freier Mensch bin.«

»Stimmt. Trotzdem. Denkst du nicht, er könnte jetzt ein bisschen sauer sein und zum Beispiel beschließen, mir beide Beine brechen zu wollen?«

»Das glaube ich nicht.«

Ich war da etwas weniger optimistisch.

»Und, wie läufts mit deiner Tanzpartnerin?«

Nach dem Sportunterricht hatte sich Hannes in der Umkleide neben mich gesetzt. Er hatte gerade geduscht und der scharfe Geruch seines Axe-Deodorants hatte seinen Körper regelrecht imprägniert. Er sah nicht gut aus. Barbara Rossi hatte ihm unlängst den Laufpass gegeben.

Sie waren zwei Jahre zusammen gewesen. Dann war Herr Glesti gekommen und hatte mit ihr Foxtrott getanzt. Normalerweise redete er kein Wort mit mir und begnügte sich damit, mir ab und zu irritierte Blicke zuzuwerfen. Nun aber wollte er sich offensichtlich mit einem Menschen unterhalten, der sich mit dem Alleinesein auskannte. Ich musste daran denken, wie er mir damals am Pissoir mitgeteilt hatte, dass unsere Weiber mich für schwul hielten.

»Bestens«, sagte ich so beiläufig wie möglich.

Hannes schaute mich ungläubig an.

»Wieso bestens? Hast du etwa jemanden gefunden?«

»Natürlich.«

Um die Beiläufigkeit noch zu verstärken, stand ich auf und begann, meine Sporthose zusammenzufalten.

»Hey. Das ist toll«, stammelte Hannes. »Und wie heißt sie?«

Ich dachte an Ruth und wie sie mich am Fenster vor den Augen des Vorhangstangen-Produzenten geküsst hatte. Und plötzlich hatte ich einen Teller vor Augen, auf dem eine bleiche Wurst und ein riesengroßer Berg Kartoffelpüree lagen.

»Es war seine letzte Erfindung«, hörte ich Ruth mit stolzer Stimme verkünden.

»Ruth«, sagte ich zu Hannes. »Sie heißt Ruth.«

Am nächsten Tag kamen verschiedene Leute und gratulierten mir zu Ruth. Sie schüttelten mir die Hand und klopften mir anerkennend auf die Schultern.

»Vielen Dank«, sagte ich. »Ich freue mich auch.«

Plötzlich wurde ich in Gespräche einbezogen, Klassenkameraden interessierten sich beispielsweise für meine Meinung zu Sport.

»Was meinst du, Alfred«, wandte sich Patrick Hollenstein an mich. »Wann werden die Young Boys das nächste Mal Meister?«

»Frühestens in fünf Jahren«, antwortete ich.

Als ich über Mittag zum Essen in den Park ging, schlossen sich mir gleich sechs Leute spontan an. Während des Essens fragte mich ein Mädchen aus meiner Klasse: »Und wie ist das eigentlich mit Ruth und dir? Ist das was Ernstes?«

Ich machte eine unbestimmte Handbewegung. Das Mädchen nickte wissend.

»Und wo habt ihr euch kennengelernt?«, wollte ein anderes Mädchen wissen.

»Bei ihr zu Hause.«

»Schön, wirklich schön«, meinte das Mädchen ergriffen. »Möchtest du einen Schluck von meinem Apfelsaft?«

»Sehr gerne.«

Ich mochte eigentlich keinen Apfelsaft. Doch ahnte ich schon, dass dieser urplötzliche Anfall von Beliebtheit wahrscheinlich nicht von Dauer war. Es galt zu nehmen, was man bekommen konnte.

»Auf Ruth«, sagte ich, bevor ich einen Schluck Apfelsaft nahm.

»Auf Ruth«, prosteten die anderen mir zu.

»Wie alt ist sie eigentlich?«, fragte ein Junge, der mich bis dahin nur schweigend angestarrt hatte.

Ich verschluckte mich beinahe.

»Ungefähr so alt wie wir«, sagte ich hustend.

Nach der Schule sah ich an der Bushaltestelle, dass

Marta Rösch ein paar Meter neben mir stand. Seit wir damals in der Biologie-Stunde den Frosch seziert hatten, hatten wir nicht mehr viel zusammen gemacht. Sie war jetzt dauernd mit Kevin Hardberger unterwegs. Und ich tanzte ja jetzt mit Ruth. Einen Moment überlegte ich, ob ich zu ihr gehen und alles erklären sollte. Doch ich wusste nicht so recht, wo ich anfangen sollte.

»Schönen Abend noch«, sagte ich stattdessen einfach.

»Ja, dir auch«, sagte sie und stieg in den Bus.

Der Einzige, der die Neuigkeit von Ruth und mir nicht mitbekam, war Herr Glesti. Es waren Briefe aufgetaucht, die er Barbara Rossi geschrieben hatte. Nun waren sie im Besitz der Schulleitung. Man war gewillt gewesen, es bei einer Abmahnung bewenden zu lassen, doch, wie man hörte, soll Herr Glesti empört darauf reagiert haben.

»Die Liebe lässt sich nicht abmahnen«, soll er gerufen haben.

Kurz darauf verschwand er spurlos. Er nahm alle Instrumente mit, sogar die Triangel. Und auch die CD mit Tanzmusik, die ich während der Unterrichtsstunden hatte abspielen müssen. An die Wandtafel hatte er in rosa Kreidebuchstaben »Omnia vincit amor« geschrieben.

Niemand wusste, wo er war, auch Barbara Rossi nicht. Sie schwieg hartnäckig, wenn man sie nach Herrn Glesti fragte. Doch einmal weinte sie mitten im Unterricht. Es wurde behauptet, sie sei schwanger. Aber das war die Art von Gerüchten, die schnell die Runde machten. Anstelle von Herrn Glesti übernahm ein Aushilfslehrer namens Herr Gans den Musikunterricht. Herr Gans war nie in den Staaten gewesen. In seiner ersten Stunde legte er eine Best-of-CD mit Liedern von Bob Dylan auf. Alles war wieder wie immer.

DIE FRAU MIT DEM PLATT GEFAHRENEN KRANICH AUF DEM FUSS

Als ich das nächste Mal bei Ruth war, fragte sie, ob ich kurz zur Apotheke laufen könne.

»Ich brauche Pflaster für meine Hühneraugen.«

»Kein Problem.«

Ich wollte schon loslaufen, da rief sie mir zu: »Und Champagner.«

»Gibt es etwas zu feiern?«

»Nein. Aber ich will nicht, dass du nur Hühneraugen-Pflaster kaufst.«

Eine Viertelstunde später lümmelte ich in der Sofalandschaft und schaute Ruth dabei zu, wie sie ihre Hühneraugen verarztete.

»Schau doch nicht so«, meinte sie irgendwann.

»Warum nicht, mir gefällt das«, protestierte ich.

»Dir gefallen meine Hühneraugen?«

»Sehr.«

Sie lachte.

»Ich weiß nicht, ob ich das gut finde.«

Plötzlich ertönte laute Musik. Gegenüber wohnte ein junges Paar, dessen Leben eine einzige Party war.

»Manchmal schaue ich rüber und frage mich: Warum ist mein Leben keine einzige Party?«, erzählte Ruth.

Ich zuckte die Schultern.

»Mein Leben ist auch keine Party. Und wenn, dann eine Kinderparty.«

»Ich habe hier mal ganz viele Girlanden aufgehängt. Aber sie sind sofort wieder heruntergefallen.«

»Es reicht nicht, ein paar Girlanden aufzuhängen, damit das Leben zur Party wird.«

Während sich Ruth die Hühneraugen-Pflaster aufklebte, bemerkte ich, dass sie auf dem linken Fuß eine Tätowierung hatte.

»Was ist das?«

»Es hätte ein Kranich sein sollen. Doch der Tätowierer war eine Niete. Das Ding hat sich schrecklich entzündet und ist so geblieben. Jetzt sieht es eher wie ein platt gefahrener Kranich aus.«

Ich betrachtete sie fasziniert. Das ist Ruth, meine Tanzpartnerin, dachte ich. Die Frau mit dem platt gefahrenen Kranich auf dem Fuß.

»Ich kenne jemanden, der hat einen tätowierten Pfau auf dem Rücken.«

»Und was ist das so für ein Mensch?«

»Ein eigenwilliger.«

»Muss ich sonst noch etwas über dein Leben wissen?«

»Nein. Das wäre eigentlich alles.«

Danach tranken wir den Champagner aus. Wir lagen mittlerweile beide auf der Sofalandschaft und starrten zur Decke.

»Mit Girlanden wäre alles einfacher«, seufzte Ruth.

»Ich glaube, du überschätzt die Kraft von Girlanden.«

»Ich habe keine Kraft mehr. Wenn ich schon keine Kraft mehr habe, dann vielleicht doch die Girlanden.«

»Wollen wir tanzen?«

Ich hatte den Eindruck, diese Frage der Form halber von Zeit zu Zeit stellen zu müssen, schließlich war das doch der Grund, warum ich Woche für Woche zu ihr kam.

»Ich habe eine bessere Idee«, rief Ruth und sprang hoch. »Komm. Wir machen einen Spaziergang.«

Ruth wollte in den Zoo gehen.

»Ich will unbedingt die Leoparden sehen. Das sind die schönsten Tiere der Welt.«

Es war ein unglaublich heißer Nachmittag. Die Sonne knallte einem nur so auf den Kopf. Trotzdem waren sehr viele Leute im Zoo unterwegs. Viele Rentner und Frauen mit Kinderwagen. Wir brauchten ziemlich lange, um den Leopardenkäfig zu finden, und als wir endlich vor ihm standen, stellte sich heraus, dass die Raubtiere gerade ihr Mittagsschläfchen machten.

»Idioten«, rief Ruth so laut, dass es die Mütter neben uns hörten und irritiert zu uns rüberschauten.

Ich hielt eine große Packung Popcorn in der Hand.

»Los«, befahl Ruth. »Bewirf sie mit dem Popcorn. Vielleicht wachen sie ja davon auf.«

Ich tat wie befohlen. Ich glaube, damals hätte ich alles getan, was Ruth mir befohlen hätte. Hätte sie »Los, spring in den Käfig, vielleicht weckt sie das ja auf« gesagt, ich glaube, ich hätte es getan.

Doch das Popcorn machte die Leoparden auch nicht wach. Und als immer mehr Besucher uns komische Blicke zuwarfen, suchten wir das Weite.

Wir setzten uns ins Zoo-Restaurant. Es roch nach ranzigem Frittieröl. Ruth bestellte ein Bier. Ich wollte eigentlich nur einen Kaffee, doch sie lachte mich aus, und ich bestellte einen gespritzten Weißwein.

Wir hatten uns reingesetzt in der Hoffnung, dass es dort sicher kühler sei. Doch die Klimaanlage war an dem Tag ausgefallen und die Hitze kaum auszuhalten. Auch mein gespritzter Weißwein war eher lauwarm als kalt. Eine grüne Traube schwamm darin. Ob das so gewollt war, war nicht ganz klar.

»Waldemar hat mal einen Drink erfunden«, erzählte Ruth.

»Dein Mann?«

Ich war schon etwas betrunken.

»Er nannte ihn Lady Ruth.«

»Klingt nach einem tollen Drink.«

Sie schwieg eine Weile und sagte dann: »Komm. Lass uns nachschauen, ob die Leoparden inzwischen wach sind.«

Doch die Lage im Leopardenkäfig zeigte sich unverändert.

»Die Leoparden haben mich enttäuscht«, sagte Ruth. Sie klang dabei so ernst wie vorhin, als sie in ihrer Wohnung auf der Sofalandschaft gesagt hatte: »Mit Girlanden wäre alles einfacher.«

Wir hatten auch kein Popcorn mehr dabei, mit dem man die Schläfer hätte bewerfen können. Also schlenderten wir eine Weile lang ziellos durch den Zoo. Doch es war viel zu heiß zum Schlendern, darum setzten wir uns auf eine Parkbank. Hier war es zwar auch nicht schattig, doch das war uns egal. Ruth zog ihre Sandalen aus.

»Wie geht es deinen Hühneraugen?«

»Nicht schlecht«, meinte sie.

Dann küsste sie mich. Ihr Kopf war sehr warm von der Sonne, ihr Haar brannte beinahe und fühlte sich ein bisschen strohig an, aber nicht unangenehm.

»Lady Ruth«, murmelte ich. »Was kommt denn so alles in diesen Drink?«

»Das erzähl ich dir ein andermal«, meinte Ruth und küsste mich weiter.

Während wir uns küssten, hatte ich die ganze Zeit diesen herben Tiergeruch in der Nase. Das Löwenhaus befand sich gleich um die Ecke. Ganz kurz dachte ich: Die Frau, die ich küsse, hat einen platt gefahrenen Kranich auf dem Fuß.

Eine Gruppe von Leute ging an uns vorüber. Ich hörte eine helle Frauenstimme: »Ich beneide die Tiere. Denn sie werden nicht andauernd nach ihrer Meinung gefragt.«

Später erfuhr ich, dass ein paar Tage zuvor ein Elefantenbaby auf die Welt gekommen war, dem man ihren Namen gegeben hatte.

Als sie umgeben von Journalisten, Schaulustigen und dem händereibenden Zoodirektor an Ruth und mir vorbeiging, ließ sie sich nichts anmerken. Doch ich war mir sicher, dass sie uns bemerkt hatte.

»Ich habe dir doch von der Frau erzählt, die einen Pfau auf dem Rücken hat«, sagte ich darauf zu Ruth.

»Ja?«

»Gerade eben ist sie an uns vorbeigegangen.«

Ruth runzelte die Stirn.

»Sie sah sehr traurig aus.«

Das Elefantenbaby hatte Mutter nicht gutgetan. Zwar liebte sie Tiere über alles, doch genügten ein paar Stunden in deren Nähe, damit sie ausgesprochen schwermütig wurde. Das war auch der Grund, warum wir nie ein Haustier hatten, mal abgesehen von dem Hamster, den Thomas schon bald die Toilette hinuntergespült hatte.

Beim Abendessen wirkte sie noch unruhiger als üblich. Immer wieder stand sie auf und ging im Esszimmer herum, so als suche sie etwas. Dann setzte sie sich wieder hin und sagte: »Die Suppe schmeckt seltsam heute, findet ihr nicht auch?«

Kurz zuvor hatte ein Bekannter sie angerufen, der gerade von einer längeren Asienreise nach Hause gekommen war. Er hatte ihr erzählt, dass er in Kyoto Thomas begegnet war, der dort als Reisbauer auf dem Feld arbeitete. Die Nachricht klang unglaubwürdig, wenn auch nicht unglaubwürdiger als alles andere.

»Als Reisbauer. Ausgerechnet«, beklagte sich Mutter.

Sie aß sehr wenig an dem Abend. Zum einen, weil sie immer wieder zu diesen Streifzügen durch die Wohnung aufbrach. Doch auch wenn sie am Tisch saß, rührte sie das Essen kaum an, sondern schob es einfach auf dem Teller herum. Plötzlich sprang sie hoch: »Musik!«

Es ertönte Heavy Metal. Sie drehte die Lautstärke bis zum Anschlag auf und setzte sich wieder.

»Ein Reisbauer. Das macht er nur, um mich zu ärgern.«

An Essen war eigentlich nicht mehr zu denken. Vater aber tat so, als würde er den Lärm gar nicht wahrnehmen. Seelenruhig zerschnitt er sein Rindsfilet.

»Wieder einmal köstlich«, bemerkte er irgendwohin.

Er war es langsam gewohnt, dass niemand ihm zuhörte. Darum hatte er vor einiger Zeit damit angefangen, seine Kommentare in die Leere hinein zu sprechen.

Irgendwann erhob er sich trotzdem, schlenderte gemächlich zur Stereoanlage und zog mit einem Ruck den Stecker.

»Ich sagte: Das Rindsfilet ist mal wieder köstlich!«

Mutter fing an zu lachen. Aber es war die Art von Lachen, bei dem es einem kalt den Rücken runterlief.

Ich dachte an Ruth und wie heiß und strohig sich ihr Haar am Nachmittag angefühlt hatte. Fast eine Stunde hatten wir so zusammengesessen, bis sie unvermittelt nach Hause musste. Zum Abschied hatte sie mich auf die Stirn geküsst. Das fand ich etwas seltsam, nachdem wir uns doch über eine Stunde mit Zunge und allem geküsst hatten. Doch ich hatte nicht maßlos oder gierig wirken wollen, darum hatte ich nichts gesagt.

»Wer war das übrigens heute im Zoo?«, wandte sich Mutter plötzlich an mich.

»Du warst auch im Zoo?«, fragte Vater überrascht.

Mutter schaute mich so gelassen an, dass es schon fast spöttisch wirkte.

»Das war Ruth«, sagte ich so ruhig wie möglich. »Wir tanzen zusammen.«

An diesem Abend klopfte es an meine Zimmertür. Ich wusste sofort, dass es Vater war. Er war der Einzige von uns, der klopfte.

»Wie gehts so?«, fragte er.

Wenn er lässig rüberkommen wollte, klang er immer

wie ein Reporter, der eine Straßenumfrage zum Thema Darmspiegelung machte.

»Gut. Und dir?«

Mit dieser Gegenfrage hatte er nicht gerechnet. Er sah mich ratlos an.

»Tja.«

Auf seinem Hemd war ein Saucenfleck. Es war die Zeit, als seine Hemden anfingen, Flecken zu haben. Immer war an irgendeiner Stelle ein kleiner Spritzer zu sehen. Vater trug diese Spritzer, als wären es militärische Abzeichen. Sie waren seine stille Rebellion gegen das schnurgerade Leben.

»Wie spät haben wir eigentlich?«, fragte er plötzlich und klang beinahe erschrocken, so als fürchte er, es könne bereits zu spät sein für alles.

Er kontrollierte seine Armbanduhr.

»Ach ja. Noch früh.«

Beinahe verträumt betrachtete er das Ziffernblatt. Doch so gerne er seine Uhr auch betrachtete, das Gespräch musste sich unbedingt mal wieder etwas Neuem zuwenden. Das war uns beiden klar.

»Ist die eigentlich kaputt?«, fragte er und zeigte auf die Deckenlampe.

»Sie brennt doch.«

»Aber die müsste doch viel heller sein. Warte mal.«

Er hob die Hände und begann am Lampenschirm herumzudrehen. Sofort ging das Licht aus. Wir saßen im Dunkeln. Ich hörte Vater atmen.

»Bei Möbel Märki ist diese Woche Lampen-Ausverkauf«, sagte er nach einer Weile.

»Super, da flitz ich gleich mal hin.«

»Gute Idee. Mach das.«

»Ich brauche echt unbedingt eine neue Lampe.«

»Der Ausverkauf läuft noch die ganze Woche. Stand in der Zeitung.«

Alles deutete darauf hin, dass wir bis ans Ende unseres Lebens über Lampen diskutieren würden, als uns eine hohe Männerstimme aus dem Wohnzimmer erlöste.

»Wer ist das?«

»Der Kastrat, den deine Mutter für ihre heutige Soirée eingeladen hat.«

»Heißen die nicht Countertenor?«

»Das hat der Mann vorhin auch gesagt. Aber für mich sind das weiterhin Kastraten.«

Ich war überrascht. Es kam selten vor, dass er eine so kategorische Meinung vertrat. Eine Weile lang lauschten wir dem Gesang, unterbrochen von Mutters überschwänglichen »Bravo! Bravo! Bravissimo«-Rufen.

»Wie ich höre, hast du ja jemanden kennengelernt. Diese Ruth.«

»Wir tanzen zusammen.«

»Ich finde das gut. Aber aufpassen muss man trotzdem. Allerdings gilt das ja für alles im Leben.«

»Ja.«

Nach einem weiteren Moment des Schweigens sagte Vater mit einer Stimme, wie ich sie nie zuvor bei ihm gehört hatte: »Das Wichtigste bei einer Frau ist ein fester Händedruck. Es ist nicht einfach nur eine Hand, die du nimmst. Es ist ihre Hand. Das muss dir immer klar sein. Sonst hast du von Anfang an verloren. Und wenn du die Hand nimmst, darfst du sie nicht mehr loslassen. Du hältst sie einfach fest. Du hältst sie fest, bis sie dir gehört.«

»Was ist, wenn sie nicht will?«

Ich wartete auf seine Antwort, bis mir klar war, dass er die Dunkelheit genutzt hatte, um aus dem Zimmer zu schleichen.

Am nächsten Freitag klingelte ich an Ruths Tür. Wir hatten uns bislang immer nur am Mittwochabend getroffen, doch ich war gerade zufällig in ihrer Gegend. Warum also nicht auf einen Sprung bei ihr vorbeischauen? Ich hatte eine Flasche Champagner dabei. Mutter pflegte zu sagen: »Ein Mann, der bei einer Frau ohne Champagner erscheint, sollte am besten gleich wieder gehen.«

»Was machst du denn hier?«, fragte Ruth, als sie die Tür öffnete.

»Überraschung.«

Ich hatte mir vorgestellt, wie ich »Überraschung« rufe und sie mir in die Arme fällt. Dies geschah jedoch nicht.

»Es ist Freitag«, sagte Ruth.

»Ich weiß. Ich war gerade ganz zufällig in der Gegend.«

Sie warf einen ironischen Blick auf die Champagnerflasche in meiner Hand.

»Ich habe leider keine Zeit.«

»Kein Problem.«

»Bist du traurig?«

»Überhaupt nicht.«

Sie lächelte und fuhr mir durchs Haar.

»Ich habe bedeutende Dinge mit dir zu besprechen.«

Das klang vielversprechend. Bedeutende Dinge.

»Ich freue mich sehr.«

»Aber jetzt musst du gehen.«

Sie trug ein rotes Kleid, das ihr sehr gut stand, hatte

Parfüm aufgelegt, und mir schien, dass es in der Wohnung nach Kartoffelpüree roch.

»Wir sehen uns am Mittwoch.«

»Bedeutende Dinge«, wiederholte ich.

Sie lächelte und schloss die Tür.

Auf der Straße wartete ich ein paar Minuten, ob da vielleicht ein Produzent von Vorhangstangen des Weges käme, um bei Ruth zu klingeln. Doch nichts geschah. Danach lief ich ziellos durch die Stadt, bis ich mich auf einen Stein an der Aare setzte und die Champagnerflasche austrank. Die ganze Zeit fragte ich mich, was das wohl für bedeutende Dinge waren, die Ruth mit mir besprechen wollte. Ich schaute in den Fluss, der an mir vorbeizog, und dachte an meinen Bruder. Mit ihm hätte ich vielleicht über Ruth reden können. Er mit seiner schönen Seele hätte es bestimmt verstanden.

Mit dreizehn hatte er kurz eine Freundin gehabt. Sie hieß Regula und konnte Spagat. Als uns Thomas davon erzählte, waren wir gerade beim Essen.

»Das will ich sehen«, forderte Mutter.

Da ist Regula aufgestanden und hat gleich neben dem Tisch Spagat gemacht. »Bravo«, rief Mutter.

Wir aßen weiter.

Das ist das Einzige, was mir zu Regula einfällt. Sie sind aber auch nicht sehr lange zusammen gewesen. Ein Spagat macht eben noch keine Liebe.

Schade, dachte ich, dass Thomas ausgerechnet jetzt, wo ich ihm von Ruth erzählen möchte, als Reisbauer in Kyoto lebt. Wer hätte das gedacht. Ich versuchte, mir dieses Kyoto vorzustellen, schloss sogar die Augen dazu, doch es gelang mir nicht wirklich.

Es war noch früh. Und da ich nicht wusste, was ich sonst machen sollte, ging ich nochmals in den Zoo. Die Leoparden waren diesmal wach. Sie liefen hinter dem Gitter hin und her. Es hatte etwas Tänzerisches. Wirklich schön, dachte ich. Aber Lieblingstiere? Ich weiß nicht. Einen Moment überlegte ich, Ruth anzurufen und ihr zu sagen, dass die Leoparden jetzt wach waren. Doch schließlich ließ ich es bleiben. Man weiß ja, wie das mit diesen Leoparden ist: Mal sind sie wach und dann wieder nicht. Ich setzte mich auf die Bank, auf der wir uns zwei Tage zuvor geküsst hatten. Doch alleine war es nicht das Gleiche, und so ging ich schon nach wenigen Minuten nach Hause.

DER ABSCHLUSSBALL

Es dauerte nur noch wenige Tage bis zum Abschlussball. Obwohl wir uns seit vielen Wochen jeden Mittwoch trafen, hatten wir noch nie zusammen getanzt. Nicht, dass es mich gestört hätte. Aber einmal sagte ich zu Ruth: »Dafür, dass es deine Lieblingsbeschäftigung ist, tanzt du ganz schön wenig.«

»Ich habe jetzt eine neue Lieblingsbeschäftigung«, erklärte sie.

»Und was ist das?«

»Ich putze im Dreisternehotel.«

Ab und zu erzählte sie mir etwas über die schmuddeligen Geschäftsmänner, die im Casablanca abstiegen. Wie es sich zeigte, waren sie gar nicht so schmuddelig und vor allem einsam.

»Sie haben alle den gleichen Pyjama«, erzählte sie. »Daran erkennt man sie.«

Ich fragte sie, was das für ein Pyjama sei, doch sie wollte es mir nicht sagen. Sie habe Angst, dass ich dann auch so ein schmuddeliger Geschäftsmann werde.

»Niemals«, rief ich. »Das verspreche ich dir. Ich werde niemals ein schmuddeliger Geschäftsmann sein.«

Doch sie zuckte nur die Schultern.

Die Geschäftsmänner sprachen nur sehr selten mit ihr. Ruth meinte, sie hätten Angst. Einer habe vor seiner Abreise zu ihr gesagt: »Ich hoffe, wir sehen uns im nächsten Jahr wieder. Aber ich fürchte, es wird nicht dazu kommen.«

Ein anderer hatte sich in seinem Zimmer erhängt.

»Er hat an der Bar noch ein Bier getrunken. Dann ist er auf sein Zimmer und hat sich erhängt. Auf dem Nachttisch lag das Geld für sein Bier, genau abgezählt.«

Wenn sie die Zimmer putzte, legte sie seither am Ende der Arbeit ein Karamellbonbon aufs Kissen. Irgendwann hat die Hotelleitung davon erfahren und sie gerügt. In ihrem Hotel gebe es keine Karamellbonbons auf dem Kissen. Sie aber machte trotzdem weiter.

»Irgendetwas muss man für diese Geschäftsmänner doch tun.«

Dann seufzte sie theatralisch.

»Und wer tut etwas für mich?«

Ich hielt ihr die Hand hin.

»Wollen wir tanzen?«

»Jetzt nicht.«

Am Tag des Abschlussballs hängten wir in Ruths Wohnungen Girlanden auf. Ich hatte sie mitgebracht.

»Damit dein Leben endlich zur Party wird«, hatte ich erklärt.

Ich hatte Girlanden in allen Farben, die ich kriegen konnte, gekauft.

»Grillfest?«, hatte mich der Verkäufer schmunzelnd gefragt.

»So etwas in der Art«, hatte ich geantwortet.

Wir fingen an, die Girlanden aufzuhängen. Ruth besaß eigentlich nur einen Stuhl, der nicht kaputt war, und auch der war schon ziemlich mitgenommen. Darum dauerte es ziemlich lange, bis wir all die Girlanden befestigt hatten. Doch irgendwann hatten wir es geschafft, lagen erschöpft nebeneinander auf der Sofalandschaft und schauten zur Decke, wo die Girlanden leicht im Durchzug schaukelten und es ein bisschen so aussah, als ginge ein Regenbogen mitten durch Ruths Wohnung.

»Spürst du schon, wie dein Leben zur Party wird?«, fragte ich Ruth.

»Ja«, sagte sie. »So langsam, aber sicher fängt es an.«

Nach ungefähr einer Stunde stand Ruth auf, um das Kleid anzuziehen, das sie auf dem Abschlussball tragen wollte. Die Tür stand offen, und wenn ich den Kopf zur Seite drehte, konnte ich sie in Unterwäsche durch das Schlafzimmer gehen sehen. Dann verschwand sie wieder, um nach ein paar Minuten in einem pinken Kleid aus dem Zimmer zu treten, das ihr fast bis zu den Füßen reichte.

»Das nennt man Puderpink«, erklärte sie.

»Ein guter Name für eine Farbe.«

»Ich trage sonst immer Schwarz.«

»Wegen Waldemar?«

»Wegen allem. Aber für dich habe ich eine Ausnahme gemacht.«

Ich machte eine Geste der Ergriffenheit.

»Vielen Dank.«

»Und jetzt müssen wir überlegen, was wir mit dir machen.«

»Wieso?«

Ich trug ein karottenfarbenes Hemd. Der Verkäufer im Laden hatte gemeint, das sei genau meine Farbe. Als ich hereingekommen war, hatte ich gehört, wie er dasselbe schon zu einem etwa siebzigjährigen Mann gesagt hatte.

Ruth brachte mir ein weißes Hemd und eine Fliege. Beides hatte ihrem verstorbenen Mann gehört.

»Waldemar hat immer sehr gut darin ausgesehen.«

»Ja, aber ich bin nicht Waldemar.«

Doch aller Widerstand war zwecklos. Während ich die Sachen anprobierte, spürte ich Waldemars vorwurfsvollen Blick auf der gerahmten Fotografie in meinem Rücken: »Du Lump. Was hast du in meinem Hemd und meiner Fliege zu suchen?«

»Du siehst fantastisch aus«, rief Ruth. »Warte, ich hole einen Spiegel.«

Sie lief aus dem Zimmer. Fünf Minuten später war sie noch immer nicht zurückgekehrt. Ich ging ins Schlafzimmer rüber. Erst dachte ich, das Zimmer sei leer. Dann sah ich, dass die Tür des Kleiderschranks offen stand.

»Bist du im Kleiderschrank?«

»Ja.«

»Soll ich zu dir kommen?«

»Wenn du möchtest.«

Es war ein bisschen eng, doch wenn man die Beine anzog, ging es. Ich sah, dass Ruth geweint hatte, sagte aber nichts. Wir schwiegen. Es war ziemlich windig an dem Abend, und vom Durchzug in Ruths Wohnung rauschten die Gardinen. Eine Weile lang machten wir nichts anderes, als ihnen dabei zuzuhören.

Irgendwann sagte Ruth: »Ich habe Hunger. Lass uns etwas essen gehen.«

Ich schaute auf die Uhr. Es war kurz vor neun. Der Abschlussball hatte längst angefangen.

»Wo sollen wir hin?«

Sie dachte kurz nach, dann lachte sie: »Ins beste Restaurant der Stadt.«

Der »Schwan« war Mutters erklärtes Lieblingsrestaurant. Es hatte eine Zeit gegeben, da sie ihre Abende häufiger im »Schwan« verbrachte als zu Hause.

»Wenn ich nicht hier bin, bin ich im ›Schwan‹«, pflegte sie scherzhaft zu sagen.

Es war Samstagabend. Als wir eintrafen, teilte man uns mit, dass sie restlos ausgebucht waren.

»Wir setzen uns auch an den Katzentisch«, meinte Ruth.

»Wir haben keinen Katzentisch«, gab der Kellner zurück.

»Aber meine Mutter ist Agnes von Ärmel«, flüsterte ich ihm zu.

»Ich weiß«, flüsterte er zurück. »Trotzdem können wir nichts tun.«

In den anderen Restaurants sah es nicht viel besser aus. Schließlich fanden wir einen Steh-Imbiss, wo wir ein Paar heiße Würstchen mit Brot bestellten. Beim Essen tropfte Ruth ein wenig Cocktailsauce auf ihr Kleid.

»Verdammte Scheiße«, rief sie.

»Ich mag Frauen, die fluchen«, lachte der Besitzer des Steh-Imbisses, ein Tamile.

Zum Glück hatte die Cocktailsauce fast die gleiche Farbe wie das Kleid.

»Aber auch nur fast«, meinte Ruth. »Das eine ist Cocktail, das andere ist Puderpink.«

»Der Unterschied ist eklatant«, erklärte der Tamile.

Er war ganz begeistert von Ruth. Als wir bezahlten, fragte er sie sogar, ob sie ihn heiraten wollte.

»Fragen Sie das alle Frauen, die bei Ihnen Würstchen essen?«

»Nein. Sie sind die erste.«

Zum Abschied küsste er Ruth die Hand.

»Ihr müsst wiederkommen, ihr habt meine Desserts noch gar nicht probiert. Sie sind das eigentliche Highlight meiner Küche.«

Wir versprachen, später wiederzukommen. Als wir losgingen, rief er uns noch nach: »Bis später! Ich warte auf euch!«

Kurz vor Mitternacht trafen wir im alten Musical-Theater ein, wo der Abschlussball stattfand. Die Party hatte schon ziemlich an Schwung verloren, falls sie denn überhaupt jemals welchen gehabt hatte. Im Saal war es so hell, als wollte einem jemand, zum Beispiel die Putzequipe, zu verstehen geben, dass man langsam nach Hause gehen solle. Es roch nach Kartoffelsalat und Schweißfüßen. Der Erste, der mir begegnete, war unser Geografielehrer Herr Schranz. Er stand am Buffet und unterhielt sich mit einer kleinen Frau, die an unserer Schule als Handarbeitslehrerin angestellt war. Beim Vorübergehen bemerkte ich, dass Herr Schranz ein wenig Kartoffelsalat im Haar hatte.

»Wer ist das?«, flüsterte Ruth mir zu.

»Ein großer Bach-Liebhaber.«

»Und warum hat er Kartoffelsalat im Haar?«

In diesem Augenblick kam Hannes auf uns zu.

»Hey! Alfred!«

Er umarmte mich. Dann erst bemerkte er Ruth.

»Ist das deine Tanzpartnerin?«

»Darf ich vorstellen: Ruth.«

»Freut mich, Ruth. Freut mich wirklich sehr.«

Er schüttelte ihr lange die Hand.

»Darf ich euch einen Drink offerieren?«

Ohne unsere Antwort abzuwarten, stürmte er davon, um kurz darauf mit zwei bis zum Rand mit einer grünlichen Flüssigkeit gefüllten Plastikbechern zurückzukommen.

»Das ist meine Erfindung«, erklärte er voller Stolz. »Na los. Probiert!«

Wir probierten.

»Und?«

»Ein bisschen zu süß, aber nicht schlecht«, meinte Ruth.

Hannes verneigte sich. Als er wieder hochkam, raunte er mir zu: »Mir ist so scheiße schlecht, Fred. Verdammt. Ist mir schlecht.«

Er grinste Ruth zu.

»Hat mich sehr gefreut.«

Er tippte sich an die Stirn und torkelte davon.

»Wer war das?«, wollte Ruth wissen.

»Ein Mann mit einem gebrochenen Herzen.«

Wir setzten uns an einen freien Tisch. Die Musik war laut und kam vom Band. Der Saxofonspieler, den Herr Glesti ursprünglich engagiert hatte, hatte krankheitsbedingt absagen müssen. Auf der Bühne war wenig los. Ich sah Herrn Schober, den Zeichenlehrer. Er hatte die Augen geschlossen und ging ganz in der Musik auf. Er trug eine Art Tarzan-Kostüm. Erst jetzt fiel mir wieder ein, dass das Motto der Party ja »Dschungel« war. So wie es aussah, war Herr Schober aber der Einzige, der sich das Motto zu Herzen genommen hatte.

»Wo sind deine Freunde?«, wollte Ruth wissen.

Ich schaute mich um.

»Wohl irgendwo da hinten«, sagte ich und machte eine unbestimmte Geste in jene Richtung, wo nichts zu sehen war als eine Tür mit der Aufschrift »Notausgang«.

»Hast du keine Freunde?«

»Bei uns in der Familie hält man es eher mit der Einsamkeit.«

»Und wie hält man es in deiner Familie mit der Liebe?«

»Ähnlich wie mit den Freunden.«

»Schade.«

Ich zuckte die Schultern.

»Wie man es nimmt. Dafür essen wir jeden Abend warm.«

Sie lachte.

»Du klingst wie einer meiner schmuddeligen Geschäftsmänner.«

Ich protestierte.

»Möglich, dass ich wie ein einsamer Geschäftsmann klinge, niemals aber wie ein schmuddeliger. Das verspreche ich dir. Meine Hemden werden immer so frisch und so weiß sein, als kämen sie gerade aus der Waschmaschine. Den reinlichen Geschäftsmann werden sie mich nennen. Den Geschäftsmann, der immer so gut riecht. Man kann sich waschen, ja. Aber gegen die Einsamkeit lässt sich wenig unternehmen.«

»Man kann es zumindest versuchen.«

Sie schaute mich an. Plötzlich hatte ich das Gefühl, den Geruch der Cocktailsauce auf ihrem Kleid in der

Nase zu haben. Und ich dachte an den Tamilen in seiner Imbissbude. Was waren das wohl für Desserts, die er da auf Lager hatte?

»Woran denkst du?«

Ich überlegte, ob ich auf unseren Tisch springen und in den Saal hinein verkünden sollte: »Darf ich vorstellen: Das ist Ruth. Wir tanzen zusammen gegen die Einsamkeit. Sie bereitet übrigens auch ein sehr gutes Kartoffelpüree zu.«

Doch der Tisch sah nicht besonders stabil aus, und so ließ ich es bleiben.

An einem der Nebentische entdeckte ich Marta Rösch, zusammen mit Kevin Hardberger. Er hielt in der einen Hand einen Drink, in der anderen Martas Hand. Als Marta mich bemerkte, winkte ich ihr zu. Sie winkte zurück. Ich hätte Ruth jetzt gerne etwas Raffiniertes ins Ohr geflüstert, den besten Witz der Welt. Leider kannte ich kaum Witze, außer ein paar albernen, die alle kannten und die nicht besonders lustig waren. Also flüsterte ich stattdessen: »Der Saxofonspieler, der heute hätte auftreten sollen, hat die Magen-Darm-Grippe.«

»Was für ein Saxofonspieler?«

Ruth schaute mich irritiert an.

»Nicht so wichtig.«

Ich stand auf.

»Ich geh auf die Toilette.«

»Bringst du mir ein paar Erdnüsse mit?«

Sie hätte alles von mir haben können. Daher war ich im ersten Augenblick etwas enttäuscht, dass es nur ein paar Erdnüsse waren. Und doch, sagte ich mir, muss man ja irgendwo anfangen, wenn man sich für einen Menschen interessiert. Man beginnt mit ein paar Erdnüssen und steigert sich dann nach und nach.

Auf der Toilette traf ich wieder auf Herrn Schranz. Mittlerweile hatte er den Kartoffelsalat aus seinem Haar entfernt, war allerdings dabei nicht sehr gründlich vorgegangen. Als ich hereinkam, klopfte er gerade energisch gegen die verschlossene Toilette, aus der lautes Gestöhn zu hören war.

»Es gibt auch noch andere Leute, die auf die Toilette müssen«, rief er ärgerlich.

Als ich mit den Erdnüssen zurück zu unserem Tisch kam, stellte ich fest, dass Ruth verschwunden war. Ich entdeckte sie auf der Tanzfläche, wo sie gemeinsam mit Herrn Schober einen Tango hinlegte, den man wohl als feurig hätte bezeichnen müssen. Es hatten sich bereits einige Zuschauer um sie herum versammelt, und immer mehr kamen dazu. Schließlich stellte auch ich mich an den Rand und schaute den beiden zu. Ruth tanzte sehr gut. Sie hatte die Augen geschlossen und flog fast über den Boden. Doch Herr Schober stand ihr in nichts nach. Er hatte braun gebrannte Arme, die sehr stark behaart waren. In seiner ersten Unterrichtsstunde pflegte er zu den neuen Schülern zu sagen, sie sollen für eine halbe Stunde die Augen schließen. Als seine Frau ihn verlassen hat, soll er zwei Monate lang im Zelt geschlafen haben.

Die Leute klatschten begeistert.

»Ein schönes Paar«, rief jemand neben mir.

»Sie passen sehr gut zusammen«, rief jemand anderes.

»Hey, hey!«, machte ich. Warum auch immer.

Ich kam mir vor, als wäre ich Ruths Manager: Ich

hatte sie entdeckt und mitgebracht, und jetzt seht nur, Leute, wie toll sie tanzen kann.

Noch immer hielt ich die Schale mit den Erdnüssen in der Hand.

»Komm ruhig wieder«, hatte der Typ an der Bar gemeint. »Ich habe hier noch tonnenweise Nachschub.«

Die ganze Zeit wartete ich darauf, dass Ruth die Augen öffnen und zu mir schauen würde. In diesem Fall wollte ich ihr die Schale gut sichtbar entgegenstrecken: Keine Sorge, ich habe die Erdnüsse. Du kannst unbeschwert weitertanzen.

Doch sie schaute nie zu mir.

Mit einem Mal brach im Saal das Chaos aus. Ein kleiner drahtiger Mann mit lockigem Haar war auf der Tanzfläche erschienen. Er trug einen goldenen Anzug, auch die Krawatte war golden. Erst tanzte er ekstatisch herum, dann krähte Herr Glesti ins Publikum: »Habt ihr auch eine gute Zeit?«

Ich hatte länger nichts mehr von ihm gehört. Zuletzt hatte es geheißen, er habe einen Nervenzusammenbruch erlitten und sei in die Psychiatrie eingeliefert worden.

»Ich frage euch: Do you have a good time?«, rief er noch einmal.

Dann sprang er hoch und sauste in einer Kreisbewegung über die Tanzfläche, um abrupt stehen zu bleiben und, wie man es aus den Filmen mit John Travolta kannte, immer wieder energisch zur Decke zu zeigen.

»Barbara, das ist unser Tanz. Barbara? Wo bist du?«

Er hielt eine Hand über die Augen und schaute sich suchend um. Dabei bemerkte er die beiden Securitys, die sich langsam in seine Richtung bewegten.

»Das ist die verfluchte Schulleitung. Sie haben mich verraten. Weil ihnen meine Liebe nicht passt. Hört ihr? Die Leute von der Schulleitung sind Feinde der Liebe, das sind Feinde des Lebens. Wir müssen dagegen kämpfen, wir müssen dagegen tanzen. Wir müssen tanzen bis zum Schluss.«

Mit einem Satz hechtete er auf eine der Lianen, die von der Decke hingen. Doch die Liane riss sofort, und Herr Glesti fiel krachend in die Tischreihen. Tumult entstand. Plötzlich hörte ich eine Stimme direkt neben mir.

»Komm, lass uns gehen«, sagte Ruth.

Sie wollte noch woanders tanzen gehen.

»Jetzt bin ich so richtig auf den Geschmack gekommen.«

»Sehr gut. Ich auch.«

Wir suchten nach einem Ort, wo sie richtig gute Tanzmusik spielten. Doch alles, was wir auf die Schnelle finden konnten, war eine Bar namens »Chez Fredy«, wo alte Schlager und Rockhits aus den Siebzigerjahren liefen. Drinnen war es sehr dunkel. Rauchen war erlaubt und wurde von den überwiegend weißhaarigen Gästen auch exzessiv praktiziert.

»Was möchtest du trinken?«, fragte ich Ruth.

Doch sie hatte sich bereits abgewendet und ein angeregtes Gespräch mit einem groß gewachsenen Mann, der eine Augenklappe trug, angefangen. Ich setzte mich an die Bar.

»Was darf es für den Herrn Professor sein?«, fragte mich der Mann hinter der Bar.

Er hatte eine Glatze und einen traurigen Blick. Ich vermutete, dass er Fredy war.

»Bier«, sagte ich.

»Kommt sofort, Herr Professor.«

Er war nicht der Erste, der mich so nannte. Wahrscheinlich hatte es damit zu tun, dass ich, wie man mir oft vorhielt, immer so ernst dreinschaute. So, als fürchtete ich, es könnte gleich die Welt untergehen.

Ruth tanzte jetzt mit dem Augenklappen-Mann. Es war ein langsames Lied.

»Haben Sie Erdnüsse?«, fragte ich Fredy.

»Pssst.«

Er legte einen Finger auf die Lippen. Ich ging auf die Toilette. Im Spiegel betrachtete ich mein Gesicht und versuchte, etwas weniger ernst auszusehen. Doch es gelang mir nicht.

Als ich zurückkam, lief ein neues Lied. Dieses war sogar noch langsamer als das andere. Ruth hatte mittlerweile die Arme um den Augenklappen-Mann gelegt.

»Ihre Erdnüsse, Herr Professor.«

Fredy stellte eine Schale Erdnüsse vor mich hin. Gerade frisch sahen sie nicht aus. Ich dachte an den Tamilen in seiner Imbissbude. Er wollte uns doch noch seine Desserts zum Probieren geben. Vielleicht sollte ich besser zu ihm gehen.

Als ich schon beinahe zur Tür raus war, spürte ich eine Hand auf meiner Schulter.

»Hiergeblieben.«

»Ich wollte nur ein wenig frische Luft schnappen.«

»Dafür ist noch Zeit genug. Jetzt tanzt du mit mir.«

Noch immer lief diese langsame Musik. Wie zuvor

beim Augenklappen-Mann legte Ruth ihre Arme um meinen Hals. Und dann drehten wir uns im Kreis. Ich sah, dass sie die Augen geschlossen hatte. Also schloss ich sie auch. Aber nur halb.

Ich dachte an die Schuldisco, damals, im Anschluss an die Aufführung von *Tom und die freundlichen Monster vom Zuckerland*. Damals waren auch ein paar Eltern mit dabei gewesen und hatten in etwa so getanzt, wie ich das jetzt mit Ruth tat. Es war schon verrückt. Damals hatte ich es für gesichert gehalten, dass ich niemals so werden würde, dass ich es ganz anders machen würde, dass diese Bilder nicht die meinen waren. Und nun fand ich mich in haargenau so einem Bild wieder. Das Leben bestand aus lauter Ähnlichkeiten, aus denen es kein Entkommen gab.

Später in der Nacht stand ich auf einem der Tische im »Chez Fredy«. Ich hatte schon sehr viel getrunken. Es war wirklich schon spät, und die meisten Gäste waren nach Hause gegangen. Vielleicht waren da auch nur noch Ruth und Fredy und sonst niemand mehr. Egal. Ich stand auf dem Tisch und verkündete immer wieder: »Mein Name ist Alfred von Ärmel. Ich komme aus einer alten und sehr reichen Berner Familie. Uns gab es schon im vierzehnten Jahrhundert. Im vierzehnten Jahrhundert!«

»Jetzt hört euch den Professor an«, seufzte Fredy.

Als ich neben Ruth durch die Stadt lief, wurde es langsam hell. Mein Gang war nicht mehr besonders sicher. Und auch Ruth schien Probleme zu haben. Irgendwann zog sie ihre Schuhe aus.

»Meine Füße«, jammerte sie.

Erst trug sie beide Schuhe, dann gab sie einen mir.

»Die Desserts«, murmelte ich. »Wir haben die Desserts vergessen.«

»Morgen«, machte Ruth.

Schließlich standen wir vor ihrer Haustür.

»Und dein Vorfahre war wirklich ein Held?«, fragte sie.

»Wir sind alles Helden.«

Dann küssten wir uns. Wir brauchten ziemlich lange, bis wir es das Treppenhaus hinauf in den vierten Stock und in Ruths Wohnung geschafft hatten. Hier küssten wir uns wieder. Im Dunkeln zogen wir uns aus. Und liebten uns auf dem Wohnzimmerboden. Ein paar Stunden später wachte ich auf. Ich lag auf dem Boden. Es war taghell. Über mir rauschten die Girlanden.

DAS HOTEL FÜR SCHMUDDELIGE GESCHÄFTSMÄNNER

Ich bin stets davon ausgegangen, Zukunft sei etwas für Menschen ohne Fantasie. Wenn mich Leute nur schon fragten: »Was hast du eigentlich in Zukunft vor?«, wurde mir ganz seltsam. Für mich war immer klar gewesen, dass ich anders sein wollte. Ich wollte keiner dieser Menschen mit einer Zukunft sein. Ich wollte ein Held sein. Helden leben im Moment, ohne Zukunft und ohne Vergangenheit. Sie erscheinen auf der Leinwand des Lebens und verglühen auch schon wieder, um für immer in Erinnerung zu bleiben.

So hatte ich das auch machen wollen, doch nun sah alles anders aus. Mit Ruth konnte ich mir das mit der Zukunft noch mal überlegen.

Sie hatte oft davon geredet, wie gerne sie wieder ihr eigenes Hotel führen möchte. Es könne aber auch ein nettes Bed & Breakfast sein, meinte sie. Hauptsache ein Ort, wo sie den Gästen so viele Karamellbonbons aufs Kissen legen konnte, wie sie wollte.

Es wurde gesagt, der Immobilienmarkt sei gesättigt. Trotzdem schaute ich mir jeden Tag die Angebote in der

Zeitung an. Ich hatte mir sogar einen Rotstift gekauft, um die interessantesten Annoncen zu umkreisen. Doch hatte ich ihn bislang noch kaum gebrauchen können.

»Was grinst du eigentlich die ganze Zeit?«, fragte Mutter eines Morgens, während ich mit dem Rotstift in der Hand über der Zeitung saß.

»Grinse ich?«

Das war mir gar nicht bewusst gewesen.

»Steht etwas Lustiges in der Zeitung?«

»Nicht, dass ich wüsste.«

Mutter schüttelten den Kopf.

»Ich verstehe die Menschen nicht, ich verstehe sie einfach nicht.«

Ich umkreiste mit dem Rotstift das Datum in der Zeitung. Daneben schrieb ich: Der Tag, an dem ich glücklich war.

Am Morgen nach dem Abschlussball hatten wir in Ruths Wohnung gefrühstückt. Wir hatten allerdings keine Lust, einkaufen zu gehen, und alles, was wir in ihrem Kühlschrank fanden, war eine Dose Thunfisch und Unmengen Vanille-Eis.

»Glaubst du, das passt zusammen?«, fragte ich Ruth.

Sie zuckte die Schultern: »Vanille-Eis passt doch zu allem.«

Wir frühstückten auf dem Wohnzimmerboden, denn mittlerweile war auch Ruths letzter Stuhl kaputtgegangen.

»Du brauchst neue Stühle«, empfahl ich.

»Ich brauche ein neues Leben«, meinte sie.

Da fiel mir wieder ein, wie sie zu mir gesagt hatte, sie hätte Bedeutendes mit mir zu besprechen. Ich überlegte, ob ich sie jetzt danach fragen sollte, doch stattdessen nahm ich mir nochmals vom Vanille-Eis.

Schließlich fand ich etwas. Es war zwar kein Hotel, sondern eine Take-away-Pizzeria, doch irgendwo musste man ja anfangen. Das war wie mit den Erdnüssen. Erst die Erdnüsse, dann die Liebe. Erst die Take-away-Pizzeria, dann das Hotel für schmuddelige Geschäftsmänner.

Der Besitzer war ein hageres Männchen mit schlohweißem Haar.

»Nenn mich Roy«, sagte er zur Begrüßung.

Er war erkältet und zog die ganze Zeit die Nase hoch. Seine Haut war sehr schlecht.

»Das ist die miese Luft hier drinnen. Küchenluft ist Gift für die Haut. Ich habe mir jeden Abend eine Gurkenmaske gemacht, doch es hat nicht geholfen.«

Der Laden hieß »Der Pizza-König«. Der Schriftzug war schon fast verblichen, und bei König fehlte das g.

»Haben mir diese scheiß Rowdys geklaut. Ich habe Anzeige erstattet. Doch niemand hilft dem Pizza-König.«

Er hatte sich hingesetzt. Obwohl die Pizzeria seit einem Monat geschlossen war, lag noch immer ein sehr penetranter Frittieröl-Geruch in der Luft.

»Möchtest du etwas essen?«, fragte er. »Ich habe noch tonnenweise Calamari in der Gefriertruhe.

Ich stellte mir Roy vor, wie er diese Calamari mit der Gurkenmaske im Gesicht aus der Gefriertruhe nahm.

»Kannst du alles übernehmen, die ganzen Tiefkühlprodukte. Ich mache dir einen Friendship-Preis.«

Ich nickte begeistert.

Im Pizza-König gab es keine Fenster, was wohl auch der Hauptgrund für die schlechte Luft war. Doch war ich so optimistisch gestimmt, dass mich so ein bisschen schlechte Luft nicht abschrecken konnte. Schließlich hatte Ruth lange Jahre Erfahrung in der Gastronomie. Und ich selber hatte gefühlt mein halbes Leben in all den Hotels, Restaurants und Cafés verbracht, in die Mutter mit uns flüchtete, weil sie es zu Hause nicht mehr aushielt.

»Du kannst das alles übernehmen«, wiederholte Roy. Er drehte den Kopf ein wenig und schaute dorthin, wo statt einem Fenster nur die graue Wand war: »Ich will einfach nur weg. Einfach nur weit weg.«

Ich rief Ruth an und hinterließ eine Nachricht auf ihrer Mailbox: »Wir müssen uns unbedingt sehen. Ich habe Bedeutendes mit dir zu besprechen!«

Wie immer, wenn ich aufgeregt war, klang meine Stimme hoch und kindlich. Ich hatte es sogar schon mit Übungen dagegen versucht. So hatte mir mal jemand gesagt, es helfe, wenn man jeden Tag ein paar Stunden lang mit besonders tiefer Stimme spreche. Doch bekam ich davon nur Halsschmerzen, und sobald ich aufgeregt war, war meine Stimme wieder so unmöglich wie immer.

Ruth antwortete nicht auf meine Nachricht. Also machte ich mich am nächsten Mittwochabend um dieselbe Zeit wie immer auf den Weg zu ihrem Haus. Ich klingelte mehrmals, doch sie öffnete nicht. Kurz dachte ich an den Produzenten von Vorhangstangen. Ob er noch jemanden gefunden hatte, der bereit war, mit ihm nach Nicaragua abzuhauen? Von Nicaragua kam ich direkt auf

Kyoto. Sofern er noch als Reisbauer arbeitete, könnte mein Bruder uns vielleicht mit Reis beliefern und Ruth und ich eröffneten ein Sushi-Restaurant. »Sushi für schmuddelige Geschäftsmänner«. Mit Reis direkt von den Feldern Kyotos. Klang das nicht wunderbar?

Ich ging ein paar Schritte und wartete an einer Stelle, wo ich die Haustüre gut im Auge behalten konnte. Nach etwa einer halben Stunde ging sie auf. Ruth kam heraus. Sie war nicht allein. In ihrer Begleitung befand sich ein Mann mit solariumbrauner Gesichtshaut. Er lächelte jovial und tätschelte ihr beim Herausgehen den Hintern. In der anderen Hand hielt er eine Plastiktüte, aus der das klirrende Geräusch aneinanderschlagender Flaschen zu hören war. Der Mann sagte etwas, Ruth warf den Kopf in den Nacken und lachte. Dann gingen sie die Straße entlang, wobei der Mann mit fast chirurgischer Gründlichkeit Ruths Hintern massierte.

Ich sah ihnen lange nach, auch dann noch, als sie längst verschwunden waren. Die ganze Zeit musste ich über Ruths Begleiter nachdenken. Auch wenn er stark gealtert war, hatte ich ihn sofort erkannt. Es war Herr Galati, der Mann, der mir damals das Singen hätte beibringen sollen.

Am Abend rief Ruth an und entschuldigte sich, dass sie sich erst jetzt bei mir melde. Eine Arbeitskollegin im Casanova sei krank geworden und sie habe die ganze Zeit arbeiten müssen.

»Kein Problem«, sagte ich.

Ich war mir fast sicher, dass sie mich am Nachmittag gesehen hatte, doch ich wollte nichts sagen. Was hätte ich denn auch sagen sollen?

Ich musste daran denken, wie sie mich damals zum ersten Mal angerufen hatte. Damals, als sie mich noch für einen lebenserprobten Junggesellen gehalten hatte.

»Hier ist Ruth. Ich rufe an wegen des Inserats.«

Ich dachte an unser Hotel, ich dachte an das Sushi für schmuddelige Geschäftsmänner. Vielleicht war das doch keine so gute Idee gewesen. Schmuddelige Geschäftsmänner wollten kein Sushi. Ein Karamellbonbon auf dem Kissen reichte ihnen völlig.

»Bist du noch da?«, fragte Ruth.

»Ja.«

Sie wollte wissen, ob ich am nächsten Abend Zeit hätte, um mich mit ihr zu treffen.

Wir wollten doch zusammen gegen die Einsamkeit tanzen, wollte ich ihr sagen.

»Sehr gerne«, stammelte ich stattdessen.

»Ich möchte dir jemanden vorstellen.«

Herr Galati war nicht auf eine gute Weise gealtert. Bei seinem Anblick konnte man schwer glauben, dass seit unserer letzten Begegnung kaum zehn Jahre vergangen waren. Es konnte natürlich auch an der Beleuchtung im Restaurant liegen, doch er sah aus, als laboriere er schon seit längerer Zeit an einer hartnäckigen Lebensmittelvergiftung. Es war jedoch keine bestimmte Speise, die nicht mehr gut gewesen war, es war das Leben selbst, an dem er sich vergiftet hatte. Daran änderte auch die starke Solariumbräune nichts, die überall an seinem Körper klebte wie ein Experiment, das schiefgelaufen war. Die ganze Zeit grinste er auf exzessive Weise, doch es war ein niedergeschlagenes Grinsen. Ein Grinsen, das einem sagte:

Jungs, ich bin erledigt. Alles, was mir jetzt noch bleibt, ist dieses Grinsen.

»Ich habe endlich das große Glück gefunden, Alfred.«

Er legte einen Arm um Ruth. Sie saß neben ihm auf der Holzbank und lächelte ebenfalls. Seit wir uns das letzte Mal gesehen hatten, war sie beim Friseur gewesen. Sie trug die Haare jetzt sehr kurz und benutzte irgendeine rötliche Tönung. Ihre Halskette war aus schweren weinroten und orangefarbenen Steinen, vermutlich ein Geschenk von Herrn Galati. Ich erinnerte mich, wie er damals gepredigt hatte: »Lasst euch nie auf Frauen mit rot gefärbten Haaren ein. Das sind alles kreuzfalsche Schlangen.«

Offenbar hatte er seine Meinung bezüglich Frauen mit rot gefärbten Haaren geändert.

»Man kann nicht immer nur verlieren«, sagte Herr Galati nun. »Das ist die große Erkenntnis, auf die ich heute Abend mit euch anstoßen möchte. Es geht im Leben eben nicht immer nur bergab. Nein. Es geht ab und zu auch bergauf.«

Das Restaurant hieß »Crazy Daisy«. Die Küche war asiatisch, doch fanden sich auf der Speisekarte auch Sachen wie Rösti oder Spiegelei.

»This is my favorite place«, ließ uns Herr Galati wissen, bevor wir das »Crazy Daisy« betraten. Es war nicht ganz klar, warum er uns das auf Englisch mitteilte. Das Lokal machte einen ziemlich leeren Eindruck. Allerdings war die Beleuchtung nicht besonders intensiv, und man konnte sich nicht sicher sein, ob da nicht noch ein paar verlorene Gäste im Dunkeln herumsaßen. Hinter der Theke stand eine schwere Frau mit noch schwereren

Ohrringen, die von irgendetwas, möglicherweise ihrem Leben, unendlich gelangweilt schien. Sie hatte lange künstliche Wimpern und bekundete einige Mühe, die Augen offen zu halten.

»Hey Daisy«, rief ihr Herr Galati zu.

Daisy hob die Hand zum Gruß, so als wäre er mitsamt einer Heerschar berittener Soldaten im Lokal erschienen.

»Ach du schon wieder.«

Es klang nicht sonderlich begeistert oder freundschaftlich. Es klang vielmehr so, wie sie auch aussah: unendlich gelangweilt von allem und dabei insbesondere von Herrn Galati.

»Hier ist meine Kommandozentrale«, erklärte uns Herr Galati. »Hier kann ich schalten und walten, wie ich will.«

Als wir uns hingesetzt hatten, begann Herr Galati Ruths Hand zu tätscheln. Oder vielmehr zu kneten, wie ein Stück Teig. Später machte er mit den Fingern weiter. Versah sie mit Küsschen, biss hinein oder nahm sie in den Mund. Ruth ließ dies alles mit Gleichgültigkeit geschehen.

Herr Galati hatte Peking-Ente für uns bestellt.

»Die Peking-Ente hier ist mmmh«, hatte er bemerkt und dabei mit den Lippen ein schmatzendes Geräusch gemacht. Das Geräusch war so laut gewesen, dass Daisy irritiert zu uns herübergeschaut hatte.

»Das Leben ist eine Krankheit, von der man erst mal genesen muss«, sprach Herr Galati, während er mit Kennermiene die Weinkarte studierte. »Ich war lange krank, doch jetzt bin ich vollkommen genesen und kann endlich all die Früchte und Köstlichkeiten genießen, die das Leben für einen Mann wie mich bereithält.«

Zum Zeichen, dass er sich auch wirklich gar nichts mehr entgehen lassen würde, bedeckte er Ruths Hand mit einer Extraportion Küsse.

»Weißt du, wie wir uns kennengelernt haben?«, fragte Ruth.

Ich zuckte die Schultern.

»Erzähl es ihm«, rief Herr Galati. »Alfred wird die Geschichte lieben.«

»Ich saß in der Straßenbahn. Da war dieser Mann, der sich mit dem Kontrolleur stritt. Er sagte: ›Ich habe ganz bewusst keine Fahrkarte gelöst, denn ich halte es für falsch, ja eher schon verbrecherisch, dass man für die Straßenbahn bezahlen muss. Die Straßenbahn sollte wie Luft sein. Wollen Sie etwa von mir verlangen, dass ich fürs Atmen bezahle?‹ Als der Kontrolleur sich nicht erweichen ließ, hat der Mann ihm blitzschnell die Mütze vom Kopf geschnappt und gesagt: ›Wenn Sie Ihre Mütze zurückhaben wollen, müssen Sie mir erst eine Fahrkarte geben.‹«

Herr Galati strahlte. Die letzten Worte hatte er leise mitgesprochen.

»Und was sagst du dazu, Alfred?«

»Romantisch.«

Ich hatte ihn gefragt, ob er noch immer Gesangsunterricht gebe, worauf er das Gesicht zu einer Grimasse verzog und den Eindruck machte, als werde er sich gleich übergeben.

»Zu viel Stress, Alfred«, sagte er schließlich. »Zu viele

Krankheiten, zu viele Kinder, zu viele Menschen, die mir Leid zufügten. Doch was bringt es, darüber zu sprechen?«

Er schüttelte den Kopf.

»Man muss die Vergangenheit erschießen. Man muss ihr ins Herz schießen und in den Kopf. Und dann muss man sie begraben. Und wenn man sie begraben hat, muss man auf der Stelle vergessen, wo das gewesen ist. Man muss die Schaufel fortwerfen und weitergehen. Nur so kann man leben.«

»Nur so kann man leben«, bestätigte Ruth und schaute zu mir.

Sie sah blendend aus. Vergangenheiten zu begraben bekam ihr gut. Ich spürte ihren triumphierenden Blick. Ich habe sie alle begraben, schien mir dieser Blick zu sagen. Alle Bratwürste mit Kartoffelpüree, das Popcorn im Zoo, die schlafenden Leoparden, die Nacht im »Chez Fredy« und der Morgen, als wir zusammen in meiner Wohnung unter den Girlanden aufwachten. All das habe ich erschossen, begraben und vergessen. Und dass ich es getan habe, ist der Grund, warum ich so blendend aussehe.

Schön, sagte ich mir. Ist doch schön, dass es ihr so gut geht. Was kümmerte mich die Vergangenheit? Oder gar die Zukunft? Helden leben nun mal im Moment, Helden bleiben nun mal allein.

Ich spürte, wie meine Augen zu tränen anfingen. Das musste die trockene Luft im »Crazy Daisy« sein. Ich schlug die Augen nieder und las noch einmal, was für Desserts auf der Speisekarte standen.

Unterdessen verkündete Herr Galati mit schriller Stimme: »Lasst uns also trinken auf die Vergangenheit, die wir begraben wollen. Und auf das absolute Glück, das wir von heute an genießen werden.«

Ruckartig hob er sein Glas zum Mund, sodass der Rand hörbar gegen seine Vorderzähne schlug. Er verzog das Gesicht, wollte das Glas in einem Zug austrinken, doch es war leer. Als er es bemerkte, schien für einen Augenblick der alte Galati aus ihm hervorzubrechen. Er lief krebsrot an und krallte die Faust so fest um sein Glas, als wolle er es auf der Stelle zerdrücken. Da legte ihm Ruth eine Hand auf den Arm und streichelte ihn langsam und sanft. Er atmete tief ein und aus, das Grinsen kehrte in sein Gesicht zurück, so als wäre es nur kurz im Nebenzimmer gewesen, um zu schauen, was dort so los war. Dann küsste er Ruth heftig und mit Zunge.

Mittlerweile kannte ich die Speisekarte schon fast auswendig. Trotzdem wollte ich noch einmal einen Blick auf die Salate werfen.

»Ich geh auf die Toilette«, verkündete Herr Galati, unmittelbar nachdem er Ruth geküsst hatte.

In einem irgendwie festlichen Tempo lief er davon. Kurz vor der Toilettentür drehte er sich noch einmal um und rief in unsere Richtung: »Sie verwenden hier Duftstein mit Rosmarin-Geruch. Auch so etwas Herrliches.«

»Alfred«, sagte Ruth.

Anscheinend wollte sie mit mir reden, aber leider war ich gerade noch mit der Speisekarte beschäftigt. Sah sie das denn nicht?

Sie versuchte es weiter, doch ich konnte ihr jetzt wirklich nicht zuhören. Erst musste ich mir ein Bild davon machen, was es im »Crazy Daisy« für Salate gab.

»Ich weiß, was du denkst«, sagte Ruth, »aber ich finde ihn unglaublich nett.«

Auf der Karte standen nur drei Salate. Ein griechischer, ein Tomaten-Mozzarella und einer, der »Daisys crazy Salat« hieß.

»Er erinnert mich an die Geschäftsmänner im Casablanca. Du weißt, ich habe ein Herz für schmuddelige Geschäftsmänner.«

Lag es also daran? War ich ihr zu wenig schmuddelig?

»Alfred. Hörst du mir zu?«

»Er ist nicht unglaublich nett, er ist vollkommen verrückt.«

Ich hatte ihr das sehr nett und ruhig mitteilen wollen, so wie man sagte: »Ich mag dein neues Shampoo.« Doch es war mir nicht ganz gelungen.

»Vielleicht hast du recht, vielleicht ist er vollkommen verrückt. Er schenkt mir immer Blumen aus Plastik. Riesengroße Blumensträuße. Und alle sind aus Plastik. Manchmal lässt er sie auch nach Hause liefern. Ganze Bukette. Dann ruft er mich an: ›Hast du die Blumen bekommen?‹«

Ich nickte. Im Hintergrund zapfte Daisy ein Bier für sich selbst.

»Ab einem gewissen Alter sind sie alle verrückt. Ich weiß auch nicht, warum das so ist.«

Sie schaute mich abwartend an. Was wollte sie von mir hören? Sollte ich ihr vielleicht gratulieren? Ich hätte sie an ihren Traum vom eigenen Hotel erinnern können, ich hätte ihr sagen können: Weißt du noch, wie du zu mir gesagt hast, du hättest Bedeutendes mit mir zu besprechen?

In meiner Tasche befand sich ein Brief. Es war mehr als nur ein Brief. Es war die Geschichte unserer Begegnung. Vom ersten Telefongespräch bis zu jenem Morgen, als wir auf ihrem Wohnzimmerboden Thunfisch mit Vanilleeis gegessen hatten. Ich hatte den Brief in der Nacht zuvor geschrieben und dabei nichts weggelassen und nichts hinzugefügt. Ich hatte vorgehabt, ihn Ruth feierlich zu übergeben. Nun aber kam es mir sinnlos und lächerlich vor. Sie hatte es ja selber gesagt: Sie wollte keine sentimentalen Geschichten bekommen, sondern Plastikblumen. Die hatten keinen Geruch und erinnerten einen an nichts.

»Freust du dich denn wenigstens ein bisschen für mich?«

»Selbstverständlich.«

»Weißt du, er hat um meine Hand angehalten.«

»Das hat der Tamile im Schnellimbiss doch auch. Scheint gerade in Mode zu sein.«

»Ich kann mir gut vorstellen, wieder zu heiraten.«

»Aber muss es ausgerechnet Herr Galati sein?«

»Habe ich da meinen Namen gehört?«

Herr Galati stand vor der Toilettentür und hielt eine Hand hinters Ohr, als schwirrte der Name Galati noch immer durch den Raum. Seine Hände waren noch feucht und rot wie seine Nase.

»Die Liebe gibt sich nicht mit Kleinigkeiten ab«, rief er, ohne dass klar war, worauf sich dieser Gedanke bezog. »Ab jetzt werden nur noch dicke Schnitte gemacht.«

»Die Peking-Ente ist verbrannt«, informierte uns Daisy, die gerade aus der Küche zurückkehrte.

»Wir essen sie trotzdem«, befahl Herr Galati.

Der Trotz in seiner Stimme schien nicht nur der verbrannten Ente zu gelten, sondern dem Leben insgesamt.

Die Peking-Ente war nicht nur verbrannt, sondern auch zäh. Nach dem Essen steckten lauter Fasern zwischen meinen Zähnen. Der Abend war jedoch noch nicht vorbei.

»Und jetzt gehen wir kegeln«, verkündete Herr Galati. Dabei schwenkte er sein Champagnerglas wie den Heiligen Gral.

Wir tranken schon die dritte Flasche. Eigentlich war es auch kein richtiger Champagner, sondern Prosecco. Doch Herr Galati bestand darauf, dass es Champagner war. Jedes Mal, wenn er eine neue Flasche bestellte, zwinkerte er Daisy verräterisch zu. Während sie einschenkte, begleitete er den Vorgang mit kleinen glucksenden Geräuschen. Seine Augen waren in der Zwischenzeit ganz klein geworden, und die Pupillen hatten die Form von Miniaturkreuzen angenommen.

»Beim Kegeln bin ich der Champion.«

Ruth lehnte an seiner Schulter und schüttete den falschen Champagner nur so in sich hinein. Ab und zu kicherte sie, wenn Herr Galati etwas sagte. Er war alles andere als ein Humorist, und die Witze, die er erzählte, waren alt, die Anekdoten abgegriffen und aus irgendwelchen Filmen gestohlen. Trotzdem lachte Ruth immer wieder gellend auf und nahm einen großen Schluck Champagner.

»Ich trinke eigentlich nur, wenn ich unglücklich bin«, hatte sie mal erzählt.

Vielleicht hatte sie ihre Meinung in der Zwischenzeit ja geändert.

»Kommt. Ich kenne einen Schleichweg«, sagte Herr Galati.

Im Keller vom »Crazy Daisy« befand sich eine Kegelbahn. Der Schleichweg führte eine steile Treppe hinunter. Als wir mit unseren Gläsern und einer noch fast vollen Flasche Champagner hinunterstiegen, rief uns Daisy hinter der Theke ein lustloses »Viel Spaß« nach. Dann fing sie an, die Kaffeemaschine zu putzen.

»Sie ist eine Seele von Mensch«, flüsterte uns Herr Galati zu. »Doch sie hat Pech mit den Gästen.«

Während wir die steile Treppe hinunterstiegen, ergriff Ruth, die vor mir ging, meine Hand. Ich spürte eine vertraute Wärme, und mir kam der Kalender in ihrem Schlafzimmer in den Sinn. Im Schlafzimmer war ich nur ein einziges Mal gewesen. Ich sollte Ruth ihre Lesebrille bringen, die dort auf dem Nachttisch lag. Dabei sah ich den Kalender an der Wand. Es war kaum etwas eingetragen. Doch jeden Mittwoch, Woche für Woche, stand dort in roten Buchstaben »Tanzen mit Alfred« geschrieben.

Als ich daran dachte, kam eine Ahnung von dem Gefühl der absoluten Fröhlichkeit zurück, und ich wollte etwas sagen oder flüstern oder sie einfach umarmen, doch da waren wir auch schon unten im Keller und Ruth ließ meine Hand wieder los.

Herr Galati suchte unterdessen fluchend nach dem Lichtschalter. Als sich das Licht endlich einschaltete, sahen wir einen glatzköpfigen Mann in Jeansjacke, der mitten auf der Kegelbahn lag.

»Das ist Paul, der Mann von Daisy«, teilte uns Herr Galati mit. »Er macht hier gelegentlich ein Nickerchen.«

Nachdem Paul, ein paar Verwünschungen ausstoßend, das Feld geräumt hatte, fingen wir an zu kegeln. Herr Galati ging wie vergiftet ans Werk. Er räumte zwar nicht besonders viele Kegel ab, doch ballte er nach jedem mehr oder weniger gelungenen Wurf die Hand zur Faust und stimmte einen kurzen Triumphgesang an.

»I am the best«, schrie er. Mittlerweile war er schon richtig besoffen.

Wenn dagegen meine Kugel mal wieder ins Nichts hinausrollte, lachte er höhnisch, sang schlecht gereimte Spottlieder oder nannte mich einfach einen Idioten. Subtil war hier überhaupt nichts mehr. Ich beschloss, es ihm auf dem sportlichen Weg heimzuzahlen, doch je wilder ich mich ins Zeug legte, desto entschlossener rollte meine Kugel an den Kegeln vorbei.

»Wieder ein sehr schlechter Wurf«, höhnte er.

Vielleicht ist der sportliche Weg doch der falsche, hatte ich plötzlich eine Eingebung. Vielleicht sollte ich ihn einfach umbringen. Und was war mit Ruth? Erkannte sie jetzt den wahren Charakter dieses Mannes? Erkannte sie, was das für ein sadistischer Choleriker war? Um sicherzugehen, dass sie es auch wirklich bemerkte, zeigte ich auf Herrn Galati, der gerade nach einem weiteren gelungenen Wurf seinen Schritt streichelte. Und da sah ich etwas, das mich umhaute. Ich sah Ruth. Sie hatte gerade ihre Kugel in die Hand genommen, die rosa war und etwas leichter als jene, mit der Herr Galati und ich spielten. Sie ging mit der Kugel zur Bahn. Doch es war nicht die Kugel in ihrer Hand, es war der Ausdruck in ihrem Gesicht.

Sehr ruhig, sorglos, voller Gewissheit und Zuversicht. Es war eindeutig, diese Ruhe war unumstößlich. Sie rührte an die Ewigkeit. Denn Ruth hatte eine Entscheidung getroffen. Ohne noch ein Wort zu sagen, drehte ich mich um, verließ die Kegelbahn und stieg die steile Treppe wieder hinauf. Hinter mir hörte ich das Geräusch umfallender Kegel. Gefolgt von Herrn Galatis Siegesschrei.

Es war schon nach Mitternacht. In der Bar hielt sich mittlerweile niemand mehr auf außer Daisy, die hinter der Theke stand und gelangweilt eine Partie Snooker im Fernsehen verfolgte. Man muss die Vergangenheit begraben, sagte ich mir.

VIERTER TEIL

»BIST DU EIN SERIÖSER?«

Ich ging zum Pizza-König. Bei meinem letzten Treffen mit Roy hatte ich den Laden für ein halbes Jahr gemietet. Mit anderen Worten: Ich war jetzt der Pizza-König.

»Du wirst es nicht bereuen. Das hier ist eine Goldgrube«, hatte Roy gemeint und mir anerkennend auf die Schulter geklopft. Die ganze Zeit hatte ich nur an die schlechte Luft und Roys Gurkenmaske denken können.

An der Tür hing eine handgeschriebene Notiz: »Bin in fünf Minuten zurück.« Sie hatte schon beim letzten Mal dort gehangen. Ich ließ die Nachricht, wo sie war. Sie abzuhängen wäre mir irgendwie unhöflich vorgekommen. Auch im Laden sah alles noch gleich aus. Da war der Tisch, an dem ich mit Roy gesessen hatte. Der Aschenbecher, den er benutzt hatte, stand noch an derselben Stelle und war noch genauso voll wie an jenem Tag. An der Wand lehnte die Menütafel, auf der in Kreideschrift »Heute: Insalata Caprese + Pizza Roy« geschrieben stand.

Im Hinterzimmer stieß ich auf Berge von Altpapier. Roy hatte geradezu exzessiv eine Zeitschrift namens *Die Kunst zum Leben* gesammelt. In der Gefriertruhe stieß ich auf die Calamari. Roy hatte recht gehabt: Tatsächlich handelte es sich um Unmengen. Es war Hochsommer und drückend heiß. Ich schaltete die Klimaanlage ein, doch sie funktionierte nicht.

Am Nachmittag ging ich in den Zoo. Ich hatte den Brief dabei, den ich Ruth geschrieben hatte. Die Geschichte unserer Begegnung. Gerne hätte ich ihr einen lyrischen Titel gegeben, doch mir war nichts Schlaues eingefallen, also hatte ich sie einfach »Ruth und Alfred« getauft.

Es waren ziemliche viele Blätter. Alle Dialoge, an die ich mich erinnern konnte, hatte ich aufgeschrieben und eine große Schrift gewählt. Die Blätter wollte ich nun den Leoparden, falls sie wach waren, zum Fraß vorwerfen. Ich stellte mir vor, wie ihre scharfen Zähne die Geschichte unserer Begegnung zermalmten, bis nichts mehr von ihr übrig war. Denn man musste die Vergangenheit begraben. Doch als ich das erste Blatt zwischen den Stäben hindurch in den Käfig warf, würdigten es die Leoparden nicht mal eines müden Blickes. Ich wollte gerade das zweite Blatt hineinschieben, da rief eine junge Frau mit Kinderwagen: »Sagen Sie mal, was machen Sie denn da?«

»Nichts«, sagte ich und lief schnell weg.

»Hey«, rief die Frau. »Der Kerl hat Papier in den Käfig geworfen!«

Man muss die Vergangenheit begraben, doch man muss es heimlich tun.

Ich verbrachte nun jeden Tag ein paar Stunden im Pizza-König. Der Laden blieb geschlossen, und auch Roys Notiz

»Bin in fünf Minuten zurück« ließ ich hängen. Die Klimaanlage funktionierte weiterhin nicht. Ich hatte versucht, sie zu reparieren, doch es war wohl eine größere Sache, und so ließ ich es bleiben. Die meiste Zeit saß ich im Halbdunkeln, denn auch die Beleuchtung war kaputt. Es gab aber weiterhin Strom, und die Calamari im Lagerraum waren tiefgefroren wie eh und je. Manchmal öffnete ich die Gefriertruhe einfach nur, um sie anzuschauen und mich dabei wie ein Krösus zu fühlen, der seine Goldreserven in Augenschein nimmt.

»Das ist es«, flüsterte ich. »Dein Kapital.«

Unterdessen hatte ich mir das Rauchen angewöhnt und schlotete nun eine Zigarette nach der anderen. Dabei legte ich die Füße auf den Tisch und blies den Rauch genüsslich zur Decke. Manchmal stellte ich mir selber eine Frage. Zum Beispiel: Womit mag die Pizza Roy wohl belegt sein? Oder: Ob man für eine Gurkenmaske auch saure Gurken verwenden kann? Manchmal dachte ich an Ruth. Aber nur kurz.

Es kam auch immer wieder vor, dass Leute vor dem Laden stehen blieben und hineinschauten. Dann lächelte ich und zeigte auf die Notiz an der Tür. Als ich mal nicht abgeschlossen hatte, kam ein Mann mit rotem Gesicht hinein und wollte etwas zu essen bestellen.

»Haben Sie die Notiz nicht gesehen? Bin in fünf Minuten zurück.«

Der Mann war verwirrt.

»Ja, aber Sie sind doch hier.«

»Nein. Das sieht nur so aus.«

Eines Abends betrat ich eine Bar und bestellte ganz selbstverständlich einen Lady Ruth. Der Barkeeper schaute mich ratlos an.

»Lady Ruth?«

»Ja.«

»Tut mir leid. Den kenne ich nicht.«

»Macht nichts. Dann probiere ich es woanders.«

Ich weiß nicht, in wie vielen Bars ich in dieser Nacht einen Lady Ruth bestellt habe. Mit jeder Verneinung wuchs in mir die Gewissheit: Dieser Drink existierte gar nicht. Er war eine reine Lüge.

Es war schon sehr spät in der Nacht, als ein Barkeeper zu mir sagte: »Lady Ruth? Kommt sofort.«

»Sie kennen den Drink?«

»Selbstverständlich. Das ist doch unsere Hausspezialität.«

Fünf Minuten später stand ein grünliches Getränk mit Schirmchen vor mir. Ich probierte. Es schmeckte sehr süß.

»Tut mir leid«, sagte ich zum Barkeeper. »Das ist nicht der Drink, den ich meine.«

Ich brauchte Geld. Die Miete für den Pizza-König zahlte sich schließlich nicht von selbst. Tatsächlich fand ich einen Job als Praktikant in einer Buchhandlung. Die Arbeit war ziemlich mies bezahlt. Der Besitzer, ein älterer Herr mit walrossartigem Schnurrbart, teilte mir beim Bewerbungsgespräch mit: »Eigentlich brauche ich keinen Praktikanten, aber mir gefällt dein Gesicht. Du siehst so seriös aus. Hab ich recht? Bist du ein Seriöser?«

Ich nickte und versuchte dabei, besonders seriös auszusehen.

Zum Ende meinte er, er wolle es versuchsweise zwei Wochen mit mir probieren.

An meinem ersten Morgen in der Buchhandlung wurde ich einem der jungen Angestellten zugeteilt, der mich einführen sollte. Er hieß Dimitri und schien von dieser Aufgabe nicht sonderlich begeistert zu sein. Als erste Amtshandlung sollten wir zusammen in der Bäckerei Brötchen für die ganze Belegschaft kaufen gehen. Es gab ziemlich viele, vor allem weibliche Angestellte. Die meisten arbeiteten in der Kinderbuchabteilung. Sie war das Heiligtum des Ladens, und an meinem ersten Morgen ließ man mich wissen, dass ich dort nichts verloren hatte.

Auf dem Weg zur Bäckerei ging Dimitri demonstrativ fünf Meter vor mir her.

»Wag es ja nicht, zu mir aufzuschließen«, hatte er mir zugeflüstert.

In der Bäckerei merkte ich, dass ich die Einkaufsliste für die Brötchen vergessen hatte. Dimitri schlug sich theatralisch an die Stirn: »Was für ein Clown.«

Die Verkäuferinnen in der Bäckerei lachten.

»Er ist neu und hat keine Ahnung. Und ich muss ihn einführen!«

Am nächsten Tag verschlief ich. Als ich mit wirrem Haar im Buchladen eintraf, taten alle so, als hätten sie mich nicht bemerkt. Niemand reagierte auf meine Begrüßung.

»Ich hab den Wecker nicht gehört, kommt nicht wieder vor«, sprach ich Dimitri an. »Was kann ich tun?«

Er sagte nichts, sondern starrte weiter auf den Boden.

Da merkte ich, dass im ganzen Laden Totenstille herrschte.

»Hey, was ist denn hier los?«, rief ich.

»Die Katze vom Chef ist gestorben. Wir halten gerade eine Schweigeminute für sie«, zischte Dimitri mir zu.

Obwohl ich sofort anfing zu schweigen, war ich danach nur noch der Typ, der während der Schweigeminute geredet hatte.

Während der Arbeitszeit hielt ich mich meistens im kleinen Lagerraum ohne Fenster auf. Meine Aufgabe bestand darin, Buchlieferungen aufzuschneiden und die Bücher zu sortieren. Erst wenn ich mich im Lager bewährt hatte, so teilte man mir mit, durfte ich im Verkauf vorne anfangen.

Oft war ich dort hinten stundenlang allein. Es war ein bisschen wie beim Pizza-König. Nur dass ich hier nicht rauchen durfte. Dafür gab es ein kleines Raucherräumchen im ersten Stock. Außer mir rauchte nur noch eine langjährige Angestellte namens Dodo. Sie stand immer an der gleichen Stelle, gleich neben einem Jahreskalender mit Ponymotiven.

»Magst du Ponys?«, hatte ich sie während einer Pause gefragt.

»Nein.«

Ansonsten redete sie kein Wort mit mir.

Beim Rauchen drehte sie die Zigarette und betrachtete den Filter, wie um sich zu vergewissern, dass er noch richtig saß. Dabei rauchte sie gar keine Selbstgedrehte. Mit der Zeit übernahm ich diese Geste von ihr. Es schien irgendwie das Einzige zu sein, was man in dieser Situation machen konnte.

Eines Morgens erschien Dimitri im Lager. Er sah den Tisch, auf dem ganze Berge ausgepackter Bücher herumstanden, warf die Hände in die Luft und kreischte: »What a mess!«

Ich lächelte hinter meinen Bücherbergen hervor. Mir schwante, dass ich wohl nicht so bald im Verkauf würde anfangen dürfen.

An diesem Morgen fragte mich Dimitri, ob ich mit ihm und den anderen Angestellten mittagessen gehen wolle. Es war wohl eine Art Versöhnungsangebot, also sagte ich Ja. Wir gingen in ein Selbstbedienungsrestaurant, wo sich alle mit ihrem Essen an einen langen Tisch setzten. Ich kam gerade mit meinem Tablett dazu, als ich eine junge Angestellte in die Runde sagen hörte: »Und was haltet ihr von unserem komischen Praktikanten?«

Da erst bemerkte sie mich.

»Oh, entschuldige, war nicht so gemeint«, lachte sie.

»Aber nein«, sagte ich. »Komisch ist doch gut. Ich bin gerne komisch. Also mach nur weiter.«

Doch offenbar hatte sie dem Thema nichts mehr hinzuzufügen. Stattdessen begannen nun alle über Essen zu reden. Wo sie was gegessen hatten, was ihr Lieblingsessen war. Während sie redeten, kam mir plötzlich in den Sinn, wie mir Ruth einmal erzählt hatte, dass Sperma nach dem Verzehr von Mandelbiskuits ganz besonders köstlich schmecke.

»Wisst ihr, was eine wahre Delikatesse ist?«, fragte ich in die Runde. »Sperma, das nach Mandelbiskuits schmeckt. Mjami.«

Nach zwei Wochen teilte man mir mit, dass meine Probezeit nicht verlängert würde.

»Und ich habe dich für einen Seriösen gehalten«, meinte der Besitzer beim Abschlussgespräch.

Es soll Menschen geben, die ändern ihr Leben von einem Tag auf den anderen. Sie zerreißen ihr Hemd, verbrennen ihr Hab und Gut auf einem großen Scheiterhaufen und verkünden: »Jetzt bin ich endlich frei.«

Es war nur schwer vorstellbar, dass ich zu so etwas in der Lage wäre. Ich mochte vielleicht kein Seriöser sein, doch wirklich leidenschaftlich war ich auch nicht. Die Menschen hatten schon recht, wenn sie zu mir sagten: Sei nicht so verstockt, lass dich doch mal ein bisschen gehen. Ruth hatte mal zu mir gesagt: »Du und dein Körper, ihr seid nicht gerade ein unschlagbares Duo.«

Damit lag sie nicht falsch. Mein Körper war für mich eher so etwas wie ein Treuhänder, zu dem man eine freundliche, aber auch sehr sachliche, durch und durch leidenschaftslose Beziehung unterhielt. Aber ohne Leidenschaft, so glaubte ich damals, gab es auch keine Freiheit. Denn sie allein ermöglichte es, dieses Gefängnis aus Höflichkeit und Scham zu durchbrechen. Freiheit war der Moment, wo einem endlich die Sicherung durchbrannte. Gut möglich, dass sich mein Vorfahre auf dem Schlachtfeld von Marignano so gefühlt hatte, als er Dutzende von Franzosen mit der Hellebarde erschlug: Endlich ließ er sich mal gehen. Bei mir hingegen wollte diese Sicherung einfach nicht durchbrennen. Sie hielt und hielt und hielt. Ich dachte damals oft darüber nach, einfach wegzugehen, doch der Mietvertrag für den Pizza-König lief noch ein halbes Jahr. Ich hatte es Roy versprochen. Jemand musste auf die Calamari aufpassen.

Thomas hatte es richtig gemacht. Als er gespürt hatte, dass es für ihn in diesem Familienbild keine Freiheit gab, war er weggegangen. Er war der Familiengruft entkommen. Der wahrscheinlich verschmerzbare Preis der Freiheit war, dass seine Gebeine alleine in der Erde liegen würden, wo auch immer. Die Geschichte mit dem Reisbau in Kyoto schien offenbar doch nicht zu stimmen. Ein entfernter Verwandter wollte ihn bei einer Wildwest-Show im Disneyland unter den Rodeo-Reitern entdeckt haben.

Mutter nahm die Nachricht erstaunlich gelassen, fast schon heiter auf: »Ob Reisbauer oder Rodeo-Reiter, das ist doch ganz egal. Hauptsache, er ist glücklich.«

Vater und ich warfen uns einen nervösen Blick zu: Diese harmonische Floskel passte ganz und gar nicht zu ihr. War sie vielleicht krank?

In den nächsten Tagen verfestigte sich der Eindruck, dass etwas mit ihr nicht stimmte. Weitere seltsame Dinge geschahen. Einmal suchte sie mich beispielsweise in meinem Zimmer auf, und das nur, um mich lange zu umarmen.

»Ich bin so stolz auf dich«, flüsterte sie mir ins Ohr.

»Warum denn?«

Sie antwortete nicht. Wahrscheinlich fiel ihr nichts ein. Also wiederholte sie nur immer wieder: »Ich bin so stolz. So stolz. So unglaublich stolz.«

Ein Andermal rief sie Vater und mich ins Wohnzimmer.

»Schaut, was ich gefunden habe.«

Es war das Familienfoto, das Werner Heinzer damals von uns allen gemacht hatte.

»Seht nur, wie glücklich wir sind.«

Wie meinte sie das? Irritiert betrachtete ich das Gruppenbild. Im Hintergrund die Wüste. Angesichts der Tatsache, dass man auf dem Bild nur unsere Hinterköpfe sah, war das eine etwas gewagte Behauptung. Doch selbst unsere Hinterköpfe sahen nicht besonders glücklich aus und man konnte ihnen die Zerwürfnisse dieses Tages ansehen. Und die Zerwürfnisse aller Tage davor.

»Was sind wir nur für eine wunderbare Familie«, schluchzte Mutter. Tränen liefen ihr über das Gesicht.

In den nächsten Tagen wirkte sie abwesend. Fragen, Bemerkungen, Geräusche aus der Gegenwart schienen sie nur noch selten zu erreichen. Schon früher hatte sie oft den Eindruck vermittelt, als hörte sie einem nicht wirklich zu, als wäre sie in Gedanken an einem ganz anderen Ort. Nun aber schien sie mehr und mehr auch körperlich an diesen anderen Ort zu verschwinden. Sie wurde heller, blasser, ungefährer.

Sie blühte auf, wenn sie irgendwelche wildfremden Menschen zu uns nach Hause einladen konnte. Sie traf sie in Bars, Cafés, Restaurants oder einfach mitten auf der Straße. »Meine Künstler«, nannte Mutter sie und meinte damit, dass sie Menschen waren. Ich erinnere mich an einen dicken Mann mit langem grauen Bart, von dem sie behauptete, er sei Bauchredner. Er aß mit den Händen und verdrückte die unglaublichsten Portionen. Dazu leerte er ganz alleine eine Flasche Wein nach der anderen. Als er satt war, erhob er sich überraschend graziös, küsste meiner Mutter die Hand und legte sich aufs Sofa, wo er wenige Sekunden später laut zu schnarchen anfing. Eine Woche blieb er bei uns. Er aß, trank, schnarchte. Und dann war er plötzlich weg. Nach ihm kam ein Kartenleger, der eine Vorliebe für Eierspeisen hatte.

In letzter Zeit hatte sie nicht nur Menschen mit nach Hause gebracht, sondern immer häufiger auch Tiere. Streuende Hunde, heimatlose Katzen, die ihr Herz rührten. Verletzte Vögel, Igel, angefahrene Eichhörnchen. Einmal sogar eine Sau.

»Wo zum Teufel hast du diese Sau her?«, wollte Vater wissen.

»Frag mich nicht.«

Alles rührte sie. Doch schon nach wenigen Tagen, manchmal waren es auch nur Stunden, verlor sie das Interesse. Vielleicht dienten ihr diese verwahrlosten Existenzen nur als Vorwand. Sie nahm sie mit nach Hause, um damit hinter ihrem Leiden zu verschwinden. Was blieb, war ein Wohnzimmer voller Schweine, Vögel, Katzen, Hunde und betrunkener Bauchredner.

»Das muss aufhören«, protestierte Vater.

»Keine Sorge. Es dauert nicht mehr lange«, erwiderte sie und nahm einen großen Schluck aus ihrem Glas.

Mit sechzehn war sie von zu Hause weggelaufen, und als sie zurückkam, hatte sie diese Tätowierung auf dem Rücken, diese Farbenexplosion, die der Beweis dafür war, dass es auch noch ein anderes Leben gab. Seither lief sie an dieser grauen Wand entlang, die ihr Leben war. Sie lächelte und ließ sich nichts anmerken. Sie sah blendend aus und verteilte Handküsse und fing die Blumen, die man ihr zuwarf, als wären es Brautsträuße. Sie rief: »Ich liebe euch! Ich liebe euch alle!« Wie eine Diva. Wie ein Hollywoodstar. Wie Marilyn Monroe.

»Ich beherrsche sieben Sprachen fließend«, pflegte sie zu sagen. »Aber was nützt mir das? In Bern?«

DER GROSSE SCHLAF

»Wo ist Mama?«, fragte ich Vater beim Abendessen.

Ihr Stuhl war leer, wie so häufig. An diesem Abend aber wirkte er noch leerer als sonst.

Vater verzehrte sein Rindsfilet so feierlich, als säße die Königin von England mit uns am Tisch. Er achtete immer peinlich genau darauf, beim Essen keine Geräusche zu machen, da er das für unappetitlich und degeneriert hielt. Doch jetzt konnte er gar nicht laut genug schmatzen, um zu zeigen, wie gut ihm das Rindfilet schmeckte.

»Sie schläft«, antwortete er schließlich. »Deine Mutter schläft.«

Damit widmete er sich wieder seinem Filet.

Am nächsten Abend war Mutters Stuhl noch immer leer. Vermutlich, damit er nicht ganz so verwahrlost aussah, hatte jemand ein Kissen daraufgelegt.

»Sie muss sich eben mal wieder tüchtig ausschlafen«, sagte Vater. »Die Gute war in letzter Zeit auf sehr vielen Vernissagen.«

Er lachte laut. Das Echo schepperte in den Vitrinen und hörte sich nicht besonders fröhlich an. Schon sein Lachen hatte eigentlich nicht besonders lustig geklungen.

»Es gibt nichts Besseres als Forelle blau aus dem Ofen«, verkündete Vater irgendwann in die beklemmende Stille hinein.

Ab und zu warf einer von uns einen Blick ins Wohnzimmer herüber, so als erwarteten wir jeden Augenblick Mutters Schatten dort vorüberhuschen zu sehen. Doch nicht mal ihr Schatten wollte sich blicken lassen.

Vater leerte seinen Teller in Höchstgeschwindigkeit und sprang auf.

»Ich geh ins Bett.«

Als er davonging, sah ich, dass er vergessen hatte, die Serviette abzulegen.

Der dritte Abend kam. Mutter schlief. Vater kratzte sich am Kopf. Er sah müde aus. Die Augen waren blutunterlaufen, das Gesicht grau und zermürbt. Schon den ganzen Tag trug er seinen himmelblauen Pyjama, den ihm Mutter vor Jahren zum Geburtstag geschenkt hatte.

»Papa«, fragte ich ihn. »Willst du nicht mal den Pyjama ausziehen?«

Doch er schüttelte nur vage den Kopf.

»Vielleicht sollte ich doch den Arzt rufen«, meinte er jetzt und sah mich unsicher an, fast flehend. Als ob er darauf hoffte, dass ich ihm widersprechen würde: Den Arzt? Und das nur, weil Mama ein bisschen ausschläft? Du machst Witze, Papa.

Doch es war leider kein Witz.

»Ich denke, wir sollten den Arzt rufen.«

»Frau von Ärmel schläft«, diagnostizierte Doktor Schneider.

Er war unser Hausarzt, ein großer, hagerer Mann mit

Glatze und rosafarbener Gesichtshaut. Er mochte klassische Musik und hatte früher ab und zu Mutters Donnerstags-Soirée besucht. Vor ein paar Jahren war seine Frau an einem Schlaganfall gestorben. Seither ging er nicht mehr zu Konzerten und lebte sehr zurückgezogen. Das letzte Mal gesehen hatte ich ihn im Supermarkt. Er hatte in der Schlange an der Kasse vor mir gestanden und sich mit der Verkäuferin wegen einer Packung Schoko-Cornflakes gestritten, mit der irgendetwas nicht in Ordnung war.

Seither hat Einsamkeit für mich den Geschmack von Schoko-Cornflakes.

»Brauchen Sie eine Beruhigungsspritze?«, fragte Doktor Schneider meinen Vater.

Wir standen alle in Mutters Schlafzimmer. Es war früher Nachmittag. Das Sonnenlicht überflutete uns und das Bett, in dem Mutter nun schon seit einer Woche schlief.

»Es geht schon«, meinte Vater.

Er sah abgekämpft aus. Immer noch trug er den Pyjama. Seit zwei Tagen hatte er ihn nicht ausgezogen. Bei der Begrüßung hatte sich Doktor Schneider nichts anmerken lassen. Als Arzt war er den Anblick verzweifelter Männer in Pyjamas vermutlich gewohnt.

»Aber Sie müssen es mir sofort sagen, falls Sie doch eine Beruhigungsspritze brauchen«, insistierte Doktor Schneider.

Er schien kurz davor, meinem Vater eine Hand auf den Rücken zu legen. Da erinnerte ich mich daran, wie Mutter lachend bemerkt hatte, dass Doktor Schneider ein verklemmter Romantiker sei. Die Donnerstags-Soiréen hatte er nur besucht, wenn Schumann gespielt wurde.

Ich erinnerte mich auch daran, wie er damals stets ein sehr süßes Parfüm benutzt hatte. Davon war nun nichts mehr zu riechen. Vielleicht hörte er unterdessen auch keinen Schumann mehr und hatte auch aufgehört, ein verklemmter Romantiker zu sein. Jetzt war er einfach ein Arzt, der seine Pflicht tat. Darum sagte er: Geben Sie Bescheid, falls Sie doch eine Beruhigungsspritze brauchen.

Mutter atmete tief und langsam. Von uns allen schien sie am besten zu wissen, was zu tun war. Lasst mich einfach weiterschlafen, schien sie uns zu sagen, seht ihr denn nicht, wie ruhig ich bin? So ruhig war ich in meinem ganzen Leben nicht. Warum also lasst ihr mich nicht weiterschlafen?

»Wann wacht sie wieder auf?«, fragte ich endlich, da Vater zu der Frage nicht in der Lage war.

»Im Grunde kann es jeden Augenblick so weit sein«, erklärte Doktor Schneider. »Es kann aber auch noch zwanzig Jahre dauern.«

»Zwanzig Jahre!«

Vater schüttelte den Kopf. Ich vermutete, er fragte sich gerade, wie er sich diese zwanzig Jahre um die Ohren schlagen sollte. Er hatte keine Hobbys. Als ich noch klein war, hatte er eine Weile alte Münzen gesammelt, was ihm relativ schnell langweilig wurde. Danach hatte er sich keine neuen Hobbys zugelegt. Er war siebenundfünfzig Jahre alt, er hatte Rheuma und leicht erhöhten Blutdruck. Seine Zuckerwerte waren zwar nicht wirklich besorgniserregend, aber auch nicht gerade ideal. Und schließlich konnte man jeden Augenblick auch aus heiterem Himmel sterben.

Vater schluchzte leise, Doktor Schneider wirkte jetzt

noch niedergeschlagener als zuvor. Einen Moment schien er darüber nachzudenken, ob er Vater nochmals eine Beruhigungsspritze anbieten sollte, stattdessen aber wandte er sich an mich: »Wie läuft es in der Schule?«

»Abgeschlossen«, krächzte ich.

Mein Hals war trocken. Ich räusperte mich.

»Und wie geht es jetzt weiter?«

»Mal schauen.«

»Wirst du studieren?«

»Vielleicht.«

»Welches Fach?«

»Medizin.«

Das war mir in diesem Augenblick eingefallen. Ich sagte es nur, weil ich dem niedergeschlagenen Doktor Schneider eine Freude machen wollte. Er aber schüttelte nur langsam den Kopf und schien sehr unzufrieden zu sein.

»Tiermedizin«, ergänzte ich schnell.

Doch es war zu spät, das Gespräch war bereits verloren.

»Sie dürfen die Hoffnung nicht verlieren«, wendete sich Doktor Schneider meinem Vater zu. Er sprach emotionslos und machte den Eindruck, in Gedanken ganz woanders zu sein.

Einmal hatte er Mutter eine sehr schöne Karte geschickt, in der er fragte, ob sie ihn in die Oper begleiten würde. Das Blumenmuster auf der Karte hatte er wohl selber gestaltet, ein paar Vögel waren auch zu sehen. Mutter hatte sich sehr über die Karte gefreut, sie dann aber irgendwohin verlegt. Monate später erinnerte sie sich plötzlich: »Verflucht. Ich habe ganz vergessen, dem Schneider wegen der Oper Bescheid zu geben.«

Am Ende legte Doktor Schneider meinem Vater doch noch eine Hand auf den Rücken.

»Ihre Frau schläft. Ja. Aber sie kann auch jeden Augenblick aufwachen.«

»Was können wir tun?«, flüsterte Vater.

»Sie müssen versuchen, sie zu wecken«, sagte Doktor Schneider.

Plötzlich hatte ich den Geschmack von Schoko-Cornflakes im Mund.

»Herr von Ärmel, bitte, wecken Sie Ihre Frau auf.«

Nachdem Doktor Schneider gegangen war, schloss sich Vater in Mutters Zimmer ein.

»Du bleibst draußen«, befahl er mir.

Ich stand vor der verschlossenen Türe und lauschte. Erst war es mucksmäuschenstill. Und dann hörte ich ihn plötzlich. Ganz leise nur. Er wühlte sich da drinnen durch Berge von Scham. Das war eben seine Art, Musik zu machen.

Er sang ihr seine Marschlieder vor, die Mutter immer so verhasst gewesen waren. Gut möglich, dass sie das Einzige waren, was Mutter noch aufwecken konnte. Ich bewunderte ihn für diesen raffinierten Schachzug. Allerdings sang er wirklich sehr leise. Er sang, als hätte er noch immer Mutters Stimme im Ohr, wie sie »Entweder die Marschlieder oder ich« gedroht hatte.

»Lauter, Papa«, rief ich durch die Türe hindurch. »Du musst lauter singen. Sonst wird das nichts.«

Bald sang er wirklich immer lauter. Je größer seine Verzweiflung wurde, desto lauter sang er. Schließlich konnte man die Marschlieder im ganzen Haus hören. Und sogar, wenn man das Haus verließ, hörte man Vater davon singen, wie er über irgendwelche Hügel marschierte. So sang er stundenlang. Tagelang. Bis tief in die Nacht. Und am frühen Morgen machte er weiter. Nach sechs Tagen war sein Haar grau geworden. Und Mutter schlief noch immer.

Wir mussten es Großmutter sagen.

»Kannst du das machen?«, fragte Vater.

Großmutter nahm nach dem zweiten Klingeln den Hörer ab. Als ich ihr erzählte, dass Mutter seit über einer Woche im Tiefschlaf lag, schien sie kein bisschen überrascht zu sein.

»Natürlich«, sagte sie, so als hätte sie all die Jahre nur darauf gewartet, dass genau das passieren würde, »ich komme sofort.«

Drei Stunden später hielt ein Taxi vor unserem Haus. Großmutter stieg aus. Sie war beim Friseur gewesen, hatte eine neue, sehr elegante Kurzhaarfrisur, trug ein schwarzes Kleid und hinkte, was, genau wie das Kleid, vermutlich ihre Trauer veranschaulichen sollte.

»Wo ist sie?«, herrschte sie mich an der Türe an.

»In ihrem Schlafzimmer.«

Sie schob mich zur Seite.

»Lasst mich mit ihr alleine.«

Als ich zwanzig Minuten später die Tür zum Schlafzimmer öffnete, sah ich dort Großmutter über meine schlafende Mutter gebeugt. Sie hatte sie mit beiden Händen gepackt und schüttelte sie aus Leibeskräften.

»Wirst du wohl aufwachen? Wirst du wohl aufwachen?«, rief sie immer wieder.

Nur mit Müh und Not gelang es Vater und mir, sie von Mutter zu trennen. Danach saß sie keuchend auf dem Bettrand.

»Diese Familie ist eine einzige Enttäuschung.«

Vernichtend schaute sie uns an und zeigte auf mich: »Und du bist die größte Niete von allen.«

Beinahe grazil erhob sie sich.

»Man wird mich in diesem Haus nicht mehr sehen.«

Zehn Tage später erhielten wir eine Postkarte von ihr: »Viele Grüße aus Biarritz!«

Dann kamen die Verehrer.

»Markus! Ich habe Safran mitgebracht«, donnerte mir Feinkosthändler Krebs an der Haustüre entgegen.

Er war ein fast zwergenhaft kleiner Mann, der mich, warum auch immer, seit jeher Markus nannte. Er gehörte zu Mutters ältesten und treusten Bewunderern. Als er vor über zwanzig Jahren angefangen hatte, für sie zu schwärmen, war sein Haar noch voll und rot gewesen. Nun war er fast kahl. Seine Bewunderung aber hatte kein bisschen nachgelassen.

»Safran«, sagte ich, »warum?«

»Für die werte Frau Mama!«

Damit dirigierte er die Kolonne seiner Angestellten in unser Haus hinein, wo sie den in kleinen Beutelchen verpackten Safran überall in Mutters Schlafzimmer verteilten.

»Der gute Safrangeruch wird sie an die Sinnlichkeit des Lebens erinnern«, erklärte Herr Krebs. »Ich versprechs dir, Markus, sie wird im Nu aufwachen.«

Womit er sich an Mutters Bett setzte und gespannt darauf wartete, dass sie sich an die Sinnlichkeit des Lebens erinnerte. Kaum hatte er sich hingesetzt, klingelte es schon wieder an der Tür. Draußen stand Herr Mols, der Metzgermeister. Mit einem riesigen Schinken in der Hand.

»Wenn es etwas gibt, das Frau von Ärmel ins Leben zurückholen kann, ist es ein Gourmet-Schinken aus dem Hause Mols«, verkündete er.

»Völliger Unsinn!«, rief Juwelier Magnat in seinem Rücken. »Frau von Ärmel ist ein Schmuckmensch. Darum ist es das Leuchten hochkarätiger Diamantringe, das sie aufwecken wird.«

»Ringe sind vulgär. Mein Schinken ist mit Honig gebeizt«, raunte mir der Metzgermeister angewidert ins Ohr.

»Was riecht hier eigentlich so penetrant?«, erkundigte sich Herr Magnat.

»Das ist Safran«, informierte sie Feinkosthändler Krebs von seinem Platz an Mutters Bett aus.

Ich lief in die Küche, um Tee für die Verehrer zu machen. Im Wohnzimmer traf ich auf Vater. Erst hatte ich ihn für ein Kissen gehalten, so zusammengesunken saß er auf seinem Stuhl. Es war Vaters Lieblingsstuhl. Der Stuhl, auf dem er die köstlichsten Mahlzeiten seines Lebens eingenommen und ein paar seiner schönsten Momente erlebt hatte. Irgendwann war dem Stuhl ein Bein abgebrochen. Statt ihn reparieren zu lassen, hatte Vater ihn auf den Estrich getragen, als wolle er uns damit sagen: Die Zeit der köstlichen Mahlzeiten ist vorbei.

Er war ein Mensch, der lieber kaputte Stühle auf den Estrich trug, anstatt zu sagen, wie es ihm ging.

Nun hatte er den Stuhl wieder heruntergeholt. Er hatte ziemlich viel Staub angesetzt, Vater hatte sich nicht die Mühe gemacht, ihn zu putzen. Er roch nicht besonders gut, irgendwie nach Tod. Und natürlich war das Bein noch immer gebrochen. Stehen wäre bequemer gewesen, doch solche Nebensächlichkeiten schienen für Vater keine Rolle mehr zu spielen. Er trug auch weiterhin den Pyjama. Mittlerweile war er voller Flecken und verströmte einen nicht besonders frischen Geruch.

»Papa«, sprach ich ihn an. »Der Juwelier Magnat ist gekommen. Und Metzgermeister Mols. Und Herr Krebs, der Feinkosthändler.«

»Hmm?«

»Soll ich sie wegschicken?«

»Keine Ahnung.«

Er machte eine winkende Bewegung. Ich war mir nicht sicher, ob er damit meinte, dass ich gehen sollte, oder ob die Bewegung den Verehrern galt, die wir passieren lassen sollten. Möglicherweise galt die Geste auch ganz grundsätzlich jeglicher Art von Frechheit und Unverschämtheit, die er nun ohne Gegenwehr in sein Leben einziehen ließ, da es sich sowieso nicht mehr wie sein Leben anfühlte.

Ich hatte Mitleid mit ihm. Das heißt, ich wusste, ich hätte Mitleid haben sollen. Im Moment aber ging er mir einfach nur auf die Nerven. Warum war er so passiv? So melodramatisch? So schwach? Warum tat er nichts? Warum warf er nicht den Stuhl gegen die Wand? Oder verprügelte jemanden? Herrn Magnat, den fetten Mols oder den knöchrigen Krebs? Warum verpasste er diesen selbstgefälligen Teufeln nicht die Abreibung ihres Lebens?

»Papa«, begann ich.

Und erstarrte. In seinem Schoß lag *Der Brüsseler Pakt.*

Schon klingelte es wieder. Vor der Haustür wartete ein Häufchen Herren in Frack. Es handelte sich um den städtischen Männerchor unter der Leitung von Herrn Baldikoffer junior. Sein Vater war schon Leiter des Männerchors gewesen und außerdem einer von Mutters glühendsten Verehrern.

»Ein kleines Ständchen«, säuselte Herr Baldikoffer.

Er hatte nicht nur die Bewunderung für meine Mutter von seinem Vater übernommen, sondern auch dessen Frisur, bei der sich das Haar an den Schläfen zu großen, groben Büscheln ballte.

»Frau von Ärmel liebte die Alte Musik«, erklärte Herr Baldikoffer. »Ich erinnere mich noch gut, wie sie sagte: Musik … Alte Musik. Daher, naheliegenderweise, ein gregorianischer Choral.«

Auf dem Weg in den ersten Stock gingen wir durchs Wohnzimmer, wo Vater weiterhin auf seinem kaputten Stühlchen saß.

»Guten Tag«, begrüßte ihn der Chorleiter. »Mein Name ist Baldikoffer. Und wer sind Sie?«

»Ich bin Ruedi«, sagte mein Vater. »Der Clown.«

In Mutters Schlafzimmer herrschte Hochbetrieb.

»Diese herrliche Ausstellung von diesen amerikanischen Straßenkünstlern«, schwärmte der Leiter der Kunsthalle. »Sie hatte ein Händchen für innovative Ideen. Und für Häppchen.«

Ein junger Student der Philosophie war auch anwesend. Er hatte kurzes, akkurat geschnittenes blondes Haar und den Hang, wegen jeder Kleinigkeit zu erröten. Mutter pflegte er lange Briefe zu schreiben, die sie, so wie alle Briefe ihrer Verehrer, auf den Nachttisch legte, um sie sogleich zu vergessen. Es hatte Phasen gegeben, da war er fast täglich an unserem Haus vorbeispaziert, was ich von meinem Fenster aus beobachtet hatte.

»Da ist er wieder«, hatte ich Mutter durchgegeben.

»Heute schon das fünfte Mal. Was für eine Kondition«, hatte sie gejubelt.

Er tat mir leid. Doch ich kann nicht sagen, dass ich ihn gemocht hätte. Bei einem seiner Besuche hatte er mir ein Plüschtier mitgebracht. Ich war damals sechzehn gewesen. Nun saß der Student auf einem Stühlchen an der Wand und trank seinen Tee sehr graziös mit geschürzten Lippen. Er machte einen ausgesprochen zufriedenen Eindruck, so als bereite ihm die ganze dramatische Situation ausgesprochen viel Vergnügen. Endlich passierte etwas. Und er war mit dabei.

Auch die anderen Verehrer schienen nicht wirklich betroffen zu sein. Zwanzig Jahre lang hatten sie Mutter mit ihrer Liebe verfolgt, sie hatten ihr dicke Briefe geschrieben, Lieder gesungen und pathetische Monologe gehalten. Und jetzt, wo es Mutter schlecht ging, hatten sie nichts zu bieten als ein wenig schales Mitgefühl. Sie tranken ihren Tee, knabberten ihr Gebäck, führten ihre belanglosen Gespräche über Kunst und Politik. Es war wie bei einer Donnerstags-Soirée. Plötzlich begriff ich, warum sie so ruhig waren. Natürlich, weil Mutter nicht mehr länger davonlaufen konnte. Darum warfen sie diese zufriedenen Blicke zum Bett hinüber. Da lag sie, vollkommen machtlos. Sie konnte sie nicht mehr zurückweisen, nicht mehr länger ihre komischen Krawatten verhöhnen oder ihre schlechten Witze. Sie musste jetzt alle Geschenke annehmen. Sie gehörte jetzt ihnen. Endlich konnten sie in aller Ruhe essen, trinken und verdauen. Danach würden sie nach Hause gehen und nie mehr wiederkommen. Im Halbdunkeln stand ein kleiner runder Mann mit Spitzbauch. Ich hatte ihn noch nie zuvor gesehen. Er war der Einzige, der sich nicht an den Gesprächen beteiligte. Er hatte auch keinen Tee haben wollen und hatte nichts zum Knabbern in der Hand. Er stand einfach nur da. Und weinte. Als er sich später von mir verabschiedete, drückte er mir eine Karte in die Hand: »Bodo Mobs-Mumsen. Zauberkünstler.«

Als ich die Karte las, erinnerte ich mich plötzlich, wie Mutter damals geworden war, weil ich mir einen Zauberkasten gewünscht hatte. Ich lief aus dem Haus und suchte nach dem kleinen Mann, der sich eben von mir verabschiedet hatte. Doch er war bereits verschwunden.

»Liebe Agnes. Wir werden dich vermissen!«, rief Herr Baldikoffer junior.

Dann begann das Konzert. Der Herrenchor hatte sich im Halbkreis um Mutters Bett geschart. Dahinter saßen die anderen Verehrer mit andächtiger Miene. So als befänden sie sich nicht in Mutters Schlafzimmer, sondern in der Oper und hätten für die Karten viel Geld ausgegeben. Mutter hatte Opernmusik nie besonders gemocht. Zu viel Opulenz, zu viel Dramatik, zu viel Tragik. Die reine Tragik ist selten wahr und noch seltener zumutbar. Oft ist sie einfach falsch. Mutter hat die Oper vor allem als eine große Heuchelei verstanden. Doch sie liebte die

Leichtigkeit der Operette. Offenbach. Strauss. Im weißen Rössl. Bei dieser Musik konnte sie weinen, gerade weil alles so leicht und lustig war. Die Fröhlichkeit der Musik erinnerte sie daran, dass das Leben nicht ganz so war.

Der Gesang des Herrenchors hatte jedoch nichts von dieser Fröhlichkeit. Er war schwer, langsam, düster. Ein paar Noten genügten, und man verspürte das dringende Bedürfnis, sich aus dem Fenster zu stürzen. Niemals wäre solche Musik in Mutters Soirée zur Aufführung gelangt. Doch siehe da: Unterdessen schluchzten sie alle, die Herren Verehrer. Mols, Krebs, Magnat. Sie saßen da mit wässrigen Augen, schnäuzten sich die Nase, jammerten und wehklagten. Sie waren Gebrochene. Dabei weinten sie gar nicht um Mutter, sie weinten um sich selbst. Es war das Bild des einsamen Mannes, dem die Geliebte weggestorben war, das sie zu Tränen rührte.

Während des Konzerts kam Vater ins Zimmer. Durch den Tränenflor warfen ihm die Verehrer missbilligende Blicke zu. Was war denn das für einer, der so spät noch zum Konzert kam? Da und dort wurde verächtlich die Nase gerümpft wegen des strengen Geruchs von Vaters Pyjama. Er lauschte der Musik mit gesenktem Kopf. Ich ging zu ihm, stellte mich neben ihn und nahm seine Hand. Sie war eiskalt. Gemeinsam schauten wir zum Bett, wo Mutter ungerührt weiterschlief. Es war in dieser Situation so etwas wie eine Kampfansage. Wir wollten ihr damit sagen: Mögen auch die anderen alle um dich weinen, wir machen weiter. Wir werden weiter auf dich warten. Es war geradezu heldenhaft. Ich musste an den Schlächter denken. Obwohl der sicher nie mit seinem Vater Händchen gehalten hatte.

Die Tage gingen ins Land, ohne dass sich etwas veränderte. Nur dass kein Besuch mehr kam. Man sagte uns, wir sollten uns doch melden, wenn sich etwas Neues tat. Vater saß jetzt nur noch auf seinem Stuhl mit dem gebrochenen Bein und machte winkende Handbewegungen.

»Immer voran, Kameraden, immer voran«, sagte er manchmal, wahrscheinlich eine Erinnerung aus seiner Armeezeit zitierend.

Manchmal sagte er auch: »Hallo miteinander, ich bin Ruedi der Clown.«

Wenn es Zeit fürs Mittagessen war, nahm er den Stuhl und trug ihn ins Esszimmer. Am Tisch aß er nur mit geringem Appetit und man spürte, dass ihm die Pflicht des Essens gewaltig auf die Nerven ging. Unsere Köchin, die das auch gespürt hatte, übertraf sich bei der Zubereitung der Mahlzeiten. Immer noch verrücktere, noch auserlesenere Gaumenfreuden zauberte sie auf den Tisch. Doch es war zwecklos, war von Anfang an zwecklos gewesen. Eines Tages blieb Vater, als es Mittagszeit war, im Wohnzimmer sitzen. Wir servierten ihm das Essen auf einem Tablett. Bald aber weigerte er sich, selber zu essen. Da setzte ich mich neben ihn und begann ihn zu füttern.

»Noch ein Löffel Bouillabaisse, Papa«, sagte ich. »Das schmeckt gut, nicht wahr?«

»Warum redest du mit mir, als hätte ich den Verstand verloren?«, beschwerte er sich.

»Nun …«

»Ich bin nicht debil. Ich habe einfach keinen Appetit mehr.«

Doch es war klar, dass er schon bald auf viele Dinge

keine Lust mehr haben würde. Es war seine Art, sich mit Mutter zu verbünden. Und da er nicht einfach einschlafen konnte, so wie sie, musste er sich eben auf andere Weise aus dem Staub machen.

Ich versuchte, Thomas zu benachrichtigen. Doch ich wusste nicht recht, wo ich nach ihm suchen sollte: War er nun Reisbauer in Kyoto oder Rodeo-Reiter im Disneyland? Oder war er vielleicht an einem ganz anderen Ort und führte noch ein ganz anderes Leben, das sich keiner vorstellen konnte?

Für den Fall, dass er im Disneyland war, rief ich schließlich dort an und erkundigte mich, ob sie in ihrer Wildwest-Show einen Thomas von Ärmel beschäftigten. Die Frau am anderen Ende der Leitung meinte, ich solle warten, sie hole jemanden, der sich damit auskenne.

»Kein Problem«, sagte ich.

Doch während der Wartezeit erklang so schwermütige Musik, dass ich einfach auflegen musste.

Es war später Abend, als ich in Mutters Zimmer schlich. Sie machte einen friedlichen Eindruck, sah aus, als hielte sie nur ein kurzes Nickerchen und gleich, in ein paar Minütchen, wäre sie wieder wach und voller Tatendrang.

Ich setzte mich zu ihr ans Bett. Dabei musste ich daran denken, wie sie manchmal in meinem Zimmer aufgetaucht war, nur um verwirrt festzustellen, dass sie sich in der Tür getäuscht hatte.

»Wo bin ich?«, fragte sie mich dann.

»In meinem Zimmer.«

Doch das war ihr nicht genug. Sie hatte weitere Informationen benötigt, noch exaktere Angaben, die ihr vielleicht das beruhigende Gefühl vermittelt hätten: »Ah! Jetzt weiß ich wieder, wo ich bin.«

Mutter lag auf dem Rücken. Wir mussten sie regelmäßig umdrehen, damit sie sich nicht wund lag. Ich musste an die Tätowierung denken. Den Pfau. Sofern es denn überhaupt ein Pfau war. Vielleicht würde ich jetzt niemals erfahren, was die Tätowierung wirklich darstellte und was Mutter in dem Monat, als niemand wusste, wo sie war, erlebt hatte. Ich dachte daran, wie sie gesagt hatte: »Ich habe wahnsinnig gut gegessen.«

Vielleicht war sie jetzt ja dort, sagte ich mir. Vielleicht war sie jetzt an dem Ort, wo sie wahnsinnig gut gegessen hatte. Und aß jetzt jeden Tag wahnsinnig gut.

»Mama«, sagte ich.

Ich hatte es schon lange nicht mehr gesagt, es hörte sich merkwürdig an. Ich versuchte es noch mal.

»Mama.«

Vor meinen Augen erschien die Ahnengalerie der von Ärmels. All diese großen Helden, diese Legenden, diese ruhmvollen Vorfahren. Der Schlächter von Marignano und wie sie alle hießen. In meiner Kindheit hatte es Leute gegeben, die uns auf der Straße salbungsvoll zunickten oder sogar salutierten. Und jetzt? Was war jetzt mit uns los?

»Mama?«

Sie hatte in ihrem Leben immer nur stolz auf uns sein wollen. Im Grunde genommen war sie unser erster und einziger Fan. Der letzte Fan der von Ärmels liegt im Tiefschlaf, sagte ich mir. Was aber bedeutete das für unsere Familie? Was bedeutete das für mich? Was sagst du dazu, Schlächter?

Die Geschichte musste zu Ende erzählt werden. Ob sie nun eine Heldengeschichte war oder nicht. Wobei eigentlich so ziemlich alles darauf hindeutete, dass dies keine Heldengeschichte würde. Heldengeschichten wurden nie zu Ende erzählt. Sie endeten, bevor die Wahrheit auf den Tisch kam. Die Wahrheit war nie heldenhaft. Damit galt es sich abzufinden. Das letzte Bild war immer eine Karikatur.

»Mama«, sagte ich, »ich werde dich nicht enttäuschen.«

EIN WAHRER HELD

Ein paar Tage später begegnete ich auf der Straße Hans Bihler. Er hatte sich verändert seit dem Tag, da er bei strömendem Regen stundenlang vor unserer Haustüre gewartet hatte. Und sah auch anders aus als an jenem Morgen, als er und seine Taschenrechner-Freunde vom naturwissenschaftlichen Profil mich zum Teufel gejagt hatten. Er trug eine große dunkle Brille, einen dunklen Anzug mit Krawatte und ein distinguiertes Grinsen, das Zuversicht und Erhabenheit vermittelte. In der Hand hielt er einen Fruchtsaft mit Strohhalm, an dem er während unseres kurzen Gesprächs die ganze Zeit heftig sog.

»Wie gehts dir denn, mein Lieber?«, wollte er wissen.

»Hervorragend«, strahlte ich. »Einfach nur hervorragend.«

»Und was machst du so?«

Seit dem Abschluss hatte ich ihn nie mehr gesehen. Doch ich hatte gehört, dass er sich für ein Wirtschaftsstudium in St. Gallen eingeschrieben hatte.

»Na, du weißt schon. Mal dies, mal das.«

»Ich verstehe.«

Zuvor war ich beim »Pizza-König« gewesen. Der Laden stank nach wie vor nach ranzigem Frittieröl. Ich verbrachte so viel Zeit dort, dass mittlerweile meine Haare und meine Kleider den Geruch angenommen hatten. Während ich mit Hans Bihler redete, versuchte ich ihm nicht zu nahe zu kommen.

»Du weißt ja, wie es ist: Es gibt immer was zu tun.«

Da sah ich sein mitleidiges Grinsen.

»Aber in zwei Monaten gehe ich nach Paris.«

»Echt?«

»Ja, ich habe dort einen Job im Disneyland gekriegt.«

»Nicht dein Ernst?«

Er sah mich ungläubig an.

»Du kennst doch meinen Bruder Thomas. Er arbeitet schon länger dort und ist sehr erfolgreich. Mein Bruder eben. Und jetzt, wo ich mit der Schule fertig bin, holt er mich zu sich. Damit wir den Laden zusammen schmeißen.«

Es klang gut. Es klang sogar so gut, dass ich es für einen Augenblick fast selbst geglaubt hätte. Wenn nur nicht dieser Frittiergeruch gewesen wäre. Er kam mir stärker vor denn je, und ich war mir sicher, dass Hans ihn auch riechen konnte.

»Und was für eine Arbeit im Disneyland wird das sein?«, fragte er höflich.

»Ich werde Co-Leiter der Wildwest-Show. Thomas ist der Boss, ich seine rechte Hand.«

Ich nickte seriös und konnte die Visitenkarte bereits gedruckt vor mir sehen: Alfred von Ärmel. Co-Leiter Wildwest-Show. Es war vielleicht nicht die beste aller möglichen Fantasien, doch war sie allemal besser als die Wirklichkeit. Denn was war die Wirklichkeit? Ein Tiefkühler voller Calamari und eine vorzeitig abgebrochene Schnupperlehre im Buchladen.

»Ich habe das von deiner Mutter gehört«, sagte Hans.

Ich winkte lässig ab.

»Es geht ihr bestens.«

Vor ein paar Tagen hatte in der Stadtzeitung eine Meldung gestanden: »Agnes von Ärmel im Tiefschlaf!« Darunter ein Bild von ihr, das sie zusammen mit ihrem ehemaligen Tennistrainer zeigte. Es war nicht ganz klar, warum sich die Zeitung ausgerechnet für dieses Bild entschieden hatte. Die Bildlegende lautete: »Agnes von Ärmel mit Tennistrainer Mike.«

»Es tut mir wirklich leid«, sagte Hans und hatte wieder diesen mitleidigen Gesichtsausdruck.

»Ach was, nicht der Rede wert.«

Ich lachte in einer Weise, die mir typisch für einen Co-Leiter von Wildwest-Shows schien.

Jetzt wirkte Hans nicht mehr mitleidig. Jetzt wirkte er so richtig traurig.

»Weißt du was?«, sagte er. »Komm doch am Samstagabend bei mir vorbei. Ich habe Geburtstag und gebe eine kleine Party.«

»Du hast Geburtstag?«

»Ja, du weißt doch, am sechzehnten Oktober.«

»Ach ja. Natürlich.«

Jahrelang hatte er mir diese selbst gebastelten Einladungen zu seinen Geburtstagspartys geschickt. »Du darfst auch jemanden mitbringen« und »Um 17 Uhr gibt es eine riesengroße Überraschung« hatte in diesen Einladungen gestanden. Hingegangen bin ich nur ein einziges Mal. Ich war nicht nur der Einzige aus unserer Klasse, sondern überhaupt das einzige Kind auf der ganzen Party. Im Wohnzimmer saßen bei gedämpften Licht lauter Verwandte von Hans. Die meisten waren schon sehr alt, und es roch ein wenig wie im Altersheim. Da war eine greise Frau, die im Rollstuhl saß und pausenlos »Wurst und Brot, Wurst und Brot« sagte. Von ihren Einwürfen abgesehen, wurde die Geburtstagstorte schweigend verspeist. Nach einer Stunde sagte ich: »Ich muss jetzt leider nach Hause.«

Doch das war lange her.

»Ich komme sehr gerne zu deiner Party.«

»Du darfst auch jemanden mitbringen.«

Am Samstag stand ich lange vor dem Kleiderschrank. Wie sah ein Mensch aus, der bald als Co-Leiter der Wildwest-Show im Disneyland arbeitete? Ich konnte es mir nicht mal ansatzweise vorstellen. Eines aber war klar: Ein solcher Mensch sah nach Erfolg aus.

Erfolg fängt bei der Krawatte an, hatte ich irgendwo gelesen. Leider besaß ich keine Krawatte. Ich fand ein Paar lange Unterhosen, aber das war ja nun wirklich nicht das Gleiche, und es war schwer vorstellbar, dass Erfolg auch bei den langen Unterhosen anfangen konnte.

Schließlich entschied ich mich für ein weißes Hemd mit breitem Kragen, das ursprünglich mal meinem Vater gehört hatte. Dazu blaue Jeans. Wenn man viel Gnade walten ließ, sah ich im Spiegel ein kleines bisschen wie James Dean aus. Also fing ich an, mir die Haare so lange zu föhnen, bis sie nach dem melancholisch-lässigen Hollywood der Fünfziger aussahen. Als ich fertig war, hatte ich den Eindruck, als sitze mir eine trächtige Katze auf dem

Kopf. Doch war die Frisur, wenn es um Erfolg ging, sowieso nicht entscheidend. Es gab Menschen, die hatten die idiotischsten Frisuren, und trotzdem wurden sie von Millionen von Menschen bewundert.

Ich kaufte mir ein Päckchen Zigaretten, steckte mir sofort eine an und schlenderte rauchend zum Haus, wo Hans Bihler wohnte. Für Oktober war es noch überraschend warm. Ich ging in der Sonne und hörte das Laub unter meinen Füßen brechen. Alles gut, sagte ich mir und setzte mir die Sonnenbrille auf. Alles sehr gut.

»Hey Alfred«, begrüßte mich Hans an der Haustüre.

»Alles Gute zum Geburtstag, Hans!«, sagte ich und gab ihm mein Geschenk.

»Was ist das?«

»Ein Wimpel.«

»Ein was?«

Im Wohnzimmer war die Party schon im vollen Gange. Ich sah viele fremde und da und dort auch ein paar vertraute Gesichter. Die Gäste saßen auf dem Sofa oder auf den wenigen vorhandenen Stühlen. Die meisten aber standen einfach irgendwo herum und unterhielten sich schwunglos. Sie tranken Bier, einige auch Wein. Es standen auch ein paar Fanta- und Colaflaschen herum. Eine dicke Frau, in der ich Hans' Mutter wiedererkannte, ging schwitzend zwischen den Tischen umher und füllte die Schälchen mit Flips und salzigen Erdnüssen auf. Hans wohnte noch bei seinen Eltern. Er hatte mir erzählt, dass er sich gerne ein Zimmer in St. Gallen suchen würde, doch seine Mutter sei dagegen. Wann immer er darüber sprechen wolle, verlasse sie den Raum und schließe sich stundenlang in ihrem Schlafzimmer ein.

Ich nahm mir ein Bier und stellte mich neben eine Vase. Plötzlich hörte ich eine hohe Frauenstimme hinter mir.

»Alfred!«

Es war Marta Rösch.

Sie umarmte mich. Seit dem Abschlussball hatte ich sie nicht mehr gesehen. Wie man hörte, soll ihr Kevin Hardegger noch in derselben Nacht den Laufpass gegeben haben. Er hatte jetzt eine Fernbeziehung mit einer Schwedin, die er während seiner Interrail-Reise durch Skandinavien kennengelernt hatte.

Vielleicht wäre das ja die Lösung gewesen. Vielleicht hätten wir damals alle mehr Interrail machen sollen.

Marta freute sich enorm, mich zu sehen. So viele positive Gefühle hatte sie mir nicht mal entgegengebracht, als ich ihr beim Kotzen den Bauch gestreichelt hatte.

»Wie geht es dir, Marta, was machst du so?«

Es stellte sich heraus, dass sie studierte. Germanistik und Philosophie.

»Sehr vernünftig«, sagte ich.

»Es gefällt mir wahnsinnig gut.«

»Na umso besser.«

Wir mussten unser Gespräch für einen Augenblick unterbrechen, da sich Hans' Mutter gerade mit einer Familienpackung Flips an uns vorbeischob. Das kurz geschnittene Haar klebte ihr ganz verschwitzt im Nacken.

»Und was machst du jetzt, Alfred?«, nahm Marta den Faden wieder auf.

»Ich? Also … Ich …«

»Alfred geht nach Disneyland.«

Hans Bihler hatte sich zu uns gestellt und stand jetzt direkt neben Marta und grinste mir wissend zu.

»Nicht wahr, Alfred?«

»Stimmt. Genau. Disneyland.«

»Und was machst du dort?«, wollte Marta wissen.

»Sein Bruder leitet dort die Wildwest-Show. Er hat Alfred zu sich gerufen, damit er ihm unter die Arme greift«, antwortete Hans an meiner Stelle.

»Wow, nicht schlecht.«

»Warts nur ab, Marta, unser Alfred kommt noch ganz groß raus.«

Damit legte er ihr einen Arm um die Schulter.

»Ihr zwei?«

»Na ja. Also …«

Jetzt war es Hans, der verlegen war.

»Es ist noch ganz frisch«, informierte Marta.

Ich hob meine Bierflasche.

»Möge es für immer halten.«

Zu meiner Belustigung sah ich, wie Marta schockartig zusammenzuckte.

»Ich hol mir noch ein Bier«, sagte ich und drehte mich um.

Als ich mich auf einen harten Stuhl setzte, war mir klar, dass sich der Abend nicht ganz wie erhofft entwickelte. Vielleicht hätte ich mir doch eine Krawatte besorgen sollen. Vorsichtig schnupperte ich an meinem Hemdsärmel, um herauszufinden, ob er nach ranzigem Frittieröl roch. Ich konnte nichts feststellen, hatte mich aber möglicherweise bereits an den Geruch gewöhnt, was dann das erste untrügliche Zeichen dafür gewesen wäre, dass dies der Anfang vom Ende war.

Alles hatte einen Geruch, nur die Erfolglosigkeit nicht,

die Verzweiflung, der Niedergang. Sie alle waren ohne jeden Geruch.

Im Wohnzimmer war es stockdunkel. Die Vorhänge waren zugezogen, und bis auf ein paar Kerzen brannte kaum Licht. Trotzdem setzte ich mir die Sonnenbrille auf. Jetzt fühlte ich mich etwas besser.

Vor ein paar Tagen hatte ich eine Karte von Ruth erhalten. Sie und Herr Galati waren nach Ägypten geflogen. Der Text bestand aus lauter Belanglosigkeiten über das Wetter und das Essen. Am Ende hatten sie beide unterschrieben. Das heißt, Herr Galati hatte nicht seinen Namen geschrieben, sondern »Gruß und Kuss, Äegidius«.

Auf der Karte war Nofretete abgebildet Ich musste an Mutter denken.

»Bei dem oberflächlichen Leben musste die ja früher oder später einfach einschlafen.«

Unweit von mir redete ein groß gewachsener Typ schon eine ganze Weile energisch auf ein Mädchen ein. Er hatte diesen ironischen Unterton, der den Eindruck vermittelte, dass die Ironie kein Erzeugnis seines Verstandes war, sondern ihm direkt an den Stimmbändern klebte.

»Ich meine, die Frau ist, seit ich denken kann, eine wandelnde Peinlichkeit. Dass sie jetzt von selber eingeschlafen ist, empfinde ich als erfrischende Selbstkritik. Sie ist zum Schluss gelangt, dass ihr Leben einfach zu belanglos und langweilig ist, um damit weiterzumachen.«

Ich zitterte. Mein Gott, versuchte ich mich zu beruhigen, sind wir nicht alle damit gemeint? Sind wir nicht alle wandelnde Peinlichkeiten? Es hebe die Hand, wessen Leben nicht verdammt belanglos und langweilig ist.

»Weißt du, die von Ärmels sind für mich so etwas wie der Inbegriff dessen, was ich an diesem Land verachte: Reich. Gleichgültig. Verzärtelt. Egozentrisch. Ihr ganzes Recht auf das Leben, das sie führen, beziehen sie aus der Vergangenheit. Aus den Taten irgendwelcher Urahnen und Ururahnen. Selber aber sind sie viel zu faul und müde, um auch nur irgendetwas zu vollbringen. Es sind feige Menschen, ängstlich und verwöhnt.«

»Entschuldigung.«

Ich stand jetzt vor dem Typen. Er bemerkte mich jedoch nicht und redete weiter auf das Mädchen ein.

»Entschuldigung«, versuchte ich es erneut. Doch er hörte mich noch immer nicht. Eine Weile blieb ich ratlos vor ihm stehen, dann sagte ich, als befände ich mich gerade mitten in einem Gespräch mit den beiden: »Ich geh mal das Geburtstagskind suchen.«

Ziellos lief ich durch das Haus. Plötzlich sah ich, dass Frau Bihler direkt auf mich zugesteuert kam.

»Suchst du etwas, Alfred?«

»Ich schaue mir nur die Räume an. Ich bin schon lange nicht mehr hier gewesen.«

»Im oberen Stock haben mein Mann und ich jetzt ein Fitness-Zimmer eingerichtet.«

Sie lächelte mich an.

»Es ist so schön, dass du kommen konntest. Hans und du seid immer so gute Freunde gewesen.«

Ich lächelte zurück. Doch ich konnte die ganze Zeit nur an den Typen auf dem Sofa denken und wie er »Es sind feige Menschen, ängstlich und verwöhnt« gesagt hatte.

Ich schaute die Treppe hoch, wo sich das Fitness-Zimmer des Ehepaars Bihler befand. Dann schaute ich zur anderen Seite des Zimmers, wo der Typ und das Mädchen auf der Couch saßen.

»Dieser wundervolle Nachmittag, als er bei dir zum Spielen war. Noch wochenlang hat er davon erzählt.«

Feige und verwöhnt, dachte ich immer wieder. Feige und verwöhnt.

»Entschuldige. Aber ich glaube, du redest über mich.«

Ich stand wieder vor dem Typen, jetzt hatte er mich gehört. Er hob den Kopf und schaute mich fragend an. Ich hatte ihn noch nie zuvor gesehen. Vielleicht war er ein Studienkollege von Hans aus St. Gallen. Wahrscheinlich war er ein wenig älter, er hatte gelocktes Haar und herunterhängende Mundwinkel, die ihm etwas Hamsterartiges verliehen.

»Was ist los?«

»Mein Name ist Alfred von Ärmel. Ich glaube, du hast gerade mich und meine Familie beleidigt.«

Der Typ hob die Augenbrauen.

»Und?«

»Ich möchte, dass du dich entschuldigst.«

Da warf der Typ seinen Kopf in den Nacken und begann laut zu lachen.

»Ich soll mich entschuldigen?«

»Ja. Natürlich.«

Plötzlich hörte der Typ auf zu lachen und war wieder ganz ernst.

»Ich werde mich nicht entschuldigen. Und weißt du, warum? Weil ich ein Recht auf meine Meinung habe.«

»Sie ist aber falsch.«

»Ich bin ein fairer Mensch«, tönte der Typ und verschränkte die Arme über der Brust. »Sollte ich etwas gesagt haben, das nicht der Wahrheit entspricht, dann werde ich mich selbstverständlich sogleich bei allen Betroffenen entschuldigen. Allerdings bezweifle ich, dass dem so ist.«

Unterdessen scharten sich immer mehr Leute um uns. Ich sah Frau Bihler, die beunruhigt näher gekommen war. In den Händen hielt sie die Familienpackung Flips.

»Alfred, was ist los?«, wollte Hans wissen.

»Nichts«, sagte ich. »Alles in Ordnung.«

Ich hatte dabei Frau Bihler im Blick. Irgendwie fühlte ich mich ihr gegenüber verpflichtet, dass die Party ein Erfolg wurde. Tatsächlich glaubte ich zu sehen, wie sie erleichtert aufatmete.

»Wir haben über Verantwortung geredet«, meldete sich der Typ zu Wort. »Und da habe ich gesagt, dass für mich die von Ärmels nichts als ein Haufen lebensfremder Snobs sind. Ich finde es bedauerlich, dass man sich so sehr für sich selbst und so wenig für die Gesellschaft interessiert. Nein. Nicht bedauerlich. Ich finde es unmoralisch.«

Er war jetzt aufgestanden und nickte entschlossen in den Raum. Da und dort wurde geklatscht. Jemand rief sogar »Bravo!«.

Der Typ richtete den Blick direkt auf mich.

»Hab ich nicht recht?«

Ich spürte seinen höhnischen Blick auf mir, doch ich wollte nichts sagen. Nicht während Frau Bihler dabei war. Immer wieder schaute ich entschuldigend in ihre Richtung oder zuckte lächelnd die Schultern, um ihr zu zeigen, dass ich keine Ahnung hatte, was hier passierte.

»Komm schon, Alfred, hab ich nicht recht?«

Seine Stimme klang noch immer so ironisch. Dennoch spürte ich, dass auch er nicht mehr ganz ruhig war. Da war ein aufgeregtes Flackern in seinen Augen. Die Lust an Kampf und Zerstörung.

»Du hast nicht recht, Jens«, sprach Hans wieder an meiner Stelle. »Alfred interessiert sich sehr wohl für die Gesellschaft. Er hat seit Neuestem sogar einen äußerst verantwortungsvollen Job als Co-Leiter der Wildwest-Show im Disneyland.«

Natürlich hatte er es damit nur noch schlimmer gemacht. Der Typ, der also Jens hieß, lachte und winkte verächtlich ab.

»Ein wahrer Held der Gesellschaft«, dröhnte er.

Jetzt lachten alle. Sogar Frau Bihler. Allgemeine Heiterkeit verbreitete sich. Man entspannte sich. Die Party war gerettet.

Da musste ich plötzlich an Vater und seine Wimpel denken. Und an Vater mit der Clownschminke im Gesicht. Ich dachte an Mutter und ihre Donnerstags-Soirée, an die amerikanischen Straßenkünstler, an die Häppchen in der Kunsthalle. Und dann an Mutter zu Hause im Schlafzimmer. Wie sie auf dem Rücken lag, gleichmäßig atmete und sich nicht mehr wehren konnte.

»Manchmal muss ein Mann einfach hart durchgreifen. So wie ich damals bei den vierzig Franzmännern«, hörte ich eine Stimme sagen.

Im nächsten Augenblick stürzte ich mich auf Jens. Jemand schrie entsetzt auf. Ich glaube, es war Frau Bihler. Das ist er, dachte ich, das ist der Moment, wo dir die Sicherung durchbrennt. Endlich ist er gekommen.

Ich war nicht zweikampferprobt. Mein letzter Kampf

hatte in der zweiten Klasse auf dem Pausenhof stattgefunden. Ich hatte keine Ahnung, wie ich vorgehen sollte. So kam es, dass ich nach meinem Sprung unmittelbar vor Jens' Schienbein auf dem Boden aufschlug. Er war so überrascht, dass er gar nicht reagierte, sondern mich nur irritiert anstarrte. Es kam erst Bewegung hinein, als ich in sein Schienbein biss. Endlich ist sie da, dachte ich, während ich den Geschmack seiner Jeans im Mund spürte: die Leidenschaft, die den Weg zur Freiheit ebnet.

Unter den Gästen entstand helle Aufregung.

»Er hat ihn gebissen«, schrie Frau Bihler kommentierend.

Das war maßlos übertrieben. Ich hatte höchstens etwas von seiner Jeans erwischt. Im nächsten Augenblick bekam ich eine Ohrfeige. Sie hatte etwas von der Manier, mit der man eine lästige Fliege davonwischte. Dann sah ich, wie zwei Personen, Hans Bihler und Marta Rösch, auf mich zustürzten und mich von Jens wegzogen. Ich ließ es geschehen.

»Witzfigur«, hörte ich Jens rufen.

Das war wohl der Preis der Freiheit: Die Menschen hielten einen für eine Witzfigur. Obwohl ich mich ganz gut fühlte, hielt ich es für geschickter, so zu tun, als hätte ich kurzzeitig das Bewusstsein verloren, und blieb liegen, bis ich alleine im Zimmer war.

Hans begleitete mich noch bis zur Haustür.

»Und du bist sicher, dass wir keinen Arzt rufen sollen?«

Ich hatte mir auf der Toilette das Gesicht gewaschen und dabei bemerkt, dass ich über dem linken Auge leicht blutete.

»Ganz sicher. Und bitte sag deiner Mutter, dass es mir sehr leidtut.«

»Ach weißt du, meine Mutter …«

Er winkte ab.

»Sie hat sich mal wieder in ihrem Zimmer eingeschlossen. Wer weiß, wie lange es gehen wird, bis sie da wieder herauskommt. Ich fand es trotzdem super, dass du gekommen bist.«

Er strahlte. Man spürte, dass er seine Begeisterung, dass es auf seiner Party zu einer Rauferei gekommen war, nur schwer unterdrücken konnte.

»Und vielleicht sieht man sich ja mal wieder«, sagte er. »Wenn du … Wenn du …«

»Ich bin die ganze Zeit hier.«

Wir gaben uns die Hand. Ich drehte mich um.

»Oh. Und Alfred?«

»Was?«

»Vielen Dank für den schönen Wimpel.«

Der Abend war nicht gerade ein Erfolg auf ganzer Linie gewesen. Zerknirscht lief ich durch die Nacht. Das linke Knie tat ein bisschen weh, und ich kam nicht besonders schnell voran. Allerdings hatte ich es auch nicht sonderlich eilig. Es lag noch so viel Zeit vor mir, und ich hatte keine Ahnung, was ich damit anstellen sollte. Sicher war nur: Ich musste aufhören, überall herumzuerzählen, ich hätte einen Job als Co-Leiter einer Wildwest-Show in Aussicht. Das war lächerlich. Das war idiotisch. Und vor allem war es nicht die Wahrheit. Fantasien brachten einen nicht weiter. Die Frage war nur, was einen stattdessen weiterbrachte. Und noch etwas anderes war sicher: Man wurde nicht freier, indem man andere Menschen ins Schienbein biss. Überhaupt war der Kampf Mann gegen Mann nichts für mich. Ich hatte es versucht und dabei den schlagenden Beweis erbracht, dass ich kein würdiger Nachkomme des Schlächters von Marignano war. Was war ich stattdessen? Ich war Teilnehmer in einer Talentshow. Ich war ein singender Drache. Ich war der Bruder eines Genies. Ich war der Typ mit der Blockflöte und den abgepausten Zeichnungen. Ich war Ruths Liebhaber für eine Nacht. Ich war ihr Tanzpartner, der nicht tanzte und stattdessen Unmengen von Bratwürsten mit Kartoffelpüree verdrückte. Wenn mich heute jemand fragte: Was vermisst du am meisten von der Liebe? So würde ich ihm antworten: Die regelmäßigen Mahlzeiten. Ich war ehemaliger Schnupperlehrling in einer Buchhandlung und sechs Monate langer Inhaber des Pizza-Königs, wo ich über tonnenweise tiefgefrorener Calamari regierte. Ich war eine Witzfigur, eine Karikatur. Ich war der Letzte meiner Art.

Es war kurz vor Mitternacht, als unser Haus vor mir auftauchte. Wie eine ausgeblasene Kerze. Tausende Male war ich schon den Weg durch den Garten zur Haustür gegangen. Und wie all die Tausende Male zuvor fiel ich auch dieses Mal nicht hin. Immerhin. Darauf konnte man doch aufbauen. Ich öffnete die Haustür und wollte in die schlafende Dunkelheit hineinschlüpfen, da überkam mich eine Idee, ein spontaner Anfall von Absurdität. Ich hob die Hand und winkte in die Nacht hinaus, so als verabschiedete ich mich von jemandem. Dann ging ich hinein.